徜徉在历史长廊

韩峰 著

花山文艺出版社
河北·石家庄

图书在版编目（CIP）数据

徜徉在历史长廊 / 韩峰著. -- 石家庄：花山文艺出版社，2020.8（2023.9 重印）
ISBN 978-7-5511-5197-9

Ⅰ. ①徜… Ⅱ. ①韩… Ⅲ. ①散文集－中国－当代 Ⅳ. ① I267

中国版本图书馆 CIP 数据核字（2020）第 094736 号

书　　名：	徜徉在历史长廊
著　　者：	韩　峰

责任编辑：	刘燕军
责任校对：	李　伟
封面设计：	杨梦清
美术编辑：	胡彤亮
版式设计：	刘昌凤
出版发行：	花山文艺出版社（邮政编码：050061）
	（河北省石家庄市友谊北大街 330 号）
销售热线：	0311-88643299/96/17/34
印　　刷：	涿州汇美亿浓印刷有限公司
经　　销：	新华书店
开　　本：	880 毫米 ×1230 毫米　1/32
印　　张：	8
字　　数：	180 千字
版　　次：	2020 年 8 月第 1 版
	2023 年 9 月第 2 次印刷
书　　号：	ISBN 978-7-5511-5197-9
定　　价：	59.80 元

（版权所有　翻印必究·印装有误　负责调换）

序

朝歌的歌者

王剑冰

韩峰将他的散文集托人捎来，嘱我在前面写点文字。我欣然受命，不仅因为韩峰是一位有成就的作家，还因为长期以来的友情。

豫北地区写散文的不多，有成就的更少。韩峰不是写散文起家，他拿手的是小小说。记得20世纪80年代初，韩峰有篇小说叫《捎……》，写得很有意味，也很有影响力，我认为这是开当时小小说创作的先河。这成了他的成名作，也给了他很大的动力。他相继写出了不少作品，有小说、诗歌、随笔，由于他的主业是文化局的戏剧创作，他也写出了一些很好的剧本，不少还由剧团排演参加省市优秀剧目汇演。这对于他的小说、散文创作，产生了双重影响：好的方面是在语言及情节处理上他练了笔；不利的方面是戏剧创作占了他太多的时间，也影响了纯粹文学创作的精力及探讨。但作为首席写手，在淇县那个小城里，

朝歌的歌者

/ 02

他成了名人，也成了唯一一个在创作上有成就的作家。

韩峰所在的淇县原来叫朝歌。殷纣王的国都，是个很有韵味的地方。西部是太行山的余脉，有着著名的云梦山，还有灵山，很多传说都在这山中。东部有两条美丽的河流，淇河和卫河，这两条河流都曾在《诗经》中缠绕，在《史记》中显形。城中部有高高的屹立于传说中的"摘星台"，淇河边有芳草萋萋的纣王墓。小城不大，还曾有一段始于殷商时代的版筑城墙。20世纪60年代的时候，城墙上面的宽度尚可以并排着跑三四辆马车。城的四周藤草蔓蔓，松柏森森，很有些气象。多少年后，山还在，河还流，城却没有了。这种缺憾不仅是小城的，也是整个中国的。

那个时候，没有人有更多的思想，也无从把握自己的命运。学校毕业后就只能下乡。能进厂当一名工人，便是一种奢望了。那时，如果有一群孩子汇集成一个能够吹拉弹唱的宣传队，实属一种福分。同学们无师自通地摆弄会了小提琴、手风琴、单簧管、长号等西洋乐器，某些聪慧就是在这个环境下开启的。不少有成就的同学，就是出自那个不起眼的小宣传队，而宣传队的队长，就是韩峰。能当队长，一是凭服人的技艺，二是有统领的才能。

同学一场的人们多少年后各奔东西，但韩峰始终是那种让同学们关注的人。这种关注表明韩峰一直在努力，他不甘于自己的生活境遇，他自学了很多东西，只要他想学，他就一定能学好。从最开始拿起尘封在仓库里的单簧管，没有老师教，他是一个音符、一个音符地找出曲调的。尽管因为参军而没有走进大学的校园，但他参加了自考，并且获得了证书。多少年的文字生涯中，他写出了两百余万字的作品。

孟子曰："博学而详说之，将以反说约也。"韩峰酷爱读书，对淇卫之风尤为重视，并最终创作出自成体系的作品，他的悟来自于他的学、他的认真和踏实。

在这部书稿中，他对富有传奇色彩的文化名城做了点缀性的介绍；借着古诗古韵，抒写了历史的沧桑；对把东夷和中原统一起来的商纣王给予了客观的评说；描述了曾经"籊籊竹竿，以钓于淇"的许穆夫人可亲可敬的形象。韩峰还写了《殷有"三仁"》《司马光的清正廉洁》《奇谲的鬼谷子》《丹霞山随想》《韩愈的风骨》等，更是写得深厚、宏大，有着极好的文化内涵。

《竹竿》有言："泉源在左，淇水在右。"韩峰的泉源即是他多年伴着淇水的生活。在集子中，我不仅看到了朝歌古城的历史，看到了生活在这块土地上人们的勤劳身影，也可以感觉到韩峰在不断地思考，不断地写作，想把自己的所知所感告诉给任何他熟悉和不熟悉的人。他总是对生活充满热望，饱含激情，他不流俗于小城普通的一员，他是精神的富有者，是自己所挚爱的事业的奋斗者。韩峰融入其中，苦于其中，也甘于其中。就此我又想到，殷商之地，早需要有一个人留守的，坚持的，上天把这个责任交给了韩峰，让他在这块天地奔走、歌唱。韩峰在这个小城里，是没有什么遗憾的，这个小城就该有一个韩峰，该有这样一个发言人，一个代表人物。

朝歌的歌者

/ 04

　　韩峰散文最大的特点是朴实自然，卫风一般拂面，淇水一样润心。他的文字中绝少造作矫饰，多有承继《诗经》之特色，显明而纯直地透写事件与心迹。在语言上，韩峰也很注重遣词炼意，我可以不惜笔墨地引用《秋游青岩绝石窟》中的一段："只见从《诗经》中悠悠而来的淇水从一座拦河坝上漫过，形成二三十米宽的瀑布，水花飞溅，晶莹透亮，犹如无数颗珍珠在跳着疯狂的桑巴舞。再往前行，岸柳浓绿泛金，钻天杨昂扬挺立，淇水宛如温顺娴静的淑女，从绿色的胡同中姗姗而来，她的身上还彩绘着蓝天白云、绿树青山。片片芦苇中，偶有几只水鸟扑棱棱飞向空中，衔走一串串自由。"语言的鲜活构成了场景的跃动。还有《粲粲秋菊花》："她们虽不是观赏菊那样的大家闺秀，却也是耐人寻味的小家碧玉。她们默默地在大自然的怀抱里，沐风雨，浴寒暑，在岩石的夹缝中，在偏僻寂寞的土地上，挺起不屈的脊梁，扬起顽强的生命旗帜，为萧瑟的原野增添魅人的色彩。她们是一个个跳动的音符，奏响金秋的旋律，唱响傲霜的劲歌；她们是一群美丽的小天使，将冲天香气撒向人间。"文字形象而富有哲思。

　　我和他都是河北人，是真正的老乡。我们是三有其缘，一是河北老乡，二是淇县老乡，三是中学同学。可惜相隔路远，我又不常回去，多少年间我们交流得很少，这倒是我的遗憾。我曾收到过韩峰出版的散文集《旅途不寂寞》《情感涟漪》和《韩峰剧作选》《韩峰小小说集》，我一直觉得他该有新作问世，这些等待在慢慢地变成现实。韩峰真的是多侧面地体现出他在小城的价值，他的人生经历该是丰富的、多彩的，因而我觉得他的积淀太深太深，就像深处的岩浆，一直在积聚，一旦爆发，其势必猛必烈。韩峰的爆发应该还在后面，我期待着，小城也期待着。

韩峰已不限于是一个县的才子，而是豫北大地上的优秀作家，是古城朝歌的一个品牌。

（王剑冰先生系全国第二届、第三届鲁迅文学奖评委，河南省作家协会副主席，河南散文学会会长，著名作家、评论家。）

目 录

中国第一位美女——妹喜	001
纣王的宠妃——妲己	005
古代四大美女的美	009
《诗经》里的爱情	019
璇玑图	034
曹操与文姬	040
名城朝歌	044
朝歌的山	047
朝歌三题	056
商朝的兴衰	061
一条荡漾着历史文化的母亲河	075
殷有"三仁"	081
无核枣的由来	088
无核枣与定情物	091
中医与无核枣	093
奇谲的鬼谷子	095

目 录

鬼谷子文化中的民风民俗	100
范雎？范且？范睢？	106
荆轲的忏悔	109
大义灭亲的石碏	113
一个"如切如磋、如琢如磨"的人	116
包公与包公庙村	121
品味《诗经》里的酒	125
秋游青岩绝石窟	129
粲粲秋菊花	132
芙蓉花开	135
喜欢芦苇	138
光武帝陵与千年古柏	144
汉光武帝和他的三个女人	149
南太行的两座寺院	152
说孝	162
韩愈的风骨	169

司马光的清正廉洁	175
仰望汤显祖	181
走近王安石	186
济南的秀水与名士	194
大别山中第一湖	201
诗与酒	205
文人品茶	208
郑板桥的一枝一叶	211
鞭炮与年味儿	216
古今拜年的习俗	218
闹元宵	221
故乡古韵	224
漫步林语堂故居	230
音乐梦,民族情	235

中国第一位美女——妹喜

夏朝最后一位君王夏桀的王后妹喜，可谓是中国第一位美女。

妹喜又叫妹嬉、末喜、末嬉，生于何年何月已无可考证。最早记载妹喜的史书为中国最早的国别体著作《国语》："昔夏桀伐有施，有施人以妹喜女焉，妹喜有宠……"有施在今山东省蒙阴县境内，是夏朝的方国（也称部落），每年都要向夏王进贡珍宝美女。后来夏王越来越贪得无厌，征收的财富越来越多。有施国不堪重负，便不再进贡。君王夏桀面对有施国如此大胆的抗拒，想着如果不给予严厉打击，其他方国都照此抗拒，那将如何了得？于是，夏桀率数万方国部队发兵有施。有施凭着天时地利，凭着一定的实力，顽强抵抗着多国部队，但终因寡不敌众，以失败而告终。夏桀只是为了给有施国一点颜色看看，当有施国保证今后照常进贡，并将全国最美的公主妹喜献给夏桀时，夏桀便美滋滋地抱着美人撤兵而去。

妹喜看来不是一般的美,要不,曾享受过无数美女的夏桀怎能对她宠爱有加呢?据西汉刘向《列女传·夏桀末喜传》记载:"造烂漫之乐,日夜与末喜及宫女饮酒,无有休时。置末喜于膝上,听用其言。昏乱失道,骄奢自恣。为酒池可以运舟……醉而溺死者,末喜笑之,以为乐。"为了讨好妹喜,夏桀用玉石建造华丽的倾宫瑶台,将妹喜抱坐在腿上,日夜与宫女饮酒作乐,还修建了可以行船的酒池,让三千人在击鼓声中下到酒池里喝酒。再大的酒量也禁不住如此豪饮,不少人因酒醉而淹死在酒池里。夏桀竟以此博得妹喜快乐的笑。东汉皇甫谧的《帝王世纪》还记载:"末喜好闻裂缯之声而笑,桀为发缯裂之,以顺适其意。"夏桀很爱听很爱看妹喜笑,他发现妹喜一听到撕扯丝绸的声音就笑时,就命人抱来当时极其稀有的一匹匹丝绸,让宫人撕给妹喜听。当早已磨刀霍霍的商汤审时度势,率兵攻打夏桀时,长达近五百年的夏朝就此断送在夏桀之手,宽厚的商汤将俘获的夏桀放逐于南巢(今安徽巢湖),妹喜也随之同舟渡江而去,直至数年后双双死于南巢。

夏朝因何而亡?不少人归咎于妹喜,还给她贴上了中国有历史记载以来第一个亡国王后、中国有史以来第一位女间谍、中国古代四大妖姬之首、后世红颜祸水的第一例证等标签。

首先是红颜祸水说。因为妹喜倾国倾城的美貌,使夏桀荒淫无度,不理朝政。又说妹喜当年作为夏桀的"战利品",其实是有施国派到夏朝的卧底。当汤欲伐夏时,有施国便与汤主动配合,让妹喜向汤派到夏的间谍伊尹提供夏的机密,共同密谋灭夏。这一说显然是根据《国语》说妹喜"于是乎与伊尹比而亡夏"而来。"比",《说文解字》解释:"密也。"至于妹喜与伊尹如何秘密往来,伊尹采用了妹喜提供的多少情报,却不得而知。还有一种说法,说妹喜失宠报复灭夏。据《竹书纪年》记载,夏桀在攻打岷山时,岷山氏献给夏桀一位叫琬、一位叫琰的两位美女,夏桀像当初宠爱妹喜一样宠爱着两位美女,从而冷落了妹喜,妹喜心生妒恨,便将国家机密泄露给伊尹,并与伊尹里应外合,使夏朝走向灭亡。我不禁诧异,一个小女子难道有这么大的能量吗?

夏朝走向灭亡,非一日之寒也。一个女人的美是天生的,也是无辜的,关键在于男人自己的把握。爱美人又爱江山,这是两全其美;爱美人不爱江山,那只能葬送江山。刘向在《列女传·夏桀末喜传》中云:"桀既弃礼义,淫于妇人,求美女,积之于后宫,收倡优、侏儒、狎徒能为奇伟戏者,聚之于旁。"夏桀背弃礼义,搂着妹喜还淫着其他美女、妇人,还收罗倡优、侏儒、狎徒嬉戏取乐。荒淫也就罢了,自古以来,有几个君王皇帝不荒淫呢?关键是夏桀因荒淫而无道,不理国事,朝政腐败,重用佞臣,不听忠言,残杀忠臣,搜刮民财,这才最终失去了民心。司马迁在《史记》中记载:"桀不务德而武伤百姓,百姓弗堪。"《汲冢古文》也说:"夏桀作倾宫、瑶台,殚百姓之财。"如此这般,又怎能说妹喜是红颜祸水呢?柏杨先生在《中华古籍之皇后之死》中也对妹喜持同情态度:"施妹喜是个可怜的女孩子,她的身份是一个没有人权的俘虏,在她正青春年华的时候,不得不离开家乡,离开情郎,为了宗族的生存,像牛羊一样地被献到敌人之手。"

依鄙人拙见，妹喜虽像牛羊一样地被献到敌人之手，但她并没有像牛羊一样地被任意宰割，她是被夏桀宠爱的，过的是富贵豪华的生活；跟夏桀也可能是相爱的，若不是如此，最后被商汤俘获后，她怎么不与夏桀分道扬镳回归自己的部落呢？怎么又与夏桀同舟共渡，去过艰难困苦的流放生活呢？说夏桀后来宠爱琬、琰两位美女，冷落了妹喜，妹喜因失宠而报复灭夏，难道妹喜不知道灭夏的后果吗？灭了夏，她能像从前那样奢华地生活吗？夏桀还会像过去那样宠爱她吗？从她最后随夏桀流放这点来看，给她扣上中国有史以来第一位女间谍的帽子是不妥当的。

纣王的宠妃——妲己

因为司马迁的《史记》，因为明代神魔小说《封神演义》，更因为根据《封神演义》改编的多种版本的影视剧《妲己》《封神榜》《凤鸣岐山》等，提起妲己的名字，恐怕是家喻户晓的。大家都知道她貌若天仙，妩媚动人，是商朝末代君王帝辛（纣王）特别宠爱的妃子，有的人还把她视为断送纣王江山的红颜祸水。

妲己究竟是个什么样的人？

在司马迁的《史记》中，纣王特别宠爱妲己，对她言听计从，大建离宫别馆，多方搜集珍宝奇玩，充盈宫室；又让乐师涓创作新的曲调和淫乱的音乐，引进北里之舞，以酒为池，悬肉为林，让男女赤身裸体在其间追逐嬉戏，寻欢作乐，通宵达旦。在神魔小说《封神演义》里，妲己是冀州侯苏护的女儿，被千年九尾狐所害，之后被狐狸精附身。这时，纣王到女娲宫降香题诗，亵渎了女娲娘娘，女娲娘娘一怒之下，特派遣被狐狸精附身的妲己色迷纣王，破坏纣王的江山。据《封神演义》改编的电视剧《封神榜》，妲己更是十分形象地成了迷惑纣王、残害忠良、葬送商朝的狐狸精。

妲己难道真的是这样的红颜祸水吗？

在司马迁的笔下，妲己并没有要求纣王为自己做什么，那些都是纣王为取悦妲己，为满足自己的贪欲、奢侈、享乐和淫欲而主动去做的。可以说，妲己完全是被动的，是身不由己的。据《国语·卷七·晋语一》记载："殷辛伐有苏，有苏氏以妲己女焉。"《古今姓氏书辨证·六止》也曾记载："有苏氏女于纣，为之妲己。"《左传》也记载了纣王讨伐有苏部落时，有苏部落抵挡不住，为保存部落势力而献出了牛羊、马匹及部落首领的女儿妲己。这就充分说明，妲己是作为纣王的战利品而来到他身边的。

如此的遭遇，妲己只有顺从，别无选择。否则，只能像不配合纣王淫乱的九侯女那样被杀，甚至连累自己的老父亲乃至整个部落。九侯女的老父亲九侯不就是受女儿牵连而被剁成肉酱了吗？因此还连累了鄂侯和西伯姬昌。鄂侯不满纣王的恶行，与纣王争论，不仅被杀，还被做成了脯干。西伯姬昌听到九侯父女和鄂侯的不幸后，不敢言语，只发出一声叹息，却被崇侯虎密告给纣王，因而被囚禁羑里。妲己怎能再重蹈九侯女的覆辙呢？至于神魔小说《封神演义》及其改编的影视剧，纯粹是妖化虚构的文艺作品。相传，有苏部落是以九尾狐为图腾的，可能因此才有了《封神演义》中九尾狐的想象，但与史实谬之千里。

19世纪末至20世纪初，在河南省安阳市小屯村出土了许多殷商时期的青铜器和玉器，特别是大量的甲骨文资料，使人们对商朝的历史状况有了新的认识，看到了司马迁等古代史学家难以看到的珍贵资料，也一步步接近了妲己和纣王的历史真相。

人们早已习惯"纣王"这个称呼，其实这不是他的本名，而是后人对他残暴行为的称呼——"纣"，就是"残义损善"的意思。他真正的名字叫辛，正式的帝号名称为"帝辛"。辛排行老二，因老大微子非王后所生，所以嫡生的帝辛继承了王位。此时，他已三十余岁，商朝开国已有六百年的历史，都城朝歌（今河南淇县）淇水汤汤，风光旖旎，国力雄厚，物阜民丰，正是兴盛之时。正值壮年的帝辛，孔武有力，勇猛好战，组织强大的商军开疆拓土，所向披靡，同时，也将中原文化传播到了江淮地区。获得妲己时，帝辛已年过六旬，但雄心依在，仍拜倒在妲己的石榴裙下，日日朝歌暮舞，作长夜之饮。多年的征战，穷兵黩武，损耗了国力，给人们带来了深重的灾难；比干剖心、箕子佯狂、微子出逃、炮烙之刑……帝辛的种种暴行不仅导致他众叛亲离，也使周武王加快了磨刀霍霍的节奏。生性刚愎、孤傲自大的帝辛，却自认为江山如铁桶一般。他万万没有想到，周武王继承父亲和爷爷的遗志，亲率八百诸侯的部队向朝歌杀来。而这时，商朝的主力部队远在东南，远水解不了近渴，帝辛只好将奴隶组织起来，临时拼凑起一支军队。这些奴隶早已不满帝辛的残酷统治，纷纷临阵倒戈。商军一败涂地，帝辛鹿台自焚而死，妲己被杀。一个长达近六百年历史的商朝，就这样毁于一旦。

冰冻三尺非一日之寒，正是帝辛多年的残忍暴虐、好大喜功、连年征战、迫害忠臣，才使得他众叛亲离，导致了商朝的灭亡。这怎能说妲己是红颜祸水，葬送了商朝呢？帝辛讨伐有苏部落是公元前1047年，而牧野之战是公元前1046年，这么说，妲己与纣王在一起最多只有一年的时间，仅仅一年，她就能使商朝灭亡吗？

据专家考证，在现有的甲骨文献中，纣王的恶行镌刻在历史的深处，却没有发现任何记载妲己恶行的篇章。《温县人文丛书》中记载，有苏氏部落位于今河南省温县，是苏姓的起源地。妲己是苏王村人，不仅天生丽质，而且聪明贤惠，心地善良，温县一带至今还流传着妲己是个好姑娘的传说故事。

淇河大桥西侧的堤岸上，有一座高大的墓冢，荆棘丛生，荒草萋萋。这就是明嘉靖《淇县志》记载的纣王墓。墓后有两个小冢，一为姜皇后（娘娘）墓，一为妲己墓。

古代四大美女的美

中国古代可谓美女如云，西施、王昭君、貂蝉、杨玉环有着沉鱼落雁之貌、闭月羞花之容，更是被公认为中国古代四大美女。

排名第一的春秋时期的西施，出生在浙江诸暨苎萝村。西施究竟有多么美？《春秋》《左传》《史记》等史书却都看不到她的倩影，先秦诸子虽有提到西施，也仅仅是只言片语："西施之沉，其美也。"（《墨子·亲士》）南宋时，地方志《嘉泰会稽志》才有了这样的记载："勾践索美女以献吴王，得诸暨苎萝山卖薪女，曰西施。"该地方志与春秋时期的西施已相隔了一千六百多年。尽管缺乏正史详细的记载，西施的美还是世代相传——西施浣纱时，鱼看着西施的美看呆了，竟忘记了划水，沉到了水底，故有"沉鱼"之美。历代文人骚客也都赞颂了她的美。大诗人李白在《送祝八之江东，赋得浣纱石》开篇道："西施越溪女，明艳光云海。"唐代著名诗人王维在《西施咏》

中云:"艳色天下重,西施宁久微。"唐代另一著名诗人宋之问在《浣纱篇赠陆上人》中曰:"越女颜如花,越王闻浣纱……一行霸句践,再笑倾夫差。艳色夺人目,敪嗍亦相夸……鸟惊入松网,鱼畏沉荷花。"元代文人卢挚在散曲《西施》中歌咏:"建姑苏百尺高台,贪看西施,杏脸桃腮。"这些诗文虽都是后世之作,只是概念化的美,但西施还是荣登了古代第一美女的宝座,活跃在人们美丽的想象中。

排名第二的汉代美女王昭君,究竟有多么美?昭君告别故土,赴匈奴和亲,心中悲切,拨琴弄曲。南飞的大雁被悦耳的琴声和马上的美女深深吸引,一时竟忘记了摆动翅膀,跌落在地,故有"落雁"之美。《后汉书》记载:"昭君字嫱,南郡人也……帝召五女以示之,昭君丰容靓饰,光明汉宫,顾景斐回,竦动左右。帝见大惊……"此外,细腻描绘昭君如何美的,却不见流传于世。南北朝时期诗人庾信在《王昭君》一诗云:"围腰无一尺,垂泪有千行。绿衫承马汗,红袖拂秋霜。"李白的《王昭君》:"昭君拂玉鞍,上马啼红颜。"骆宾王的《王昭君》写道:"金钿明汉月,玉箸染胡尘。"这些后世写王昭君的作品虽然很多,但大多是写她赴匈奴和亲的"壮举",即使描绘她"围腰无一尺",也只是文人的想象而已,谁又真正见过昭君本人呢?

排名第三的美女貂蝉,究竟有多么美?查遍史料,貂蝉此人却无记载,她不过是仅存于民间传说和小说戏剧中的人物,始于《三国志平话》和《三国演义》。《三国演义》作者罗贯中先生在两首诗中,对貂蝉的曼妙歌舞进行赞美:"原是昭阳宫里人,惊鸿宛转掌中身,只疑飞过洞庭春。按彻梁州莲步稳,好花风裹一枝新,画堂香暖不胜春。"又曰:"红牙摧拍燕飞忙,一片行云到画堂。眉黛促成游子恨,脸容初断故人肠。榆钱不买千金笑,柳带何须百宝妆。舞罢隔帘偷目送,不知谁是楚襄王。"虽然没有具体描述貂蝉的相貌,但"闭月"的美称使她世代相传。她的美,月亮的光芒也比不上,也要羞愧地遮住自己的眼睛。

排名第四的唐代美女杨玉环,与王昭君同样是一个实实在在的有史料记载的美女。她究竟有多么美?诗圣杜甫《哀江头》诗云:"明眸皓齿今何在……"诗魔白居易《长恨歌》云:"杨家有女初长成,养在深闺人未识。天生丽质难自弃,一朝选在君王侧。回眸一笑百媚生,六宫粉黛无颜色。春寒赐浴华清池,温泉水滑洗凝脂。……后宫佳丽三千人,三千宠爱在一身。……缓歌慢舞凝丝竹,尽日君王看不足。渔阳鼙鼓动地来,惊破霓裳羽衣曲。"杜甫与杨玉环虽处同一年代,但他仕途不顺,可以说,他很难见到杨玉环的真容,所以,他说杨玉环的"明眸皓齿"应当只是耳闻。白居易出生时,杨玉环已死去十六年,《长恨歌》中所云,也只是耳闻和艺术想象。亲眼见到杨玉环的是诗仙李白。某天晚上,唐玄宗带着宠妃杨玉环乘月色观赏四株名贵牡丹,虽有歌舞助兴,但玄宗不愿再听旧词,要听翰林李白的新词。可这时李诗仙正"长安市上酒家眠"。乐工李龟年火速找到他,冷水泼醒,架进兴庆宫。醉眼蒙眬的李诗仙看着杨玉环,在唐玄宗御赐的金花笺上挥笔写下了三首《清平调》:

一

云想衣裳花想容,春风拂槛露华浓。
若非群玉山头见,会向瑶台月下逢。

二

一枝红艳露凝香,云雨巫山枉断肠。
借问汉宫谁得似,可怜飞燕倚新妆。

三

名花倾国两相欢,长得君王带笑看。
解释春风无限恨,沉香亭北倚阑干。

　　李诗仙以牡丹花、仙女、嫦娥比喻贵妃的美艳,以绝代佳人赵飞燕衬托贵妃的天香国色,使玄宗和杨玉环笑逐颜开,颇为欣赏。相传杨玉环进宫后摸了含羞草,含羞草的叶子立即卷了起来。宫女们说这是她的美貌使得花草自愧不如、含羞低头,从此有了"羞花"的美称。我想李诗仙这首《清平调》,也可能是"羞花"美称的来源之一。

　　"沉鱼""落雁""闭月""羞花",惜墨如金的八个字,含蓄而又生动、形象而又浪漫地涵盖了四大美女倾国倾城的绝代芳姿,也给人们留下了充分的想象余地。她们因美而走进宫廷或担当起时代的重任，也或多或少地影响和改变了历史。

西施生于越国。相传当越国被吴国打败时，越王勾践为报仇复国，卧薪尝胆，又抓住吴王好色的弱点，欲使美人计颠覆吴国。于是，他在全国寻找美女。西施便因美貌出众被选中，在接受歌舞培训后，便肩负着使吴王夫差荒淫腐败和刺探吴国政治军事机密的光荣使命，走进了吴王宫殿。在吴宫，她的美色使吴王终日迷恋，不思国事，吴国高层的政治军事机密，也被她尽获囊中。终于，越国大军长驱直入吴国都城。

由此看来，西施不失为中国最早的间谍，不愧为灭吴的重要功臣。对吴国来说，西施就是祸水，是西施导致了吴国的灭亡。可是记载这段历史的史书，却看不到西施的影子，更何谈她充当色情间谍的"英勇事迹"？据史料记载，吴王夫差在那些日子里，并非因荒淫纵欲而不问国事。吴王夫差是公元前494年大败越军的，也就是说，按传说，越王勾践于公元前494年之后才实施美人计，派西施去卧底的。这之后，称霸一时的吴王夫差又是准备攻打齐国，又是为邾国讨伐鲁国，又是在邗（今江苏扬州附近）筑城，开凿邗沟，联结长江、淮河，又是在艾陵之战中全歼十万齐军，翌年又一次北伐齐国……连年征战的夫差被西施迷恋得神魂颠倒不问国事了吗？显然不是。吴国走向灭亡，真正的原因是夫差把伍子胥多次忠言劝谏当成了耳边风，并最后令其自刎。

公元前494年，吴军大败越军攻占越都后，伍子胥用历史上少康收聚夏之遗民，整顿官职制度，派人打入有过氏内部，终于消灭了有过氏的事例劝谏夫差，并强调眼下吴国没有当年有过氏那么强大，而勾践的实力大于当年的少康。现在若心慈手软不彻底消灭越国，那就是养虎为患。况且勾践性格坚韧，能吃苦，现在不消灭他，将来后悔莫及。夫差却不以为然，将伍子胥的忠言抛之脑后，反而听从了受到被越国贿赂的太宰伯嚭的话，接受越国投降，把军队撤回了，放松了对越国的警惕。

再者，夫差是个好战分子，连年征战，争当盟主，使国家的人力、财力、物力遭受了较大损失，给越国军队创造了乘虚而入的机会。而越王勾践之所以取得最后的胜利，是与他卧薪尝胆，同百姓同甘共苦，激励全国上下奋发图强、同仇敌忾是分不开的；是与他报仇雪耻的恒心和毅力分不开的；是与他麻痹吴王，离间吴国君臣，耗费吴国国力分不开的。

公元前482年，勾践抓住夫差亲自带领大军北上，与诸侯盟会于黄池的有利战机，突然袭击，攻入吴国，并俘获杀死了吴国太子友。在之后的近十年里，越国不断攻打吴国，终于于公元前473年彻底打败了吴国。这时，夫差才后悔不听伍子胥的劝谏，但为时已晚，终拔剑自刎。

由此可见，吴国的灭亡是多种原因的结合，并非因夫差终日沉醉在西施的温柔乡而荒淫误国。"香径长洲尽棘丛，奢云艳雨只悲风。吴王事事堪亡国，未必西施胜六宫！""家国兴亡自有时，吴人何苦怨西施。西施若解倾吴国，越国亡来又是谁？"唐代文学家陆龟蒙的

《吴宫怀古》和晚唐道家学者罗隐的《西施》也说明，吴王做的许多事都可以导致亡国，后宫佳丽如云，一个西施就能胜过所有的后宫佳丽？如果说是西施颠覆了吴国，那么，越王并不宠幸女色，为何后来越国也走向灭亡了呢？

王昭君是史料记载较详的美女，《汉书》《后汉书》《世说新语》《西京杂记》等均留下了她的音容、足迹。她出生于西汉长江三峡的南郡秭归（今湖北兴山县），因貌美从民间被选入宫中。她的美最初并未被汉元帝发现。当时汉元帝临幸宫女，都要通过宫廷画师毛延寿所画的宫女像请汉元帝过目，看中后方可。于是，宫女们纷纷用钱财贿赂毛延寿，让他把自己画得漂亮些。而王昭君却不买毛延寿的账。毛延寿这家伙利欲熏心，你不买账我就把你画得丑些。如此这般，王昭君怎能有机会得到皇帝的宠幸呢？

是金子总会发光的。公元前33年，跟汉朝关系很好的呼韩邪单于，向汉元帝提出了和亲的要求，汉元帝决定在宫女中选一位。宫女们一听要去遥远荒漠的异国他乡，谁也不愿前往。"昭君入宫数岁，不得见御，积悲怨，乃请掖庭令求行。呼韩临辞大会，帝召五女以示之……"昭君入宫数年，见不到皇帝，心中积满了悲怨，她不愿这样荒废自己的一生，不愿像笼中鸟一样慢慢老去，这才赌气般提出了远嫁匈奴的请求。直到汉元帝召见呼韩邪时，昭君丰容靓饰的美才像拂去尘土的金子一样大放光彩，照亮了汉宫，闪亮了在场所有人的眼球，汉元帝也不由得精神振奋，大吃一惊。汉元帝多么想将王昭君据为己有，可事已至此，汉元帝只好守信，忍痛割爱，恋恋不舍地望着昭君远去。

昭君的美献给了匈奴，献给了汉朝与匈奴的和平友好，熄灭了边塞的烽烟长达五十年之久，并为汉匈经济文化交流做出了巨大贡献。她的美，不仅仅是外貌，更在心灵；她的美，闪耀在史书和文艺作品中，定格在世世代代人们的心中。

貂蝉是四大美女中唯一没有史料可寻的美女，但在民间传说和文艺作品中，她凭着自己的美色，周旋在东汉末年各派政治人物之间，倾倒了众多英雄豪杰。她原是洛阳的一名歌妓，后流落到司徒王允府中，王允利用她的美，精心定下了一系列连环计。太师董卓独揽朝廷大权，专横残暴，久怀篡逆之心。忧国忧民、刚强正直的王允早想除掉他，却一直无计可施。当他被貂蝉的美艳照得眼前一亮时，突然计上心来，向貂蝉谈了欲除掉董卓的意图。貂蝉深明大义："若与国家有益，贱妾亦何惜一身？但惟司徒筹划。"

于是，王允和貂蝉便依计而行。王允先是设宴色诱董卓的义子吕布，上演了一幕"吕布戏貂蝉"的好戏，使猛将吕布在貂蝉面前意乱神迷，并许诺将貂蝉嫁给吕布；再是设宴色诱董卓。貂蝉的绝代风华和翩翩舞姿，令董卓如醉如痴，直流口水，连称貂蝉为天仙。王允又答应将貂蝉献给董卓。董卓携貂蝉回府，吕布岂能善罢甘休？这样便引发了父子相争的大战，终借吕布之手杀死了董卓。貂蝉的美，为汉室除去了一大害，不愧为优秀的女特工。貂蝉在罗贯中的笔下完成了使命后，不知所终。

而在多种版本的戏剧中，她都因美而亡。在昆剧《斩貂》中，吕布在白门楼被曹操斩首后，其妻貂蝉被张飞转送给关羽，但关羽怕她

的美色被他人垂涎、玷污，也担心她水性杨花、朝三暮四，于是为保全名节，痛斩美人于灯下。在杂剧《关公月下斩貂蝉》中，曹操为留住关羽，让貂蝉以美色前去引诱，可关羽坐怀不乱，为防自己把持不住，干脆杀死了貂蝉。红颜薄命，也不是没有一点道理啊。

杨玉环是距我们最近的一位，《旧唐书》《新唐书》《资治通鉴》等史书均可看到她的记载。她出生于官宦世家，天生丽质，能歌善舞。唐开元二十二年七月，她在洛阳应邀参加唐玄宗女儿咸宜公主的婚礼时，被咸宜公主的胞弟寿王李瑁一眼看中。很快，在李瑁母亲武惠妃的要求下，唐玄宗册立她为寿王妃。三年后，武惠妃逝世。唐玄宗失去了最宠爱的妃子，寝食不安，郁郁寡欢。后宫虽然佳丽三千，但都不是他的最爱。倒是美貌绝伦、艳丽无双的儿媳妇杨玉环令他心动神飞，可这是自己的儿媳妇呀，这不伦之举如何使得？

为了达到目的，唐玄宗先令儿媳妇出家，再找一女子填补儿媳妇空缺，几年后，便掩耳盗铃地将儿媳妇升任为自己的贵妃。为美人倾倒的唐玄宗，亲谱《霓裳羽衣曲》让美人欣赏，亲手将金钗银钿插于美人鬓发，正如他所言："朕得杨贵妃，如得至宝也。"

杨玉环因美升级为贵妃，也给自己的家族带来了富贵荣华，三个姐姐被封为一品夫人，每月还有脂粉费十万钱（三姐不施脂粉除外），兄弟们均封高官，就连市井无赖的堂兄杨国忠也身兼十余职，颐指气使，不可一世。

杨玉环不仅仅只有美，她还有音舞才华及献媚玄宗的绝招。她曾几次惹玄宗生气被撵回娘家，几次走后玄宗都汤水不进，直到杨玉环被高力士接回。杨玉环摸准了玄宗的命脉,也更加娇纵,杨家人也越发嚣张。但这些娇纵、嚣张,都随着"安史之乱"而走上了断头台。

　　杨玉环的美发展成祸国红颜,最终被赐一条白绫自缢,这种美岂不可悲!

《诗经》里的爱情

爱情是古往今来文艺作品中永恒的主题。在距今两千五百多年前的《诗经》中,爱情就占了相当的比重。

在周代前期,男女之间的情爱是比较开放自由的,没有后来那么封建甚至封闭。《国风·郑风·溱洧》就描述了青年男女到河边春游,相互谈笑并赠送香草表达爱慕的情景。"溱与洧,方涣涣兮。士与女,方秉蕳兮。女曰:'观乎?'士曰:'既且。''且往观乎!洧之外,洵訏且乐。'维士与女,伊其相谑,赠之以勺药。溱与洧,浏其清矣。士与女,殷其盈兮。女曰:'观乎?'士曰:'既且。''且往观乎!洧之外,洵訏且乐。'维士与女,伊其将谑,赠之以勺药。"这首回环往复的叠章式的民歌,描绘了一幅春意盎然的风景画和风俗画,不禁使人想起杜甫"三月三日天气新,长安水边多丽人"的诗句。画面中,溱水洧水潺湲流向东方,三月的春水正在上涨。姑娘小伙手持一

徜徉在历史长廊

束嫩绿的兰草纷纷前来春游,在春风骀荡、桃花春汛的河边欢声笑语,拥抱冰消雪化的春天,释放青春的活力,用芍药传递爱的密码,这是多么纯真的画面,多么和谐的乐章。

溱洧河可以说是两条爱河,在她的身旁,不知映照了多少春心萌动的身影,不知流淌着多少情真意浓的故事。

穿越两千五百多年的时空,我看到一位活泼多情的女子站在溱河边,向对岸一位中意的小伙子直率坦诚地表达了自己的爱:"子惠思我,褰裳涉溱。子不我思,岂无他人?狂童之狂也且。子惠思我,褰裳涉洧。子不我思,岂无他士?狂童之狂也且。"(《郑风·褰裳》)姑娘大胆地表白,你要是爱我思念我,就提起衣裳蹚过溱河。你要是不思念我,难道就没有人喜欢我?你这个轻狂的傻小子呀,狂妄又笨拙!没有丝毫的扭捏作态,没有丁点儿的含蓄羞怯,有的只是直爽火辣、奔放豪爽、情真意切。这不是一位活脱脱的辣妹子吗?!

《国风·郑风·出其东门》也展现了姑娘、小伙们聚会于郑都东门外的一幕,那情那景,简直是一幅春天桃红柳绿的仕女图,毫不逊色于"溱洧"水畔的风景画和风俗画。"出其东门,有女如云。虽则如云,匪我思存。缟衣綦巾,聊乐我员。出其闉阇,有女如荼。虽则如荼,匪我思且。缟衣茹藘,聊可与娱。"漫步城东门外,美女多若天上云朵,多若一片洁白的茅花。虽然如此多的美女,却没有"我"所相思的人,唯有一位素衣绿头巾、红佩巾的贫家女,令"我"心动。面对如云如茅花的衣着鲜亮的美女,"我"没有无动于衷,而是像众多正常的男人一样眼前一亮,惊叹不已。但"我"却选择了一位素衣绿头巾、红佩巾的贫家女,是"我"情有独钟,还是"我"与贫家女出身于同一阶层,高攀不上衣着鲜亮的美女?不管怎么说,此景、此情、此爱令人赞叹,使人如沐春风。

男女相爱,始终伴随着魂牵梦萦的相思。"关关雎鸠,在河之洲。窈窕淑女,君子好逑。……求之不得,寤寐思服。悠哉悠哉,辗转反侧。参差荇菜,左右采之。窈窕淑女,琴瑟友之。参差荇菜,左右芼之。窈窕淑女,钟鼓乐之。"《国风·周南·关雎》作为《诗经》的首篇诗歌,就写了一位男子对一位在河边采摘荇菜的贤淑貌美的女子的思慕之情,以及得不到淑女时翻来覆去睡不着觉的内心的苦恼,并想方设法用弹琴鼓瑟来亲近她,向她表达自己的爱,用钟鼓奏乐让她快乐。这种青春的萌动,犹如初春的柳芽儿,是多么清纯,多么清新。在艺术上,作品巧妙地采用"兴"的表现手法,以雎鸟相向合鸣相依相恋,兴起男子对淑女的相思,又以采荇菜兴起男子对女子的痴情与追求,加之双声、叠韵和重叠词的音韵优美的语言,更使诗歌拟声传情,如见其人,如闻其声。孔老夫子情有独钟地将此诗排在《诗经》首篇,并非是随便之举,这与他认为《关雎》是表现"中庸"之德的典范是分不开的。他在《论语》中多次提到《诗经》,但唯独对《关雎》评论道:"乐而不淫,哀而不伤。"

《关雎》抒写了男子对女子的痴情与追求,《国风·陈风·泽陂》则是一首姑娘在水泽边思念一位小伙子的情歌。"彼泽之陂,有蒲与荷。有美一人,伤如之何?寤寐无为,涕泗滂沱。彼泽之陂,有蒲与蕑。有美一人,硕大且卷。寤寐无为,中心悁悁。彼泽之陂,有蒲菡苢。有美一人，硕大且俨。寤寐无为，辗转伏枕。"面对池塘边的香蒲、兰草、莲花，姑娘便想到自己日夜恋慕的健美、高大、威严的美男，不禁心烦意乱，动情泪奔，愁闷怅然，翻覆难眠。情迷神伤的姑娘是单相思，还是许久没有见到相恋的男子？虽不得而知，但姑娘对男子强烈的爱，如同池塘边的香蒲、兰草、莲花，蓬勃葳蕤；姑娘那一双望穿秋水的美瞳，恰似碧波荡漾的池水，清澈明亮。

《国风·召南·摽有梅》中的女子更是委婉而大胆地发出了求爱的心声。"摽有梅，其实七兮。求我庶士，迨其吉兮。摽有梅，其实三兮。求我庶士，迨其今兮。摽有梅，顷筐塈之。求我庶士，迨其谓之。"女子看着暮春黄熟的梅子纷纷坠落，即刻联想到了自己正在流逝的青春，敏锐地感到了时光的无情，而自己却仍待字闺中，于是，情不自禁地以梅子兴比，急不可耐地唱出了这首珍惜青春、渴求爱情的诗歌："梅子落地纷纷，树上还留七成。有心求我的小伙子，请不要耽误良辰。梅子落地纷纷，枝头只剩三成。有心求我的小伙子，到今儿切莫再等。梅子纷纷落地，收拾要用簸箕。有心求我的小伙子，快开口莫再迟疑。"真是一唱三叹，感情炽热，以至后世《牡丹亭》中的杜丽娘也深受影响，唱出了"良辰美景奈何天"的名句；《红楼梦》里的林黛玉也深有同感，樱桃小口咏叹出"花谢花飞飞满天"的愁怨。

《国风·召南·草虫》以秋天的原野为背景，也让我们看到了一位相思的女子。"喓喓草虫，趯趯阜螽。未见君子，忧心忡忡。亦既见止，亦既觏止，我心则降。陟彼南山，言采其蕨。未见君子，忧心惙惙。亦既见止，亦既觏止，我心则说。陟彼南山，言采其薇；未见

君子,我心伤悲。亦既见止,亦既觏止,我心则夷。"女子听到蝈蝈鸣叫,看到蚱蜢蹦跳;登上高高的南山头,采摘鲜嫩蕨菜叶;登上高高的南山顶,采摘鲜嫩薇菜苗,却都没有见到那位心上人,焦躁、凄切、烦恼伴着萧瑟的秋风,一下子涌上了心头。可女子并没有因此而悲伤,而是化作了惬意的想象:如果我已见着他,偎着他,心中的愁思就全消了,心中就充满了喜悦,就平静下来。

《小雅·隰桑》《小雅·菁菁者莪》《国风·秦风·蒹葭》等诗篇,也都将情人缱绻的相思描写得惟妙惟肖。

相思充满了酸甜苦辣,而情人的幽会却是比蜜还甜。在《国风·邶风·静女》一诗中:"静女其姝,俟我于城隅。爱而不见,搔首踟蹰。静女其娈,贻我彤管。彤管有炜,说怿女美。自牧归荑,洵美且异。匪女之为美,美人之贻。"这首接近于生活原生态的诗,以男子的口吻写与心上人相约在城墙根见面以及见面后的情趣。开头两句便展现了男子兴奋的心情,美丽的心上人在城墙根儿等着,怎能不欣喜若狂呢?结果却看不到心上人。是自己来得早了,还是心上人迟到了?急得傻小子挠着头来回走动。原来,那有些俏皮的美女是故意和他藏猫猫逗他玩儿呢。当美女送给男子一支色泽鲜亮的红色笛管时,男子非常喜爱。美女又从郊野采来茅草芽送给男子,男子感觉是那么美好。并不是茅草芽有多美,而是因为美人所赠,那不仅仅是一种植物,更是一种信物,一颗春心啊!浅显的语言,生动的形象,愉悦的氛围,使"爱而不见"活泼娇美的少女和"搔首踟蹰"心急如焚的男子呼之欲出,如见其人,如闻其声,达到了细腻入微、出神入化的地步。

《国风·邶风·静女》中的幽会是甜蜜的,而《国风·郑风·子衿》中一位女子在城楼上等候约会的恋人时却不尽如人意。"青青子衿,悠悠我心。纵我不往,子宁不嗣音?青青子佩,悠悠我思。纵我不往,子宁不来?挑兮达兮,在城阙兮。一日不见,如三月兮。"子衿是当时学子的服装,可见男子与她是同学恋人。诗中以"青青子衿""青青子佩"的衣饰借代恋人,相思萦怀之情跃然纸上。可是望穿秋水却不见"同桌的你"前来,浓浓的相思与期盼渐渐转化为淡淡的失落与幽怨:纵然我没有去找你,你为何就断了音信?纵然我没有去找你,难道你就不能主动前来?失落与幽怨的她等不到恋人,心烦意乱,在城楼上来来回回地走个不停,觉得虽然只有一天不见面,却好像分别了三个月那么漫长。这是多么真挚的相思,多么缠绵的爱!《国风·王风·采葛》一诗也有同样的诗句:"彼采葛兮,一日不见,如三月兮!彼采萧兮,一日不见,如三秋兮!彼采艾兮,一日不见,如三岁兮!"诗人反复咏叹,"三月""三秋""三岁"句句递增,非常直率地坦露了对情人的强烈情感。

《国风·陈风·东门之杨》中情人负约的幽会,也使主人公品尝了爱的苦涩。"东门之杨,其叶牂牂。昏以为期,明星煌煌。东门之杨,其叶肺肺。昏以为期,明星晢晢。"城东门大白杨的叶儿正"牂牂"地低唱着,与他(她)约好在黄昏会面,却一直等到"明星"东上也不见人影;东门大白杨的叶儿正"肺肺"地嗟叹着,约好在黄昏会面,却一直等到明星灿烂仍不见人影。吃过晚饭,早早来到约会地点,看着直冲云霄的白杨,听着树叶浅吟低唱,对一位心中充满羞涩、兴奋的初恋者来说，这是多么神秘而又温馨的氛围。可是，万万没有想到的是，一直等到那明亮的启明星高高升起于青碧如洗的夜空，仍不见心上人的身影。诗中含蓄地没有提及等待者的心情，但我们不难感到，斗转星移，东方渐亮，焦灼等待了一夜，就是那"煌煌"闪烁的启明星，也流露出失望、惆怅的眼神；就是那浅吟低唱的树叶儿，也变成了一片唏嘘和叹息。

情人如此失约，是父母的阻挠，还是急病缠身，还是一种考验？这只能去想象的空间里寻找答案了。但不论如何，失约总比失恋要强得多，这一失约，下次可能改正，而失恋却很难有下次了，其中的苦涩远比失约不知要高多少倍。

《国风·秦风·晨风》就是一位失恋的痴情女子以重章叠句的形式，反复表述心中的思念和忧愁。"鴥彼晨风，郁彼北林。未见君子，忧心钦钦。如何如何，忘我实多！"痴情女子望着鹯鸟如箭疾飞，飞入北边茂密的树林，却望不见意中人归来，忧心忡忡、情绪难平，不由得发出"怎么办啊怎么办，你竟把我忘干净"的哀叹。"山有苞栎，隰有六驳。未见君子，忧心靡乐。如何如何，忘我实多！山有苞棣，隰有树檖。未见君子，忧心如醉。如何如何，忘我实多！"痴情女子又看到山坡上茂密的栎树和洼地里树皮青白相间的梓榆，却仍望不见意中人归来，想到万物各得其所，独有自己形同孤雁，往日的花前月下、海誓山盟都付诸东流，心里自然忧伤凄凉，毫无快乐可言，甚至到了精神恍惚、崩溃的边缘。我不禁想劝这位痴情女子，不要在一棵树上吊死，天涯何处无芳草，转身去寻找更好的他吧。

《国风·郑风·狡童》同样写了一位痴情女子："彼狡童兮，不与我言兮。维子之故，使我不能餐兮。彼狡童兮，不与我食兮。维子之故，使我不能息兮。"那个美少年，不愿和"我"再说话，不愿和"我"同吃饭，为了你这个小冤家，害得"我"饭也吃不下，觉也睡不安稳。这直截了当的倾诉，充满了对恋人的埋怨和对恋人的爱恋不舍。与《国风·秦风·晨风》中痴情女子不同的是，这可能是因恋人间的一次误会或一次口角所引起。从这位女子有些娇嗔的口吻中可以感觉到，她没有《国风·秦风·晨风》中痴情女子的忧伤、凄凉和绝望，她的责骂中含着爱，带着恋，似乎这短暂的矛盾之后，二人还会和好如初。法国浪漫主义女作家斯达尔夫人曾说："爱情对于男子只是生活中的一段插曲，而对于女人则是生命的全部。"特别是初恋男女，感情比较脆弱，甚至一件小事一句话都可能使对方敏感地猜想、推测，激起层层浪花。尤其是初涉爱河的小女子，更是如娇嫩的小花一般，禁不起一点风雨，对不愿和自己说话、吃饭的她来说，怎能不寝食难安呢？

失恋是痛苦的，一些恋人遭到父母的反对，同样是痛苦的。"泛彼柏舟，在彼中河。髧彼两髦，实维我仪。之死矢靡它。母也天只！不谅人只！泛彼柏舟，在彼河侧。髧彼两髦，实维我特。之死矢靡慝。母也天只！不谅人只！"在《鄘风·柏舟》中，姑娘轻轻摇荡柏木舟，在河中慢慢游荡。头发飘垂的少年，是她相中的好侣伴，发誓至死不再找另一半！可她的爱却遭到了母亲的反对，于是，她不得不反抗父母的干预，发出了"我的母亲，我的天，为何对我不相信"的怨叹。古今中外，许多父母都想让儿女找到一个好对象，可"好对象"的标准却与儿女不是一致的。父母想找的是现实——家底殷实，有房有车工作好；而儿女想找的是两情相悦，心心相印。因此就发生了矛盾冲突，甚至造成了不可挽回的悲剧。诗中姑娘为维护爱情、坚信爱情而发出的沉重的怨叹，虽跨越了两千五百多年的时空，但仍有醒世意义。

《国风·郑风·将仲子》中的一对恋人，也遭到了一些阻挠。热恋中的仲子急于想见女友，提出要翻围墙前来相会的想法，女友忙拒绝道："将仲子兮，无逾我里，无折我树杞。岂敢爱之？畏我父母。仲可怀也，父母之言，亦可畏也。"求求你，我的仲子，别翻越我家门户，别折了我种的杞树。哪是舍不得杞树啊，我是害怕父母。仲子你实在让我牵挂，但父母的话，也让我害怕。仲子又提出翻越围墙、菜园，可实在牵挂想念仲子的她，又害怕兄长的话和邻人的毁谤。不难想象，仲子和女友是多么沮丧、无奈。周代后期，自由恋爱逐渐被封建礼教所禁锢，"不待父母之命，媒妁之言，钻穴隙相窥，逾墙相从，则父母、国人皆贱之。"（《孟子·滕文公下》）在这种社会舆论的压力下，青年男女的自由恋爱怎能不受到压制呢？

得到父母的支持，由相恋走向新婚，无疑是最幸福的。《国风·周南·桃夭》就以桃花起兴，祝贺一位年轻姑娘出嫁，为新娘送上了美好的祝愿。"桃之夭夭，灼灼其华。之子于归，宜其室家。桃之夭夭，有蕡其实。之子于归，宜其家室。桃之夭夭，其叶蓁蓁。之子于归，宜其家人。"据《周礼》记载："仲春，令会男女。"看来桃花盛开的季节，正是周代姑娘出嫁的最佳时刻。鲜嫩绽蕊的桃花，两颊飞红的新娘，真是人面桃花两相辉映。这位姑娘喜气洋洋地出嫁后，就会像盛开后的桃花一样结果，累累果实挂满枝头，也希望新娘早生贵子，子孙兴旺。桃花怒放千万朵，绿叶茂盛永不落，也祝愿新娘的家庭如茂盛的桃叶，和睦相处，幸福美满，兴旺发达。这幅淳朴、热烈的场景，至今延续在乡村，延续着乡村的和谐和欢乐。

《国风·唐风·绸缪》则将贺新婚闹新房的喜庆场面推到了我们面前。"绸缪束薪，三星在天。今夕何夕，见此良人。子兮子兮，如此良人何。绸缪束刍，三星在隅。今夕何夕，见此邂逅。子兮子兮，如此邂逅何？绸缪束楚，三星在户。今夕何夕，见此粲者。子兮子兮，如此粲者何？"黄昏后，燃薪照明举行婚礼至半夜，以玩笑的话来调侃这对新婚夫妇，"将这新郎怎样亲？""拿这良辰怎样过？""将这美人怎样疼？"语言风趣活脱，生活气息浓厚。尤其是"今夕何夕"（今夜究竟是哪夜）的问话，俏皮而又含蓄，使人仿佛身临其境，融入闹新房的欢乐之中。

《诗经》中还有不少描写夫妻婚后生活的诗。在《国风·郑风·缁衣》中，就表现了一位妻子对丈夫无微不至的体贴之情。"缁衣之宜兮，敝予又改为兮。适子之馆兮，还予授子之粲兮。缁衣之好兮，敝予又改造兮。适子之馆兮，还予授子之粲兮。缁衣之席兮，敝予又改作兮。适子之馆兮，还予授子之粲兮。"黑色朝服多合适、多美好、多宽大啊，破了我再为你做一件。你到官署办公去啊，回来我就给你穿新衣、试新袍。她一而再，再而三的关爱和叮嘱，充分表达了妻子对丈夫的一往情深，也使我们看到了一位贤惠妻子的良好形象。

如果说《国风·郑风·缁衣》写的是一对官员夫妻的恩爱，那么

《国风·郑风·女曰鸡鸣》则以夫妻对话的形式,展示了百姓夫妻日常生活的爱意。早晨公鸡打鸣,妻子便起床了,并告诉丈夫"鸡已打鸣"。妻子委婉的晨催,是让丈夫起床开始一天的劳作。可丈夫还想睡,"士曰昧旦",以天还没有亮辩解,并推窗看看天上,启明星还闪着灿烂的亮光。妻子却说:"宿巢的鸟雀将要满天飞翔了,整理好你的弓箭该去芦苇荡了。"言外之意是,你起床迟了,赶到芦苇荡鸟雀就满天飞翔了,哪还能打到鸟雀呢?由此可见,妻子是勤劳的,她也想让丈夫勤劳,当好家庭生活的支柱,和她共同挑起生活的重担。看来丈夫也不是懒惰之人,虽还想睡觉,但在妻子温馨的提醒中,还是整好装束,踏着晨光而去。望着丈夫远去的背影,妻子又在心里祈祷:"野鸭大雁射下来,为你烹调做好菜。佳肴做成共饮酒,白头偕老永相爱。"丈夫对如此勤劳、体贴的妻子充满了幸福和满足,为表示对妻子的爱,他解下杂佩赠给妻子。"琴瑟在御,莫不静好。"女的弹琴,男的鼓瑟,夫妻和睦美满,这是多么美好的生活。

与以上朝夕相处的恩爱夫妻相比,《国风·王风·君子于役》中的妻子却倍感冷落,多了一份浓浓的思念。"君子于役,不知其期,曷至哉?鸡栖于埘,日之夕矣,羊牛下来。君子于役,如之何勿思!君子于役,不日不月,曷其有佸?鸡栖于桀,日之夕矣,羊牛下括。君子于役,苟无饥渴!"丈夫在外面服役,不知道他的服役期限有多久,遥远无期不能用日和月来计算。什么时候才能夫妻相会呢?天已经晚了,鸡进窝了,羊和牛从牧地回来了,可我的丈夫还在外面服役,怎么能不想念?但愿他不至于受饥受渴!夕阳的余晖,田野的牧歌,遥望远处的思夫的少妇，构成了一幅恬淡的乡村晚景的油画，使人不仅感受到了浓郁的乡野气息，也感受到了农家少妇对丈夫的热切期盼。

《国风·秦风·小戎》《国风·周南·卷耳》等诗，也都抒发了妻子对征夫的深深怀恋和思念之情。《国风·唐风·葛生》中妻子对征夫的深深怀恋和思念，却化作了永久的悼念。"葛生蒙楚，蔹蔓于野。予美亡此，谁与？独处！"凄清荒凉、萧条冷落的野地里，茂密的葛藤覆盖着丛丛灌木，蔹草蔓延在荒野上，我爱的人葬在这里，谁和他在一起？独守安宁！"角枕粲兮，锦衾烂兮。予美亡此，谁与？独旦！"回想过去的时光，牛角枕头那样光鲜，锦绣被子色彩斑斓。可如今我爱的人葬在这里，谁和他在一起？独枕待旦！"夏之日，冬之夜。百岁之后，归于其居！冬之夜，夏之日。百岁之后，归于其室！"从夏到冬，从冬到夏，在这漫长的日子里，都将永远绵长着我的怀念，直到百年后与你同穴永伴。悲凉的氛围，形单影只的少妇，发自肺腑的真情，无不触动人们同情而又柔软的心灵。

有人把婚姻比作爱情的坟墓；有人把婚姻比作围城。但不管怎么说，这样的婚姻已不再是花前月下、举案齐眉、相敬如宾，肯定是冷战、家暴、离婚。托尔斯泰老先生在《安娜·卡列尼娜》中曾说，幸福的家庭都是相似的，不幸的家庭各有各的不幸。失去丈夫是痛苦的，被丈夫家暴、遗弃也是辛酸的。在我国第一部诗歌总集《诗经》里，就展现了这样不幸的"坟墓"和"围城"，就滴落着不幸家庭中被遗弃女人的辛酸泪。

《国风·卫风·氓》就是一首从甜蜜爱情到婚姻悲剧的诗篇。"氓

之蚩蚩，抱布贸丝。匪来贸丝，来即我谋。送子涉淇，至于顿丘。匪我愆期，子无良媒。将子无怒，秋以为期。"在某个集市上，憨厚的农家小伙子笑嘻嘻地怀抱布匹来换丝。其实不是真换丝，是想和女主人公商量结婚的事情。将男子送过淇水，到了顿丘，女子辩解不是自己愿意耽误婚期，而是你没有媒人来说媒。望郎君不要发脾气，咱就把秋天作为婚期。

"乘彼垝垣，以望复关。不见复关，泣涕涟涟。既见复关，载笑载言。尔卜尔筮，体无咎言。以尔车来，以我贿迁。"女子朝思暮想，爬上那垛破土墙，向男子居住的复关深情遥望。复关远在云雾中，不见情郎的身影，不由得相思泪流。当情郎从复关前来，女子又说又笑，喜气洋洋，让情郎卜卦求神，预测婚事的吉凶，又让情郎赶着车子来搬运嫁妆。可是出嫁后，女子却如桑叶一样，从青嫩到坠落，终遭男人的遗弃。

"桑之未落，其叶沃若。于嗟鸠兮，无食桑葚！于嗟女兮，无与士耽！士之耽兮，犹可说也。女之耽兮，不可说也。桑之落矣，其黄而陨。自我徂尔，三岁食贫。淇水汤汤，渐车帷裳。女也不爽，士贰其行。士也罔极，二三其德。"婚姻是爱情的坟墓。虽说这是句老话，但不能不说其中也有一定的道理。桑叶未落时，青翠欲滴，紫红的桑葚挂满枝头，正如年轻貌美的女子，也正如女子和男子初婚的生活。可是，甜甜的桑葚斑鸠吃多了也容易醉；爱情虽然美好，但深陷情网也容易上当受骗。男人深陷情网可以解脱，而女子一旦深陷情网则无法挣脱。这是对年轻貌美的天真少女的告诫，也是对男尊女卑现象的控诉。桑叶由青而黄，飘然而落，不仅是日月的流逝，也暗示着女子青春的流逝，暗示着爱情和婚姻有时会像过期的食品一样变质。这女子嫁过去几年后，不嫌贫贱，清苦度日，夫妻关系却渐渐发生了变故，直至破裂。女子不得已又坐着车子，渡过淇水，回到娘家这个港湾。她反思自己的婚姻，自己并无一点过错，而是那个男子三心二意、言行不一，负心背弃了自己。

追忆几年来的婚姻生活，"三岁为妇，靡室劳矣；夙兴夜寐，靡有朝矣。言既遂矣，至于暴矣。兄弟不知，咥其笑矣。静言思之，躬自悼矣。"婚后的三年里，女子恪守妇道，不辞劳苦，没日没夜地操持着繁重的家务。谁知家业已成后，男子却渐渐对她施行家暴。回到娘家，兄弟们不知她遭受家暴和虐待的悲凉，见面时还讥笑她。静心细想，怎能不独自伤心呢？

"及尔偕老，老使我怨。淇则有岸，隰则有泮。总角之宴，言笑晏晏。信誓旦旦，不思其反。反是不思，亦已焉哉！"回首当初相恋时，那是多么美好的时光，情意缠绵，笑语连连，信誓旦旦要白头偕老，可是短短的几年，海誓山盟犹在耳边，夫妻却反目成仇，人还未老就产生了怨恨。浩浩汤汤的淇水总有堤岸，广阔连绵的沼泽也有边际，而"我"的痛苦为什么就没有头？思前想后，女子终于看透了男子的虚伪和欺骗，决心与男子一刀两断。

《国风·邶风·谷风》也描写了一位辛劳持家的女子。开始，她与丈夫共同创业，使小日子日渐红火，可是丈夫却将"及尔同死"的誓言抛之脑后，竟喜新厌旧，动辄对她拳脚相加，最终在再婚迎亲之日，将她赶出了家门。

《国风·王风·中谷有蓷》中同样洒满了弃妇饱尝辛酸、追悔莫及的泪，她痛定思痛的怨诉、叹息、抽泣，折射出了男权主义对地位低微的妇女的重压。

弃妇是古代社会妇女恋爱婚姻中的悲剧。两千五百多年过去了，如今这种悲剧却仍在上演，受伤的心灵仍在滴血呻吟。与古代社会相比，现代妇女的社会地位得到了很大提高，妇女自主、自立、自强，发展空间也越来越大。

爱情是把双刃剑，它可以劈开一条通往幸福美满的路，也可以将这条路斩断。

璇玑图

东晋长安萧瑟的秋风,吹落了若兰院中的树叶,丈夫窦滔与歌女赵阳台在一起的消息,也如这萧瑟的秋风,吹凉了若兰的心。

遥想十六岁花季,若兰随任武功县令的父亲到周原名刹阿育王寺游玩,忽见寺院西池畔有一位翩翩美男子在搭箭弯弓,一只飞鸟应声落地。男子又一箭射入池水中,一条鱼又带箭浮出水面。若兰秀目圆睁,简直看呆了。她忽然意识到什么,快步走向男子:"你的箭法不错,可惜用错了地方。"男子见是一位美貌少女,两眼不由得瞪直了,若兰的话成了耳旁风。若兰被盯得羞红了脸,嗔怒道:"说你呢,没听到?"男子这才回过神来,愣愣道:"你说啥?""此乃普度众生的佛家净地,你却射杀天上飞鸟,池中游鱼,实乃罪过。"男子慌忙拱手施礼道:"小姐言之有理,小生这就去拜佛敬香,请佛祖原谅小生。"男子将弓箭和树下的长剑、经书放到一起,嘱咐若兰帮他看着,

又对若兰微微一笑，转身向大殿跑去。若兰望着他远去的背影，爱慕之情不禁油然而生。正值谈婚论嫁的她，此前已谢绝了多次提亲，那些门庭显赫的公子哥，她一个也没看上，一个也没动心。可今日这个仪表堂堂、彬彬有礼的男子，竟使她春心摇荡，一见钟情。男子一脸灿烂地回来了："佛祖已宽恕了我，多谢小姐教诲。""武艺再高，也不能滥杀无辜。""小生牢记在心。敢问小姐芳名？""姓苏名蕙，字若兰。"男子一惊："久仰芳名，果然貌若天仙，名不虚传！小生姓窦名滔，字连波，刚到朝中做一小吏，还望小姐多多指教。"

这时，父亲走了过来。若兰向窦滔羞涩一笑，拉着父亲的胳膊向前走去。父亲看出了女儿的心思，便托人了解窦滔的身世，方知窦滔年方二十岁，系前秦右将军窦真之孙，从小入太学读书，兼学武功，博通经史，逢考必是头名。前秦皇帝苻坚到太学巡视时，就对他赞赏有加。窦滔行冠礼后，苻坚就让他入朝做了官。

同样一见钟情的窦滔，久闻若兰自小聪颖过人，三岁学画，四岁作诗，五岁抚琴，九岁织锦，阿育王寺的邂逅，若兰的秀美和善、气若幽兰，使他胸中燃起了熊熊的爱的火焰，随即便托人上门提亲。

洞房花烛，如胶似漆；欢度蜜月，缠绵悱恻。接下来仍是树缠藤藤缠树。但窦滔也并未完全沉醉于温柔乡，爱情的魔力使他在疆场上更增添了无穷的力量，屡建战功的他很快晋升为秦州刺史，深受百姓拥戴。可好景不长，奸臣的嫉功妒能，加上朝廷的昏庸，窦滔被革职发配到遥远而荒凉的敦煌，那种与娇妻相敬如宾、举案齐眉的日子，也成了落花流水。

她送他至阿育王寺北城门外，泪眼婆娑，发誓海枯石烂不变心，誓死不改嫁。可是，忠贞不渝的表白，孤灯下多少个夜晚苦苦的等待，当耐不住寂寞的窦滔遇到能歌善舞、娇媚可人的歌妓赵阳台时，一切都化作了云烟……

若兰坐在织锦台前，暗自神伤。她恨朝廷，不该把丈夫发配到那么遥远荒凉的地方；她恨丈夫，不该不顾自己的感受另求新欢。可这又有什么用呢？上有公婆，下有儿女，自己怎能千里迢迢前去倾泻心中的怒火呢？

转眼七八年过去了，朝廷重新起用窦滔，窦滔终于回到了长安，身后还跟着一个娇媚的女子，不用说，这就是赵阳台。若兰又喜又怒，喜的是与丈夫久别重逢，怒的是丈夫竟将那娇媚女子带回家中，喜怒交加，不禁泪如泉涌。她明知男人可以纳妾，可内心却怎么也容不下一个与她分享丈夫的女人，她嫉妒这女人，她不愿看到这女人，她想立刻撵走这女人，她终于忍无可忍地发出了河东狮吼。窦滔理解妻子的心情，紧紧将妻子拥抱在怀里，泪似滴滴答答的雨水般滴在爱妻的秀发上。发配敦煌后，他无时无刻不想念自己的爱妻，没有爱妻陪伴的日子，他的心被厚厚的乌云笼罩着，犹如干旱的禾苗枯萎了，如同没有绿色的茫茫大漠空旷着。是赵阳台的出现，仿佛一轮朝阳驱散了他心中的乌云，好像及时的春雨滋润着他干渴的情感禾苗，恰似绿色的植被填补了大漠的空旷。返回长安，自己怎能丢下她而不管呢？可带她回来，又使爱妻如此伤心动怒。窦滔左右为难，只好将赵阳台安顿在外。

日子没有了窦滔发配前的温馨缠绵，若兰一想到赵阳台那娇柔媚人的样子，心里就像打翻了醋缸，酸溜溜的不好受，于是就找上门，摆出正室的架子训斥她，甚至让人打她一顿，以解心中之气。赵阳台自知自己的身份，只好忍气吞声，委曲求全，从不与她争吵，只是在窦滔悄悄来看她时，向他倒倒苦水。窦滔便安慰温存赵阳台。赵阳台心里舒服了些，窦滔的心里却增加了对若兰的不满。

　　不久，窦滔被任命为安南将军，将去镇守襄阳。窦滔让若兰一同前往，若兰却因赵阳台也去而赌气留在长安。窦滔反复劝说，若兰却始终使着小性子，坚持不再与赵阳台同住一个屋檐下。窦滔无奈，只好带着赵阳台前往，并渐渐断绝了与若兰的音信。

　　若兰又开始了独守孤灯的寂寞生活。她恨丈夫的无情，恨赵阳台的娇媚，恨过之后，又泛起对丈夫的深深思念，又将深深的思念和怨恨化作两百余首诗词，用红黄蓝白黑五色彩丝织进一幅仅八寸的《璇玑图》。璇玑，原意本来是指天上的北斗星，若兰之所以取名《璇玑图》，就是让图上的文字排列得如同满天的星辰一样玄妙而有致，就是让自己对丈夫的爱似星星一样深邃而永恒。八百四十一个还没苍蝇大的小字，纵横二十九行，每行都是二十九字，无论上下左右纵横或是回旋交叉跳间地读，都能读出情真意切又繁复变幻的诗句。这些诗句，组成了色彩不同的方阵冲向襄阳；生成了一组组、一束束情感利箭，射向了千里之外的窦滔的心灵。

　　窦滔捧着若兰不知用多少心血、多少日夜织就的《璇玑图》，不由得想起发配敦煌七八年时若兰织在锦帕上的《织锦回文朝天子》的诗,初读竟丈二和尚摸不着头脑,细细看来,才发现这诗非同一般,其中暗藏的回文诗令他泪如雨下。他从第一行的"夫"字开始,向右斜念下去,然后再按网状顺序念到第一行中间的"妻"字上,便成为一首十六行的七言诗:"夫妇恩深久别离,鸳鸯枕上泪双垂。思量当初结发好,岂知冷淡受孤凄。去时嘱咐真情语,谁料至今久不归。本要与夫同日去,公婆年迈身靠谁?更想家中柴米贵,又思身上少寒衣。野鹤尚能寻伴侣,阳雀深山叫早归。可怜天地同日月,我夫何不早归回?织锦回文朝天子,早赦奴夫配寡妻。"

就是这首诗传到前秦皇帝苻坚手中后,苻坚才又派人调查,弄清了事实真相,消除了对窦滔的怀疑,赦免并封他为安南将军,镇守襄阳。如今,若兰让老家人送来的《璇玑图》,肯定也和锦帕上的《织锦回文朝天子》一样,其中必有奥妙。

果然,他很快从中读出了几首:"苏作兴感昭恨神,辜罪天离间旧新。霜冰斋洁志清纯,望谁思想怀所亲!"这首诗,使他感受到了妻子被赵阳台取代的幽怨和不平,也感受到了妻子对自己始终不变的霜冰般纯洁的真情。"伤惨怀慕增忧心,堂空惟思咏和音。藏摧悲声发曲秦,商弦激楚流清琴。"这首正读反读皆可的诗,使他仿佛看到,满腹忧伤的妻子,独自坐在空寂的堂上抚琴,琴声时而含悲呜咽,时而激越如风,向他倾诉着悲切的心声。"寒岁识凋松,真物知终始。颜衰改华容,仁贤别行士。"这首可回读的五言诗,妻子用寒冬的青松作比,仍然表达了对丈夫矢志不移的忠贞爱情,这使他又想起当年被发配襄阳时,她送他至阿育王寺北城门外,泪眼婆娑、海誓山盟的

情景。他的心震颤了,扑面而来的一首首或激愤或情浓或伤悲的诗,似一组组、一队队的士兵,冲垮了他的感情堤坝,他束手被擒,最终成为妻子的俘虏。

翌日,一辆马车驶出襄阳城门,向关中窦滔的家乡扶风驶去。车中的女人撩开后帘,久久凝视着渐去渐远的襄阳城门,娇媚的脸上泪痕斑斑。

又一日,一辆装饰一新的马车驶出襄阳城门,驶向长安……

曹操与文姬

　　汉朝使者忽如一夜春风,来到南匈奴,蔡文姬却对此一无所知。她正带着两个儿子读书,琅琅的书声伴着啾啾的鸟鸣,飘荡在塞外难得的和风里。

　　突然,热闹的欢迎声一下子中止了琅琅的书声和鸟鸣声。大儿子睁大惊奇的眼睛问:"娘,这是爹爹回来了吗?"文姬抚摸着两个儿子的臂膀:"爹爹可能有贵客了。"不一会儿,忽然侍从来禀报:"禀王妃,汉朝使节到,大王请您前去。"文姬真不敢相信自己的耳朵,以为是在梦中。她愣愣地盯着侍从,喃喃道:"汉朝使节?"侍从点点头。"使节为何而来?""可能是迎接王妃归汉。"文姬顿时欣喜若狂,热泪盈眶,迅速拉上两个儿子疾步向左贤王的大帐奔去。

　　十二年前的战乱中,文姬随难民被掳到这里,成为左贤王的妃子,可汉朝一直藏在她的心灵深处,无时无刻不想插翅飞回自己的故

土啊！可她就像被关在笼子里的鸟，怎能如愿？她只能将苦涩的泪水咽到肚子里，只能时时遥望南天，只能让南飞的大雁带着自己的心飞向中原。

　　汉朝的车马静静地停在那里，车上插着的汉朝旗帜在春风里招展着。文姬激动无比地走进左贤王的大帐，汉朝使臣告诉她，是曹丞相基本平定了北方战乱后，念她是一代大儒、文坛领军人物蔡邕的独女，才想方设法寻找到她，特用黄金千两、白璧一双将她赎回。曹丞相？曹操？文姬的脑海里不禁闪现出当年曹操登门拜访父亲的情景，两人谈古论今，对弈品茗，谈笑风生。她也曾随父拜访曹府，曹操还对她熟读经书、九岁能辨琴的能力赞不绝口。真没想到，父亲遭遇董卓之乱，被王允下狱惨死后，作为父亲的老朋友，也是父亲学生的曹丞相，仍不忘旧情，仍惦念着消失了十二年的弱女子！文姬感激涕零，泪湿襟袖。

　　左贤王可能是迫于汉朝的强大，同意了文姬归汉，但不允许她带走两个儿子。文姬声泪俱下，苦苦相求，但左贤王坚持不让。在汉使的催促下，文姬撕心裂肺地惜别了两个儿子，一步一回头地登上了迎接她的车子。两个儿子在左贤王的怀中朝她哭着招着小手，她痛哭失声，泉涌般的泪水瞬间模糊了左贤王和两个儿子的身影。

　　经过多日的跋涉，文姬终于踏上了朝思暮想的故土。曹操看着风尘仆仆的文姬，忙让下人带她梳洗更衣，接着又设宴为她接风洗尘。席间，曹操又为文姬安排了今后的生活，并亲自当红娘，让文姬与同乡的屯田都尉董祀成婚。文姬万万没想到，国事繁多的丞相竟对自己关怀备至。她先是感动,接着又有些忧虑。十六岁嫁与大学子卫仲道不久,丈夫就因病而逝;被掳往匈奴后,又与左贤王有了两个儿子,自己早已不是黄花少女,而是一个被塞外风沙磨砺粗糙的老妇,一个历经风吹雨打的残花败柳。自己怎能再嫁给二十多岁、一表人才、通书史、谙音律、自视甚高、风华正茂的董祀呢?可丞相如此牵线,自己又怎能拒绝呢?

果然不出文姬所料,与董祀成婚后,董祀面对残花败柳的她,完全没有新婚的亢奋和快乐,终日冷言冷语。

不久,董祀犯法入狱,被判死罪。虽说与董祀的婚姻是一潭死水,但在董祀即将被斩的关键时刻,文姬还是想力保丈夫的性命,维持这个得之不易的家。因为一旦失去董祀,自己就成了一只孤雁,就成了茫茫大海上一艘摇摇欲翻的小船。她顾不上梳理散发,甚至顾不得穿上鞋袜,跌跌撞撞地顶着凛冽的寒风,一路小跑地前往丞相府求情。

曹操正与公卿名士欢聚一堂,听到蔡文姬求见的禀报,不禁兴高采烈地向公卿名士们言道:"蔡邕之女蔡文姬,匈奴归来作《胡笳十八拍》,本相叹服。今日来见本相,正好让大家见上一见。"谁也没想到,出现在他们面前的不是衣着得体、文雅气华的蔡文姬,而是披头散发、衣衫不整、光着脚的蔡文姬!就连曹操也惊讶得睁大了双目。文姬声声泪地诉说了缘由,满堂公卿名士看着命运多舛的她,无不为之动容。曹操不仅和满堂公卿名士一样,他还又想到了与老朋友、老师蔡邕的莫逆之交,若处死董祀,对文姬不啻又是一次沉重的打击,她今后的日子又该如何度过?自己怎能对得起老朋友、老师的在天之

灵?想到此,他忙问手下:"死刑文书可曾发出?"手下答:"已经发出。"曹操无奈两手一摊欲言,文姬却急切地向曹操禀道:"丞相有良马万匹,虎士成林,何惜一匹良马即刻前往挽救一条性命呢?"曹操当机立断,即派虎士快马加鞭,赦免董祀死罪,又命手下带文姬梳妆更衣,穿着鞋袜。

文姬重新出现在大家面前,曹操问道:"夫人早年家藏万卷,战乱过后,可还善存?"文姬答:"先父藏书四千余卷,可惜战乱中丢失,但文姬能回忆起四百多卷。"曹操甚喜,欲派十名文官住到文姬家中,请文姬回忆口述,由文官记录。但被文姬谢绝了:"男女授受不亲,十名文官住到家中,成何体统?只要丞相提供笔墨纸砚,文姬愿亲自书之。"

数月后,文姬将用真书或隶书书写的四百卷古籍交给了曹操,曹操一一核对,竟无丝毫错讹,不禁由衷地感叹:"文姬真乃非凡才女!其人其诗,必将流传后世啊!"

文姬离开丞相府,便和董祀归向田园。董祀大难不死,不禁对文姬刮目相看,爱意如春天的草木,葱茏吐翠,热情绽放。

名 城 朝 歌

　　提起朝歌（今河南淇县），人们自然就会想到殷纣王和苏妲己；就会想到古典小说《封神演义》以及据此改编的电视连续剧《封神榜》。走进朝歌，就像走进一条幽深的历史隧道；走进朝歌，就如打开一部厚重的史书；走进朝歌，殷纣王、妲己、比干、周武王、卫懿公、许穆夫人、鬼谷子、孙膑、毛遂、荆轲……一个个耳熟能详、蜚声中外的历史名人便扑面而来；走进朝歌，摘心台、纣王墓、荆轲墓、"中华第一古军校"云梦山、古灵山、朝阳寺……一处处如雷贯耳、令人流连忘返的古迹名胜便矗立眼前；走进朝歌，便可听到从《诗经》中汤汤而来的淇水吟诵着"淇水悠悠，桧楫松舟……"，以及李白、杜甫、王维、高适、苏轼等古代文人吟咏有关淇水的诗篇……

　　这是一座距今已有三千多年悠久文化的古城，依山傍水，素有"东临淇水观鱼跃，西依太行听鹿鸣"之称。曾为殷商四代帝都，周王朝卫国国都。

朝歌古称沫乡，也叫沫邑、朝歌、雅歌、临淇、卫州、淇州等，先后做殷商帝都和卫国都城五百余年。《史记·殷本纪》记载："沫邑，殷王武丁始都之。""帝乙复济河北，徙朝歌，其子纣仍都焉。"《今本竹书纪年疏证》也记载道："武乙三年，自殷迁于河北，至是复济河北徙朝歌，纣仍都之。盖武乙之时，其地名沫，至纣时，其地乃名朝歌。"《水经注》曰："朝歌城，本沫邑。"

为何叫朝歌？《水经注》九卷记载道："刘向曰：'有糟邱、酒池之事焉。有新声靡乐，邑号朝歌。'晋灼曰：'《史记·乐书》作朝歌之音。朝歌者，歌不时也。故墨子闻之，恶而回车，不迳其邑。'孙校曰：'《山海经》有朝歌之山，当是以此得名，非纣乐也。'"从《水经注》记载的这一段可以看出，有认为朝歌因纣王沉迷于靡靡之音而得名的，也有认为朝歌因有朝歌之山而得名的。

公元前1046年，武王克商后，将商畿分为邶、鄘、卫三国，殷都以东为卫（今朝歌东9公里的卫贤，现属河南浚县）；殷都以西为鄘（今新乡县店后营）；殷都以北为邶（今河南省汤阴县邶城）。命管、蔡、霍三叔监管，维护社会治安，防止殷商遗民反叛。公元前660年，戎狄破卫，改朝歌为邑；西汉置朝歌县；王莽改朝歌为雅歌；东汉复置朝歌县；三国设朝歌郡；晋改称朝歌县；东魏改称临淇县；隋朝改称卫县；唐初升为卫州；公元703年又复置临淇县；宋熙宁六年降为镇，并入黎阳（今浚县）；至宋元祐年间，又复为县；元至元二年（1336），改临淇县为淇州；明朝洪武元年（1368）降为淇县。1949年新中国成立后，淇县划归平原省安阳专区行政公署管辖；1954年并入河南省汤阴县，改称朝歌镇；1962年与汤阴县分治，恢复为淇县；1983年撤专区归属安阳市；1986年划归入鹤壁市。

20世纪五六十年代，列车员报站都是朝（音同招）歌站，而电视剧《封神榜》却将朝歌误读为"cháo gē"，其谬误流传甚广，几乎家喻户晓，使很多外地人至今也误读为"cháo gē"，令史学界和淇县人非常遗憾。

今天，作为河南省历史文化名城的朝歌，赋予朝歌的含义，我想应该是："闻鸡起舞，朝气蓬勃，喜迎朝阳，和谐高歌。"

朝 歌 的 山

朝歌的山，不是一般的山，每座山都耸立着厚重的历史，挺拔着叱咤风云、气冲霄汉的人物，流传着或真实或传奇的故事，每座山都镌刻着历代文人骚客游山乐山的摩崖题记和诗文。

云 梦 山

雨后初晴，林木吐翠，鸟鸣山静，时有山泉叮咚越路，跌至沟壑，又一路欢歌远去。小轿车蛇攀数十盘，爬上了位于县城西南十五公里左右的云梦山。云梦山又名青岩山，属太行山余脉，峰峦叠嶂，巍峨峻峭，泉涌涧飞，雾霭缥缈。主峰海拔虽只有577米，却闻名遐迩。它的闻名不单是自然美，更主要的是两千多年前战国时期著名的军事家、纵横家鬼谷子，就是在这里向苏秦、张仪、孙膑、庞涓等人讲述纵横术和兵法，培养了一批叱咤战国风云的纵横家和军事家，因此称为"中国第一所古军校"。真是"山不在高，有仙则名"啊！

俯瞰古军校，群山环抱，山岚袅袅，祥云缭绕，若仙境也。我们下车沿数百个靠山而成的石阶蜿蜒而下，穿过百米长的"鬼谷"，跨过一座精巧玲珑的小桥，然后又拾级而上，便来到了古军校的主讲地——水帘洞。该洞位于云梦山的半山腰，洞前的山门上刻有古代楹联一副："出水帘跨扶青牛，执拐杖驾起祥云。"看来古时已有人把鬼谷子当作神仙。

明嘉靖二十四年《淇县志》中称此洞为"世传鬼谷子隐居处。"洞口上方至今仍清晰可见明代万历十一年窦文的摩崖题记"鬼谷先生隐处水帘洞"和他《诣水帘洞有感》的诗："天开玄窍授名贤，地涌灵泉在里边。万古水甘帘不卷，有谁读易绝韦编？"另有清顺治六年何士琦撰写的《云梦山游记》碑刻："此山螭怒虬盘，幻异万状。水帘一洞尤极幽玄，乃鬼谷先生仙栖之处。"水帘洞洞高10米，宽6米，深80余米，天然而成。洞口水珠似帘滴挂，故称水帘洞。又因当年鬼谷子在此隐居讲学，故又称鬼谷洞。

洞内穹顶有钟乳石，有水珠滴落而下，如珠落玉盘，似筝鸣琴韵。洞中有一深潭，水晶甘洌，四季不涸，夏秋之季，潭水溢洞而出，形成飞瀑。飞瀑与涧水、山泉相汇，形成一池，曰三溪池。池水流入五里鬼谷，便为史书上提到的清溪。晋代郭璞《游仙》诗云："青溪千仞余，中有一道士。云生梁栋间，风出窗户里。借问此何谁，云是鬼谷子。"唐陈子昂也赋诗道："吾爱鬼谷子，青溪无垢氛。囊括经世道，遗身在白云。"历代文人墨客都在水帘洞留下了怀古鬼谷子的诗篇。至清代，梁启超的《无题》一诗中还有"我欲青溪寻鬼谷，不论礼乐但论兵"的诗句。

水帘洞前十几米处，有一罕见的不知建于何时的倒座观音殿，内奉的观音像不是面向殿门，而是面壁倒座。殿门古联曰："问观音为何倒坐，因世人不肯回头。"传说观音不忍看战乱给天下民众带来的灾难，故倒座面壁。又传说是庞涓被孙膑打败后逃回云梦山，求鬼谷先生再授技艺，鬼谷先生发现庞涓既奸诈又妒忌孙膑，便不予理睬，将其赶到北山（今称庞涓洞）居住。庞涓又求助于观音，观音知庞涓难以悔改，便扭身而坐，不理庞涓。看来二者传说皆有道理。大慈大悲、普救人间疾苦的观音菩萨，看到战争连绵不断，生灵惨遭涂炭，而自己又不能力挽狂澜，怎能不生气面壁呢？而庞涓嫉贤妒能，残害老同学孙膑，亵渎仁慈，又怎能让鬼谷先生不心寒呢？

依山凿就的孙膑洞，位于水帘洞右侧，建于明代。洞口两侧矗立有石雕旗杆两根，洞门石雕而成，上刻古联为："道讲刑名勋垂渤海，胸罗兵甲气镇风云。"洞内奉孙膑坐像，庄重而睿智。坐像前有两排六根石雕柱，每根上刻有楹联和戏剧人物，造型生动，雕刻精细。

从水帘洞沿阶而下，便到毛遂洞。此乃天然洞穴，洞顶钟乳石形态各异。洞内奉战国著名外交家毛遂塑像一尊，不由得使人想起"毛遂自荐"的成语。毛遂洞前方，便是舍身台。舍身台其实是一处悬崖峭壁，高15米，宽约80米。相传当年鬼谷子收徒时，让其从此跳下，以考验其勇气。

顺山而下，便到五里鬼谷。鬼谷狭长曲折，俯视青溪潺潺，仰视壁立万仞，时而山泉溢出，时而飞瀑一线，凉风习习，鬼气森森，给人以幽深莫测之感。出鬼谷，豁然开朗。道路旁有五里井一眼，传说鬼谷先生送毕业的弟子到此，便舀井水一碗让弟子饮下，以示送别之情。

朝 歌 山

朝歌山在《山海经》里称之为"朝歌之山"，位于尖山以西，海拔700.3米，比尖山高了约100米，至今淇县还有不知流传了多少年的民谣："尖山高，尖山高，尖山达到老寨腰。"老寨就是朝歌山，因其地势险要，曾为殷纣王屯兵囤粮的军事重地，并有修筑的寨墙城堡，故史书中称其为朝歌寨，又因其古老，又称老寨。明代《淇县志》中曾记载："朝歌寨，是殷纣王避兵之所，今遗址尚存。"

随向导从山的北边爬到半山腰，又沿山坡上的羊肠小道前行不远，崖壁上出现一个高约10米、宽约6米的山洞，向导说，这就是殷纣王的收粮洞，相传当年殷纣王将粮食贮藏在这里，以备战备荒。果然，洞口旁有明朝崇祯四年李宇光的摩崖诗《游收粮洞》："古洞流云滴玉华，琼浆金粟列仙家。鸾骖一去无消息，唯有险岩锁碧霞。"诗中不仅赞美了洞口周围的景色，也证实了洞内不仅确曾藏过粮食，还有美酒，"鸾骖"自然就是指殷纣王了。

洞内深不可测，据说有120米，宽3至5米，高约10米。缓入洞内，洞壁有水渗出或滴下，凉气袭人。再往深处走，忽有蝙蝠惊飞而出，

阴森恐怖。尽头有一处自然形成的水池，投石有声，水凉如冰。我不禁想，在此藏酒尚可，藏粮能不潮湿霉烂吗？再者，此处虽隐蔽，但高崖深谷，难以攀爬，运进运出异常艰难，有必要在此藏粮吗？

出收粮洞，顺倾斜约50度的山坡前行，不远处的上方有一通山洞，须攀绝壁而上，稍有不慎坠落，便会滚下深深的谷底。我是下最大决心才攀爬上去的。山洞的直径只容一人爬行钻入，洞内有的地方还有些狭窄，估计100公斤以上的肥胖者难以通过。洞长约80米，壁虎似的爬出洞口，向导又带我们向远处峭壁之上云雾缭绕的朝歌寨奔去。

"自古华山一条路。"朝歌山也是如此，虽不及华山的险、奇、峻，却也是鬼斧神工，陡峭难登。忽然，只见一道道断断续续的石头垒成的墙，或高或低参差不齐地横亘在半山腰上。向导说，这叫拦马墙，是纣王当年在此避兵时，为防止战马往山下跑而垒的。那道岭是跑马岭，是纣王屯兵时驯马的地方。我的耳畔仿佛突然响起战马的嘶鸣，仿佛看到纣王策马奔腾的身影。

临近朝歌寨寨门时，崖壁上只有一个豁口，脚下是万丈深渊，头上是刀削绝壁，只能手脚并用才能登攀上去。这是朝歌寨最险要、最易守难攻的地方，真是"一夫当关，万夫莫开"。进入寨门，眼前便豁然开朗，几十亩大的地面上，还依稀可辨被当地百姓称作金銮殿的遗址，长28.76米、宽12.8米、厚1米有余，残高不等，最高处达4.6米，所用条石长的4米左右。遗址西边100多米处有大块大块的青石板，上面布满了密密麻麻的马蹄印，传说是纣王驯马所留。遗址东边的山坡上，遍布奇石，上面有难以辨别的人工雕琢的痕迹，据说是纣王时所凿的文字。向东百米的坡地上，野草繁茂，曾有人在此开荒耕种，还有人在此挖出商代铜箭头、铜头盔及陶片等多种文物。20世纪初，有位村民竟挖出了一枚御印，但都不知流失何处。遗址前不远处还有一处饮马泉，四季不涸，传说纣王曾在此饮马。山南半山崖还有非常隐蔽的奶奶洞，深约25米，高约4米，宽度不等。据说抗战时曾有千余名百姓在此躲避。此外，还有小剧场、碓臼窑等遗址。

回望朝歌寨，我不禁暗想：纣王沉湎酒色、听信谗言、滥施暴政，以致多国部队讨伐，仅靠天险避兵，只能暂避一时，岂能阻挡武王伐纣的大军？只有励精图治，赢得民心，才能长久地国泰民安。

纣王殿南山

纣王殿，是南太行深山区的一个村名。何时叫此名？据说原村名叫槐树岸，因山沟里槐树多，因此得名。自三千多年前商朝末代帝王纣王在这里建宫殿屯兵训练后，改为纣王殿，沿袭至今。清顺治年间《淇县志》记载："纣王殿，在县西北五十里，遗址尚存。"

群山环抱着纣王殿，只有村东一条蛇样小路成为通向外界的纽带。用战略家的眼光来看，确有"一夫当关，万夫莫开"之势。难怪纣王选此建宫殿屯兵训练。举目四望，大山植被繁茂，每一道石缝间都盛长着侧柏、黄栌、紫荆、皂角、五角枫，还有较少见的油桐、楸树等数十种树木及数不清的各类灌木，郁郁葱葱，生机无限。五颜六色的野花争妍斗奇，娇态媚人。更有桃、梨、杏、核桃、板栗、苹果、柿子等果树，为山区的经济发展增添着活力和色彩。近在咫尺的山峰，似虎，似熊，似剑，似佛，自然天成，令人遐想。小村依山而建，高低不平，参差不齐，石头路，石头墙，石头台阶，石头房，举头弯腰，满眼皆石，使你一下子置身于石头的世界，一下子感觉到了山里人实在的性格和憨厚的笑容。红彤彤的山楂如一个个微型的红灯笼越墙而出，犹如村姑羞涩的脸庞；朴实无华的花椒虽不引人注目，却送来一阵阵沁人肺腑的特有的馨香。村旁有一座拦河坝，拦住了雨季倾泻的山洪，形成一面碧绿的湖，秋风吹皱秋水，吹响湖边茂密的芦苇，令人心旷神怡。湖水倒映着蓝天白云，绿树青山，倒映着浣衣的少妇和嬉水的顽童以及饮水的牛群，如诗如画，给小村增添了一幅秀美的彩照。

相传纣王在这里仅待了十二年，时隔三千多年，却仍然流传着纣王的许多传说和故事。

我们顺着一条山沟而上，村支书介绍说，这道沟叫铁炉沟，是当年纣王炼铸兵器的地方。沟中相对的两块梯田叫南炉台和北炉台，1958年，还有人在此挖出铜、铁箭头和冶炼用的坩埚呢。当年纣王为克东夷（今安徽、江苏一带），从朝歌城来到这里，驻扎在西北到东南的大沟（后人称纣王沟）里。纣王沟东侧有一平台，叫杀人场，凡百姓闯入军事禁区或士兵违纪，都在此处死。

南山的四条沟，除这条铁炉沟外，还有骑兵驻扎训练的马军峪，步兵驻扎训练的步兵峪，炼铜铸兵器的铜炉沟。在步兵峪的步寨岭上，有一条人工雕凿的石台阶通向崖下一块平地，相传是当年纣王的嫔妃住的地方。新中国成立初期尚有古建筑，可惜后来被毁。

南山后的山沟是皇姑所住，人称皇姑庵。沟内杨柳依依，泉涌涧飞，蝴蝶翩翩，山花烂漫，景色诱人。传说皇姑漫步欣赏美景时，常被路旁酸枣树上的带钩儿圪针挂住衣裙，皇姑生气地说："这圪针要不带钩儿该有多好。"没想到皇姑一句气话，这里酸枣树上的圪针真的从此不再带钩儿了。

时光飞逝。虽说当年纣王的遗迹早已无迹可寻，但我仍仿佛看到了商军将士铸造兵器的身影；仿佛听到了商军将士训练时的呐喊；仿佛看到了纣王从这里挥师东进，力挫东夷，将中原文化传播到江淮，统一了中州；也仿佛看到了纣王因连年征战损耗太大，俘虏太多，被周武王乘虚而入，最后一败涂地，自焚而亡……

山越来越陡，刚才还是走，现在真的是攀缘了。用手扒着岩石或抓住藤条，汗流进眼内也顾不上擦，几步一歇地向上，向上，终于登上了海拔1019米的顶峰——三县垴（所谓三县垴，就是淇县、卫辉、林州的交界处）。不远处有一座电视转播塔，那是20世纪六七十年代建的，当时有100多人。毛主席逝世时，山民们还星夜爬山到这里看电视呢。有卫星转播后，这里人和机器便都撤走了。可以想象，当年这些电视工作者该有多艰苦。当年石头垒的房基仍在，当年的篮球场仍在，他们青春洋溢的身影也浮现在我的眼前。如今仍有一座地震台在这里，有一个人每天抄表上报。可惜未见其人。

上山容易下山难。从铜炉沟下山时，不仅坡陡，而且灌木丛生，恰似热带丛林。脚下无路可寻，踩着光滑的草，拽着灌木枝条，一步步往下挪着。不一会儿，一个个汗流浃背，两腿酸软，筋疲力尽，坐下就不想起来。

钻出灌木丛,眼前豁然开朗,近处的玉龟望天峰、哼哈二将峰,远处的石林、擎天巨柱,尽收眼底。五彩斑斓的蝴蝶也翩翩舞来,展示着自己华丽的衣裳和优美的舞姿。村支书自豪地说,比这美的地方还多哩!马军峪有五门洞和狐仙洞。

五门洞位于半山腰,洞门朝北,五个门洞一字排开,既罕见又壮观。洞深约百米,洞顶有形态各异的钟乳石,洞内还居住着许多鸟。狐仙洞在紧邻五门洞里侧的山腰间,洞深约10米,高约6米,分上下两层。铁炉沟半山腰还有个透气洞,洞高约4米,深约15米,从山这边可达山那边绝壁,如站在那绝壁观景,气象万千,既刺激又惊险,不亚于华山、泰山。这铜炉沟有个鸡精洞,因传说住有成精的山鸡而得名。洞口高不到1米,过去曾有人用绳捆住腰进洞,掏过山鸡哩。崖洞沟里还有一处崖洞,由上水石构成,崖高约50米,宽约百米,远看如张开的巨嘴,近看则可在不同的位置欣赏不同的艺术造型。若到雨季,瀑布顺崖而下,崖洞便成为名副其实的水帘洞了。

因天太晚,我们只好抱憾而去。但纣王殿这个集历史遗迹、原始森林、洞、穴、泉、瀑、奇石、奇峰、绝壁以及各类山货和中草药于一身的藏在深闺人未识的深山俊鸟,一直飞翔在我的心里……

朝歌三题

朝　歌

　　朝歌，一个用商朝的青铜铸造的名字，声如洪钟；朝歌，一颗雕塑在历史天空的星辰，熠熠生辉。

　　从商朝武丁、武乙到帝乙、帝辛，从卫国康叔到卫武公们，近五百年的都城历史，罕见得令人仰止。即使再过三千年、五千年、一万年，朝歌，永不磨灭，永远璀璨在淇水之滨，昂首屹立。

　　虽说历史的一页早已翻过三千多年，纣王殿、折胫河、朝歌寨、三仁祠、箕子庙、淇水关、鹿台、肥泉、北海子……一串串地名，仍串起了朝歌的厚重。残存的古城墙的夯土层，每一道皱褶里，仍隐藏着许多古老的传说故事。弯一下腰，即拾起一个个有关朝歌的悠久的典故——郑卫之声、墨子回车、武王伐纣、爱屋及乌、三监之乱……侧一下耳，

便可听到一个个有关朝歌的脍炙人口的成语——助纣为虐、桑中之约、大义灭亲、燕尔新婚、天作之合……抬一下眼，就能看到一个个底蕴丰厚的景区——云梦山、古灵山、朝阳山、纣王墓、摘心台、荆轲冢……

如果再发挥一下想象力，还能看到《封神演义》中的纣王、妲己、姜子牙等人飘然走来；鬼谷子正斩草为马、撒豆为兵，向孙膑、庞涓、苏秦、张仪、毛遂等人传授纵横捭阖的方法；卫武公率精兵击败犬戎，辅佐平王东迁；许穆夫人单车救卫，英姿飒爽……

厚重的历史，早已化作朝歌矫健的羽翼，展翅在新时代和煦的春风里。与高铁赛跑，与波音媲美，与一只仙鹤一齐，朝着如诗如画、和谐幸福的新天地飞翔。

朝歌，迎着朝阳一路高歌的朝歌，她不仅高歌着卫风的古风古韵，也高歌着新创作的风雅颂，那悦耳动听的歌声，与一只仙鹤的鸣唱形成和声，伴着淇水的琴弦，随波荡漾，在宽敞的鹤淇大道上嘹亮飞扬，余音绕梁……

淇　　水

淇河，在发黄的故纸堆里称淇水，它像孙悟空似的，从五亿年前下奥陶统时的岩石间蹦出，蹦进《山海经》，跳入《水经注》，颓波溯注，冲激横山，倾澜潆荡，势同雷转，激水散氛，暧若雾合。它是那么倔强，那么野性，那么桀骜不驯。

可是，为了冲破禁锢束缚，为了寻找自己的路和实现自己的梦想，又怎能不如此不屈不挠、顽强拼搏呢？

冲破禁锢束缚的淇水，其实是很温顺很柔情的。它没有黄河的雄浑，也没有长江的壮阔，宛若淑女的它娉婷走来，惊喜了栖于南山峭壁的仙鹤。仙鹤拍打着双翅，与淇水暗送秋波，一见钟情，相依相恋，难舍难分，留下数不清的历史、传说、故事，在碧波之上飞扬。

淇水，流过七千多年前新石器时期先民的心田，滋润了刀耕火种的土地；流过商朝四代帝王的朝歌，洗亮了甲骨上的文字和青铜器上的铭文、纹饰，将一个朝代丰厚的底蕴和鼎盛的文明，送到了世界每一个角落，送到了历史的巅峰。

淇水，荡漾着康叔"治国有方，和集其民"的颂歌，传唱着如切如磋、如琢如磨的卫武公，浸润着皇皇的《诗经》。许穆夫人划着桧木的桨悠悠而来，纤纤细手扬起花季的钓竿，垂钓着青葱的欢乐。晶莹的浪花，溅湿了她丝织的衣袖，多少年后，还在梦中激荡起她浓浓的乡愁和炽热的爱国情怀。

淇水，闪亮了历代文人骚客爱慕的眸子，润滑了李白、杜甫多情的灵感。看吧，李白醉眼蒙眬地放声高吟："淇水流碧玉，舟车日奔冲。"闲云野鹤的王维"屏居淇水上"，送别友人的岑参"相思淇水长"，高适目睹年迈的隐士"手持青竹竿，日暮淇水上"，苏辙欣赏着"淇水沄沄入禁城，城楼中断过深情"……诗人们面对清澈的淇水行着注目礼，定格成一排诗歌的长廊，一道诗歌的风景。腹有诗书的鹤壁，面若桃花。

鬼谷子来了，他想在淇水之滨的山间躲避战国的硝烟。孙膑、

庞涓、苏秦、张仪、毛遂们却追寻到此，成就了中国历史上最早的军校。一个个弟子由此冲向战国硝烟，纵横捭阖，抒写着可圈可点的壮丽诗篇。

荆轲背着行囊大踏步来了，蘸着淇水磨亮匕首，告别家乡，去寻求自己的理想。

孙思邈背着背篓来了，洗去草药上的泥土，爬上五岩山，又去寻找、品尝济世的瑰宝。

大伾山的八丈大佛则巍然静坐在七丈楼中，笑看着滚滚红尘，给淇水送上永恒的微笑……

淇水，画出了一幅天然太极图，太极图之上的青岩绝壁，可是周文王博大的易经文化灵感的源头？青岩绝石窟有六百余尊北魏时期的佛像，日夜俯瞰着太极图，这是他们眼中最美的自然景观。

太极图一带富含多种矿物质和微量元素，也是淇鲫鱼、缠丝鸭蛋的故乡。明清时，它们跃上皇帝的餐桌，将家乡的知名度提高了许多。1914年，缠丝鸭蛋又远渡重洋，在美国旧金山举起了万国商品博览会的奖牌。这是淇水的杰作，这杰作，数百年后的今天，仍是故乡一张闪光的名片。

淇水，即使奔流不息五亿年，在淇水人的精心梳妆下，仍然青春不老，澄澈靓丽，洁净的面孔上，每一道笑纹里，都快乐洋溢着生态的和谐，环保的绿色。

每一滴淇水，都是甘甜的乳汁，滋养着一代又一代鹤壁人的聪明才智；每一滴淇水，都见证着钟灵毓秀的城乡的崛起、腾飞；每一滴淇水，都是一粒良种，葳蕤着一个个创新发展的梦、丰收的梦、幸福的梦……

乡　情

乡情，是桧楫松舟的淇水，是汩汩流淌的肥泉，是生长爱情的桑园……

乡情，是辘轳、老井，是"月奶奶，明晃晃……"的童谣，是"鸡鸡翎，砍大刀……"的游戏，是孩童吹响的柳笛和泥咕咕，是淇河里的"狗刨""倒猛""打水仗"和河沟里的摸鱼、捉虾、掏螃蟹，是憨态可掬的泥塑和花纹优美的黑陶，是村庄上空飘起的袅袅炊烟，是老槐树下邻里大家庭的饭场，是月光下打麦（谷）场沁人肺腑的五谷的芳香，是戏台上或粗犷或清婉的大平调、豫剧、五调腔，是池塘边青蛙与秋虫的合唱，是青草萋萋、野花摇曳的田埂，是聆听小麦、玉米拔节的舒畅。

乡情，是"中国社火文化之乡"已有一千六百多年历史的古庙会，是石子馍、脯牛肉、饸饹面等各种令人垂涎的小吃，是元宵节的龙灯、高跷、旱船、背歌、抬歌……是清明端午绵长缭绕的思念，是八月十五的月饼和没有雾霾笼罩的圆月，是九月九的登高赏菊，是冬至安耳朵的饺子和祭灶的芝麻糖，是除夕辞旧迎新的大红春联和鞭炮的鸣唱。

乡情，是母亲的炊烟，是母亲的手中线，是母亲常常叫着儿女乳名的呼唤，是一条无形的长线，一头牵着浓浓的乡愁，一头牵着无尽的怀恋……

商朝的兴衰

"汤伐夏，国号商，六百载，至纣亡。"在《三字经》通俗简明的语言背后，蕴含着丰富的历史故事和文化内涵。这里短短的十二个字，讲述了一个朝代六百年的盛衰兴亡。

商朝的建立者是中国古代的商族。根据史书记载，商族最早居住在黄河流域下游地区，为东夷的一支。据《史记·殷本纪》记载："有娀（古国名，今山西运城一带）氏之女名简狄，吞玄鸟之卵而生契。"《诗经·商颂·玄鸟》曰："天命玄鸟，降而生商。"所以说，简狄是商族的始祖母；契是商族的始祖。契的父亲是帝喾，帝喾是黄帝的曾孙。《史记·殷本纪》记载，契曾协助禹治水有功，舜帝很高兴，就对契说："百官们都不相和睦，人伦五品之间也不驯服，命你去主管教育，恭谨地布行五教，要以宽大为主，循循善诱之。"于是，契就被舜帝任命为司徒，封于商，赐姓子。由此看来，契与尧舜禹为同一时期的人物。契被封于商后，身先士卒，严于律己，宽厚待人，功业非常显著，百官们在他的影响下，都和睦相处，团结得很好。

契死后，传到第十四世就是商朝的开国君主汤。汤的名字很多，史书记载"汤有七名"，如商汤、成汤、天乙、大乙等。从契至汤，商这个部落常遭水患，共迁徙八次，最后定居在今天的商丘（也有其他说法）。所以说，商朝因地而名。后来，从汤至盘庚，又迁徙五次，至殷，因此商朝也称殷商。盘庚迁殷后，战国史书《竹书纪年》记载"更不徙都"，这就否定了纣都朝歌。郭沫若、范文澜以及历史上一些史学家，对"更不徙都"说，都进行了批驳。众多的史料记载及有关纣王的地名、传说、遗迹等，无不证明纣都就在朝歌。

夏朝是中国历史上第一个奴隶制王朝，当时商族臣服于夏朝，为夏朝的"方国"（诸侯国），向夏朝进贡、提供奴隶、交纳赋税，战争需要时，还得出兵参战。夏王朝自建立起，其统治就一直很不稳定，特别是到夏王朝末代君主、中国历史上第一个昏君、暴君——桀时，夏王朝的大厦已岌岌可危。《竹书纪年》记载，夏桀"筑倾宫、饰瑶台、作琼室、立玉门"。他还沉迷于酒色，生活奢侈腐朽。他宠爱一名叫妹喜的美女，为了与妹喜享乐，下令建起一座大池塘，大池塘内蓄的不是水，而是酒。这就是中国历史上最早的"酒池""酒库"。这酒池酒库造得有多大？大到里面可以行船。夏桀不但极其荒淫奢侈，还非常凶狠残暴，不仅让活人和野兽搏斗供他取乐，还经常滥杀向他进谏的大臣和无辜百姓。《史记·夏本纪》记载："桀不务德而武伤百姓，百姓弗堪。"这时的夏王朝，民怨沸腾，诸侯叛离，社会矛盾和阶级矛盾已日益尖锐。

而此时，一直臣服于夏的商族部落首领商汤，顺应历史潮流，领导已经渐渐强大起来的商族部落，开始了推翻夏王朝的行动。汤为人宽厚仁爱。一次，他外出游玩，看到有人四面结网捕鸟，嘴里还说着"天下四方都入我网"。汤听了以后说："噫！太过分了，那不是想一网打尽吗？"就让那人撤去三面网，网开一面，并祷告说："想左的就向左跑，想右的就向右走，不听命令又没主张的，就钻我的网。"这事传出，人们纷纷感叹，汤对鸟都这样宽厚仁爱，对人还能严厉吗？！所以，很多人都投靠了商。商不仅宽厚仁爱，还擅长识拔人才。当时，汤的厨师叫伊尹（也有说是隐士），是汤的妃子陪嫁过来的奴隶。虽是奴隶，他却胸怀治国韬略。他为了引起汤的注意，饭做得忽好忽坏。这天，汤把他叫去，伊尹就趁机将他的治国韬略讲给汤听。汤听后，认为这是个人才，大胆起用伊尹为右丞，管理朝政。在伊尹的协助下，汤开始策划灭夏的方略。

这时候，夏桀看着商这个小部落一天天强大，也有所担心。于是，就把商汤召来，将他囚禁于夏台（夏王朝的监狱，又名钧台，今河南禹州）。伊尹一看首领被囚禁了，便忙向夏桀进献美女财宝，并用重金贿赂夏桀手下的权臣，为汤说情。看来这是有史以来最早的行贿受贿了。经过伊尹的精心运作，汤很快就获得释放。还有一种说法是，汤第一次对夏进攻时，汤过于乐观，错误地估计了形势。此时尽管夏王朝已经衰败，但它毕竟有四百多年的国势，本身就拥有一定的军事实力，而且此时还有相当一部分诸侯听命于夏朝。商军出兵后，夏桀震怒，立即统领王朝的"九夷"之军讨伐商族，双方在夏台展开激战，结果，强大的夏军战胜了商军，并将商汤囚于夏台。后来在伊尹的谋划下，使商汤获释。

夏桀击败商的叛乱后，狂妄自大不可一世，更加暴虐。他不但杀害了劝谏他改革的大臣，而且穷兵黩武，发动了讨伐其他部落的战争。战争给各方国带来了沉重的负担，也使一些方国背弃了夏。这时已到夏桀统治的后期，天下已经崩溃，诸侯各自为政，互相侵扰。在这种情况下，一边表面臣服于夏，一边积蓄力量等待攻夏时机的商汤看火候已到，便再次攻夏。这次商汤改变了作战思想，首先拿为数不多的还忠于夏王朝的方国开刀，采取"先斩其羽翼，再攻其躯体"的新战略，逐步蚕食、消耗夏朝外围的实力。先后灭亡了夏王朝的铁杆方国韦国（今河南滑县）、顾国（今河南范县）和昆吾国（今河南濮阳县），彻底清除了夏朝可能的外来援助。

公元前1600年，商汤联合同样遭受夏桀残暴欺压的各部落和方国，组成以商军为主的联军，正式向夏王朝都城发起最后的进攻。夏桀得到消息后，大惊，遂亲自带兵到鸣条（今山西运城）迎战。开战后，饱受夏桀暴政之苦的夏军将士不愿为其卖命，未做大的抵抗就纷纷逃散。夏桀见大势已去，匆忙带上宠妃妹喜和奇珍异宝，逃到南巢（今安徽巢湖）。商汤一路穷追不舍，终于俘获了夏桀。商汤没有当场处死夏桀，而是将他永久放逐南巢。这是否也体现了汤的宽厚仁爱？夏桀和妹喜最后饿死（或病死）在南巢。自此，共传十四世十七君，有国四百七十一年的中国历史上第一个奴隶制王朝，就这样顷刻间崩溃灭亡了。随后，商汤回师商都，大会诸侯，正式建立了中国历史上第二个世袭制朝代——商王朝，为商朝今后的发展打下了坚实的基础。汤伐夏，史称"商汤革命"。当然，这里的革命指改革天命，与今天的革命有所不同。

商汤建国后，吸取了夏朝亡国的深刻教训，采用了"宽以治民"的政策，废除了夏桀时残酷的暴政，缓和了各种矛盾。同时，汤大力发展经济和农业生产，使商朝的国力日益强盛。接着，商汤又对四周尚未臣服的部落和方国进行了征伐，取得了一系列胜利。商朝之初，一派兴旺，商成为黄河流域的主要统治者。西至陕西西部，北至河北北部，南至湖南北部，东至海滨，莫不臣服于商，就连西方的氐族和羌族，也俯首称臣。《诗经·商颂·殷武》记载："昔有成汤，自彼氐羌，莫敢不来享，莫敢不来王。"商王朝在汤的统治下，迅速成为当时世界上最强盛的国家之一。汤在位共三十年，其中当首领十七年，当商王十三年。商汤死后，像大禹一样薄葬，不封不树（不起墓堆，不栽树）。后人谁也不知商汤葬于何处。

统治集团内部相互争斗，是历朝历代的通病。商朝也是如此。自商汤死后第五代起，王室内部争夺王位的争斗接连不断，流血冲突时时上演，君王如同星星过月般不停更换。《史记》记载："自仲丁以来，废嫡而立诸弟子，弟子或争相代立，比九世乱，于是诸侯莫朝。"连绵不绝的内战严重消耗了商朝的实力，不但经济凋零，更造成外敌不断入侵。直到盘庚这一任国君，才以铁腕镇压了王室上层的叛乱，使王室内部的矛盾得到缓解。当时，居住在黄河下游的商族常遭水患，

"乃五迁，无定处"。盘庚毅然从奄（今山东曲阜）迁都于殷（今河南安阳小屯村），商朝方才稳定下来。盘庚积极采取措施，鼓励农业生产，恢复了社会经济的发展，给商王朝打了一针强心剂，使政治、经济、文化都有了较大的发展。诸侯纷纷来朝，商朝又恢复了元气。盘庚是商代中晚期有作为的一位君主，历史上称盘庚统治时期为"盘庚中兴"。

盘庚之后，时隔五十年，商王朝迎来了历史上最杰出的君主武丁。武丁幼年生长于民间，深知民间疾苦。即位后，在"盘庚中兴"的基础上，武丁励精图治，一边打击王室分裂势力，一边发展商业、农业和手工业，并建立起一支强大的军队。商军的武器装备是当时世界上最先进的青铜武器和由青铜、兽皮制成的盔甲，还有当时世界上最先进的马拉战车，还有数百头披挂甲胄的战象，形成一支令人震撼的集团军。国力强大了，武器精良了，武丁便不断对外用兵，西北伐鬼方，西南伐荆楚，还一再征伐土方、马方、羌方等，可谓节节胜利。东至黄海，北至渤海，西至青海湖，南至古云梦泽（今洞庭湖），都在商朝的势力范围之内，商的疆域则比此前更加辽阔。

武丁取得如此巨大的胜利，功不可没的是一位女人，这就是中国历史上第一位有明确文字资料记载、有发掘的墓葬可以考证的最早的女政治家和军事家、武丁的王后——妇好。武丁有六十多个妻子，前后立过三个王后，妇好是他的原配，是他六十多个妻子中最出类拔萃的女人，也是武丁一生中唯一真正爱过的女人。

妇好的能力首先表现在军事上。据甲骨文记载，有一年夏天，北

方边境发生战争，双方相持不下，妇好自告奋勇，要求率兵前往，武丁犹豫不决，占卜后才决定派妇好起兵，结果大胜。此后，武丁让她担任统帅，从此，她东征西讨，打败了周围二十多个方国（独立的小国），为商王朝拓展疆土立下了汗马功劳。那时作战，出动的人数都不多，一般也就上千人，和大规模械斗差不多。但是根据记载，妇好攻打羌方的时候，一次带兵就有一万三千多人。也就是说，差不多全国一半以上的军队都交给她了。

  妇好的能力其次表现在祭祀上，商朝时非常迷信鬼神，凡事都要先祭祀、占卜。妇好除带兵打仗外，还担任着国家的主要祭司，经常受命主持祭天、祭先祖、祭神灵等祭祀活动。她还被任命为卜官，刻写卜辞。在发掘出土的甲骨文中，据专家考证，就有些是出于妇好之手。"国之大事，在祀与戎。"军事和祭祀这两件商朝的大事，武丁都交给了妇好，可见武丁对妇好的信任和重用，也可见妇好是多么优秀，多么文武双全。

  武丁对妇好十分宠爱，不仅将今天邢台的那个地方封给她，并经常向神灵祈祷她健康长寿，但妇好还是先于武丁辞世。武丁十分悲痛，对妇好进行了厚葬。1976年，妇好墓在安阳殷墟被发现，出土的数件武器中有一把龙纹大铜钺（大斧）和一把虎纹铜钺，上面刻有"妇好"字样，可以断定是其生前曾使用过的武器。这两件武器一件重8.5公斤，另一件重9公斤，可见其力大无穷，武艺非凡。此外，墓葬出土殉葬品1400多件，仅青铜器就有400多件，两件司母辛大方鼎，通高82厘米，仅次于司母戊鼎。玉器755件，另有石器63件，宝石器 47 件以及象牙雕刻等珍宝。这是商代出土珍宝最多、最集中的墓。从这里既可以看出武丁对妇好的宠爱，也可以看出商朝上层的奢侈。除厚葬外，每当有军事行动时，武丁都要祭祀祈祷妇好的在天之灵，请妇好的灵魂助战。妇好的庙号为"辛"，商王朝的后人们尊称她为"母辛""后母辛"。

武丁时期是商朝的鼎盛时期，捕获的大量俘虏，使商朝有了充足的劳动力，社会生产力迅猛发展，农业、商业和手工业实现了空前繁荣，尤其是青铜制造业，达到了当时世界的顶峰。闻名中外的后母戊鼎，就是在武丁时期铸造的。此外，在纺织、医学、交通、天文等方面，也都取得了巨大成就，为商朝的辉煌和文明以及后世的发展，做出了不可磨灭的贡献。

武丁虽然创造了商朝的辉煌和文明，遗憾的是并没有延续下去。原因有三：一是商朝再没有出现像武丁这样强有力的君主；二是历代王朝普遍存在王室内部的争斗；三是外敌的侵扰。

公元前 1076 年，商朝君王帝乙驾崩。此时的商王朝已经是黑云压城风雨飘摇。这时，帝乙的小儿子辛，受命于危难之中，登上了商朝第三十一代的王位，这就是帝辛，也就是后来家喻户晓的沿袭朝歌为都的商（殷）纣王。据《史记·殷本纪》记载："帝纣资辨捷疾，闻见甚敏，材力过人，手格猛兽，知足以距谏，言足以饰非。矜人臣以能，高天下以声，以为皆出己之下。"帝辛能言善辩，聪敏过人，反应灵敏，力大无穷，有倒曳九牛之威，具托梁易柱之力；但也排拒他人的劝谏，把自己的错误掩饰得天衣无缝；认为自己比谁都高明，天下的人都在他之下。目中无人的性格缺陷,也为帝辛最终的灭亡埋下了伏笔。

据《史记》记载,帝辛是和夏桀一样的暴君,甚至有过之而无不及。商朝后期,贵族们的生活越发腐朽,他们沉溺于酒色之中,醉生梦死,荒淫至极。帝辛即位后,将雕花的筷子换成了象牙的,酒杯换成了犀玉的。有了象牙筷、犀玉杯,又要吃旄象豹胎。穿衣要锦衣九重,住房要广厦高台、雕梁画栋。爱江山更爱美人的他,嫌原配姜氏年老色衰,便要诸侯进献美女。九侯有美女献给纣王,而纣王却嫌该女不善淫欲,怒而杀之,并把九侯剁为肉酱。鄂侯争谏,纣又把鄂侯做成肉干。西伯暗自叹息,却被谀臣崇侯虎告密,被帝辛囚禁在羑里。

《竹书纪年》记载:"(帝辛)九年,王师伐有苏,获妲己以归。"《晋语》记载:"殷辛伐有苏,有苏氏以妲己女焉。"在伐东夷有苏国时,帝辛得到了妲己。当时妲己正是一个妙龄少女,帝辛已经六十余岁,虽英雄迟暮,但虎老雄心在,对妲己爱不释手。为取悦爱妃妲己,帝辛不惜重金,大造离宫别馆,筑广厦高台;让乐师创新淫声,引进"北里之舞";建酒池,"为长夜之饮";悬肉林,让男女裸体追逐其间;对妲己言听计从。为博妲己一笑,帝辛甚至折朝涉者之胫以观其髓,剖孕妇之腹以观其胎;还用炮烙之刑镇压反对他暴政的大臣和国民。帝辛重用小人费仲、恶来当政,使朝政日趋衰败。

帝辛万万没有想到,由于他的暴虐残忍、荒淫无度,导致奴隶和平民的赋税更加沉重,使奴隶主和奴隶的阶级矛盾更加尖锐。他更没有想到的是,他连年用兵东夷,不仅损耗很大,而且造成了国内兵力空虚。

　　螳螂捕蝉，黄雀在后。当年被帝辛囚禁羑里足足七年的西伯侯姬昌（周文王），经过西伯之臣屡向帝辛行贿美女、珍宝奇物、良马等，西伯才被放回。西伯回周国后，又把洛水西一大块田地献给帝辛，并请帝辛废除炮烙的刑法，帝辛答应了。从此，西伯如当年商汤臣服夏桀一样对帝辛臣服恭敬，并率诸侯进贡，暗地里却磨刀霍霍，借机扩大自己的势力，以图谋日后灭商。他一边整修内政，招募人才，实行"宽以待民"的仁政，减轻赋税和劳役，鼓励农业生产，增强国力，一边又征伐邻近的方国。

　　周国是西北的一个小国，建于周原，文化水平很高。祖先是尧的农官后稷，所以农业水平也很高。周早期的首领叫古公，因受北方游牧民族的骚扰，古公为避免双方伤亡，主动把北方领土让给北方游牧民族，迁到了周原。许多小国都很佩服，纷纷投靠周国。古公有三个儿子，小儿子季历生下了昌。古公一看，说周应有王者出现，这该是昌吧？古公的老大老二一听，知道父亲欲立小儿子季历，就主动跑到南蛮当了土著，让位于季历。季历去世后，其子西伯侯姬昌继位为周文王。

　　在周文王的精心治理下，周国农业发达、民风淳朴、国力强盛，渐渐崛起。周文王不仅以仁爱治国，而且广招天下贤士，他给后世留下来的最珍贵的财富，就是杰出的人才和仁义的名声，这些人才当中最有名的有两个——周公旦和姜太公。周公旦是儒学的奠基者，被儒家称为元圣，是中国古代著名的政治家、思想家、军事家、教育家。

姜太公则是在渭水直钩钓鱼，鱼钩离水还有三尺高，愿者上钩。他说他不是在钓鱼，在钓王侯。周文王得知后，先让小兵去，又让官员去，都被姜太公当作小虾小鱼挡了回来。最后周文王吃三天素，洗澡换衣服，带厚礼前去。姜太公却要求文王用车拉他，文王用车拉了他八百步，累得再也拉不动了。姜太公说："你拉我八百步，我保周八百年。"文王说："我再拉。"姜太公说："这是天意，再拉也没用。"所以《三字经》说："八百载，最长久。"

周文王为消除将来伐纣的后顾之忧，先伐犬戎和密须（今甘肃灵台）。后又渡河东征，连克黎（今山西长治西南）、邘（今河南沁阳西北），打通了东进伐纣的通道，直接威胁殷都朝歌。接着，又回师灭掉与商关系密切的附属国崇（今河南嵩县北），并将国都自西歧迁至崇，建立丰邑。此时，西伯威望大振，许多诸侯背叛纣王而归顺西伯，而西伯仍不露声色，表面上对帝辛毕恭毕敬，暗地里却等待着伐纣的时机。

在西伯克黎后，帝辛的大臣们都为之震惊，先后向帝辛进谏。而沉迷酒色而又轻敌的帝辛却置之不理，并对西伯嗤之以鼻：一个地方百里的小国，岂能撼动我铁桶般的江山？贤臣祖伊奔告纣王说："天帝莫不是要结束我殷的王命？不管从人事来看，还是从大龟的神灵，都不敢告知殷的前途有什么好的征兆。不是先王不顾恤他的后代，只是王淫逸过度，不遵守王道常法，自绝于先王，所以上天丢弃了我们，使祖宗不能安食供享。如今天下百姓，没有不希望殷命早绝的。王打算怎么办？"纣王听后，坦然地说："我的命不是天给的吗？他们的恶言，又能把我怎么样呢？"祖伊踉踉跄跄地走下殿来，说："纣王真的是不可以劝谏了。"

纣兄微子启，几次劝谏，纣王都不理会。于是微子对父师、少师说："祖先给我们留下的江山，因为受嗜酒的淫乐，败坏祖先的美德，现在江山完了。如今连大臣、小人都干偷窃奸邪的坏事，六卿、典士也互相效法而不遵守法度。小民们都反对我们，我们的国家，真像涉大水一样，既找不到渡口，又看不到边岸，殷就要亡在今天了！父师、少师呀！我在家里心乱如麻，想离开家到荒野去，请你们不要把国家危亡的事告诉我。"箕子说："王子，上天给我们殷邦降下灾难。使他沉酗于酒，有什么办法？他什么都不怕：上不怕天威，下不怕长老旧臣。现在殷民重赋，实际上是更快地招来敌人。商如果灭亡，我们只有殉国，我们不能做他人的奴仆。不过，我认为王子出奔，倒是一条正道，否则，我殷家宗庙陨坠，就没有人来挽救了。"于是微子出走。比干见微子走了，于是叹息说："主上有过，不去劝谏，就是不忠。怕死不说，就是不勇。有过就谏，不听就死，才是大忠大勇的人。"说完比干冒着生命危险，上殿去见纣王。一连三天，指责纣王的过错，劝谏纣王悬崖勒马。纣王看比干比自己还高明，不禁恼羞成怒："我听说圣人的心有七窍，你认为自己是圣人？你的心真有七窍？"于是将比干剖心。箕子看到纣王如此残酷地害死自己的叔父，知道他是谁的话也听不进去了，为了保存自己，假装疯狂，把自己装扮成奴隶模样。但是纣王也没有放过他，将他囚禁起来。

从此，满朝大臣，谁也不敢再进谏了。纣王在身边佞臣的谄谀下，更加荒淫暴虐，肆无忌惮。结果朝政日益腐败，郊社不修，宗庙不祭。殷太师疵、少师疆看到纣王如此对待天帝、祖先，知道殷朝的天下快要完了，便偷偷抱着祭器、乐器，逃往周国去了。

西伯虽壮志未酬身先死，但他为东进伐纣奠定了基础，铺好了道路。他的儿子也就是后来的周武王，继承其父文王西伯的遗志，率军东征到达盟津，来跟周会盟的、背叛商朝的大小诸侯达800个之多，他们纷纷要求讨伐纣王。周武王却说："你们不知道，天命还没有完全属于我们。"于是又率军回去了。

公元前1046年，当商朝的主力部队都在东夷大战，国内防御非常空虚，而纣王又暴虐残忍、荒淫无度、失去民心，早已虎视眈眈的周武王，感到终于等来了伐纣的大好时机。于是他遍告诸侯说："殷有重罪，不能不伐灭他了。"亲率"戎车三百乘，虎贲三千人，甲士四万五千人，以东伐纣"（《史记·周本纪》）。由镐京出发，师行二十五日到达盟津（今河南孟津），在盟津大会诸侯。与会诸侯有庸、蜀、羌、微、卢、彭、濮等族或方国，多国部队合计兵力达三十多万。周武王做了伐纣的总动员，他从上天设君谈起，继而数商纣罪行，最后谈到自己这次伐纣是恭行天罚，指出纣恶贯盈，代纣必胜，不要错过这个时机。

正月二十八，多国部队由盟津东进。渡过大河后，周武王再次做动员，指出商纣不以夏亡为镜子，而且罪恶超过夏桀，是自绝于天，不可不伐。

二月初四拂晓，多国部队到达朝歌郊外的牧野。初五凌晨布阵完毕后，周武王又举行了隆重的战前誓师，在阵前痛斥纣王荒淫残暴、不祭祀宗庙等罪行。同时他宣布了作战纪律，要求作战中必须保证队形整齐，每前进六七步停止，攻击四五次停止，看队形整齐后再前进、攻击；严令不准杀害俘虏。

多国部队的到来，纣王并非不知，他曾使胶鬲在鲔水候周师，诘问去向。当纣王知道周师要进犯朝歌的消息后，根本不屑一顾，非常轻蔑地说："周不过是一个方圆百里的小国，也敢在太岁头上动土？"可见纣王是多么轻敌。

公元前1046年二月初五凌晨，中国历史上第一次规模最大、人数最多的以少胜多的"牧野大战"，就这样拉开了序幕。大战一开始，周师如貔、如貅、如熊、如罴。而纣王的兵力虽多，主力军却在东夷，由奴隶和东夷拼凑起来的战俘军队，根本不愿为纣王卖命，纷纷倒戈，溃不成军。史书记载当时牧野战场的惨状是四个字——血流漂杵。战况之惨烈程度由此可见一斑。纣王无奈逃往鹿台，自焚而亡。长达近六百年的商朝，就这样重蹈了夏桀的覆辙，断送在纣王之手。

一条荡漾着历史文化的母亲河

她没有黄河的雄浑,也没有长江的壮阔,她从峰峦叠嶂的太行山深处启程,在幽深峡谷中冲突,在乱石中游刃,在荆棘中穿行,在荒山上跋涉,在野岭上翻腾,五亿年风雨兼程,五亿年追求不停,五亿年执着地向着东方,迎接着一个又一个黎明,终于在没有路的地方,留下一个银光闪闪的梦,终于将自己融进大海,和大海的脉搏一起跳动。

这就是从《诗经》《山海经》等古文献中汤汤而来的淇水。她发源于山西省陵川县方脑岭棋子山,流经山西陵川、壶关、河南辉县、林州、鹤壁、淇县,最后入浚县段的卫河。全长161公里,流域面积2248平方公里。这虽是华北地区海河流域的一条小河,但却是一条古老的河,据国家地质部门实测记载,她的源头形成于下奥陶统,距今已有五亿年的历史。

徜徉在历史长廊

这是一条荡漾着历史文化的长河,波光中映照着历史的天空。1932年和2013年,考古工作者先后两次在碧波荡漾的淇河北岸,发掘出新石器时代至商代的大赉店文化遗址,出土了各种石器、陶器、骨器、角器和蚌器。出土的陶器中,不仅有仰韶文化的彩陶,还有龙山文化的黑陶和商代的灰陶。1932年至1933年,国民党中央研究院和河南古迹研究会,在距大赉店文化遗址不远的淇河上游岸边,发掘出龙山文化晚期的辛村文化遗址,也是周平王时期西周卫国王室贵族的墓地,共发掘墓葬80余座,出土文物千余件,在国内外考古界产生了轰动效应。这些文物,后来被运往台湾,1960年,又运到美国展出,引起了文化部以及郭沫若、沈雁冰等540名文化界知名人士的强烈抗议。1956年,在与两遗址隔河相望的朝歌石河岸村旁,又发现仰韶文化遗址——石河岸遗址,出土的钵、盆、鼎、罐、瓮、刀、凿、尖底瓶以及少量的猪骨、鹿骨,向人们展示着七千年前先民在悠悠淇水边的生产生活状况。时隔二十三年,1979年,在淇县花窝村淇河南岸,又发现新石器时期早期文化遗址——花窝遗址,出土的铲、斧、凿、磨棒、陶器以及尖状器、刮削器等文物,填补了仰韶文化以前新石器时代的历史空白,为探索仰韶文化的渊源,提供了翔实的宝贵资料和实物佐证,也让我们仿佛看到了七千多年前先民在汤汤淇水边刀耕火种的身影。

三千多年前,淇水边巍然耸起了商朝的都城——沫邑(朝歌)。用纪年来说,公元前1250年,商王武丁始迁沫邑;公元前1147年,武乙继都沫邑;公元前1101年,帝乙即位后改沫邑为朝歌;公元前

1075年，帝辛即位后仍袭朝歌为都。武丁、武乙、帝乙、帝辛四代帝王在此演绎着商朝的故事，开拓了辽阔的疆域，创造了宝贵的甲骨文，制造了惊世的青铜器，托起了商朝的文明，照亮了商朝的天空。

高村的淇水关，是商朝大将黄飞虎镇守的重要关隘，也是商纣王都朝歌的第一道城墙，今遗址清晰可辨。因濒临淇水，村中沟壑纵横，故小桥遍布，几十座之多。最小的"一步三孔桥"，恐怕成了吉尼斯之最。最大的桥，要数贯穿南北的淇河古石桥了。古石桥原名太平桥，于明代成化十三年（1477），由兵部尚书兼左都御史王越（浚县人）奉旨修建。桥全长360余米，宽5.15米，桥墩桥面全由青石建成，青石间全部用浇铸铁水的铁燕尾联成一体。虽五百多年过去了，不知经受了多少次洪水的冲击、多少次载重车辆的碾轧，古石桥至今虽老态龙钟，但仍然顽强地履行着自己的使命。

淇水关道是古代的一条国道，也是御道。当年慈禧与光绪途经这里，正是洪水未退的初冬，因水势较大，古石桥已成了漫水桥。轿夫们面面相觑，不敢前行，生怕有所闪失，吃罪不起。慈禧看到此景，也担心自己掉到河里，于是叫来知县问策。曹知县一听，让老佛爷尽管放心，这淇水关有许多好水手，让他们为老佛爷护驾，肯定万无一失。曹知县精心挑选了28位好水手分列御驾两侧，安全护送慈禧到达对岸。

淇水关是古老的。纣王高筑的寨墙仍残存着；黄飞虎的营盘北大庙仍矗立着；古驿道的凹凸不平的青石仍铺就着；老字号的商铺及一些古建民居仍飘摇着；悠悠的淇水仍潺湲着……但若能精心打造，她怎能不像秦淮河一样吸引着如织的游人，展现她魅人的时代风采呢？

朝代更替，风起云涌。周武王在朝歌插上了卫国的大旗，卫武公在这面旗帜上抒写着康叔之政，高风亮节，人和政通。他在位五十五年，鞠躬尽瘁，铸造了卫国的鼎盛。两千多年如水而逝，而卫人感其恩德所赋的、载入《诗经》的《淇奥》，淇人为他修建的武公祠和有斐亭，则流传至今，万古流芳。

著名的卫懿公虽好鹤误国，但他最终醒悟后与将士一起拼杀疆场，不惜被砍成肉泥，不能不说是一种为国捐躯的悲壮。而卫大夫弘演见懿公血肉模糊，尸体残缺不全，只有一肝尚完好，于是拔刀剖腹，把自己的尸体当作了懿公的棺材。这不能不说是一种赤胆忠心，不能不说是一种大义。荆轲也怀着一颗赤胆忠心，也怀着一种大义，他蘸着淇水磨亮匕首，起程去了燕国，在易水边唱出了千古流传的一去不复还的歌声。

鬼谷子云游到云梦山，本想躲避战国的硝烟，孙膑、庞涓、苏秦、张仪、毛遂们却追寻到此，拜师学艺，隐居的水帘洞竟成了中国历史上第一所古军校。毕业的弟子们壮志满怀，跃跃欲试，由此冲向战国硝烟，纵横捭阖，叱咤着战国的风云。

"药王"孙思邈背着采药的背篓来了，用淇水洗去草药上的泥土，又爬上五岩山，去寻找、品尝济世的瑰宝。

大伾山的八丈大佛则巍然静坐在七丈楼中，笑看着滚滚红尘，给融入卫水的淇水送上永恒的微笑……

巾帼不让须眉。出生于春秋时期朝歌淇水之畔的许穆夫人，是卫

国君主卫懿公的妹妹。她在少女时代就深为祖国的安危而担忧。当时诸侯各国之间的通婚联姻是一种政治行动,带有亲善和结盟的性质。当齐国和许国(今河南许昌一带)都派使者到卫国向她求婚时,她毅然选择了强大而又邻近的齐国。她想将来卫国如遭到外敌入侵,就可借助齐国的力量救援,而许国弱小又遥远,远水不解近渴。她这种深谋远虑,将祖国安危与自己的婚姻连在一起的远见卓识和拳拳爱国之情,却因历史上卫国与齐国曾有隔阂,而遭到了卫懿公的不理解和坚决反对,卫懿公坚持将她许配给许穆公。

公元前660年冬,狄人攻打卫国。卫懿公玩鹤丧志,不理国政,结果卫国大败,朝歌失陷,懿公被杀。许穆夫人听到国破君亡的消息,悲痛欲绝。在许穆公不援助的情况下,许穆夫人毅然驾车北上,向齐国求救,终于收复了失地,使卫国得以复兴,慢慢壮大了起来。《左传》曾记载:"许穆夫人赋《载驰》,齐侯使公子无亏帅车三百乘、甲士三千人以戍漕。"

许穆夫人自幼生长在淇河岸边,淇河是她的母亲河,她饮着淇河的乳汁,在淇河嬉水、垂钓、荡舟,与淇河结下了深厚的感情。她的《竹竿》《泉水》《载驰》,载入我国第一部诗歌总集《诗经》。她的作品植根于自己的国家,植根于悠悠的淇河,充满了浓郁的地域文化色彩。诗中的"籊籊竹竿""淇水悠悠""泉水""肥泉""漕邑""桧楫""松舟",描绘了一道道亮丽的风景,充分表达了她强烈的爱国主义情感,读来使人倍感亲切,备受感动。这也奠定了她"中国古代第一位杰出的爱国女诗人"的历史地位。

徜徉在历史长廊

这是一条荡漾着诗的河。那波光粼粼中,闪亮着《诗经》中的"淇水滺滺,桧楫松舟""淇水汤汤,渐车帷裳""瞻彼淇奥,绿竹猗猗";闪亮着李白的"淇水流碧玉,舟车日奔冲";杜甫的"淇上健儿归莫懒,城南思妇愁多梦";王维的"屏居淇水上,东野旷无山";苏轼的"惟有长身六君子,猗猗犹得似淇园"……闪亮着陶渊明、骆宾王、宋之问、高适、陈子昂等人三百余首脍炙人口的咏诵淇河的诗篇,也闪亮着淇河儿女一首首崭新的时代诗篇。

2014年9月13日,中国诗歌学会在河南省鹤壁市举行仪式,给淇河戴上了"中国诗河"的桂冠。这是诗歌与淇河最亲密的拥抱、最深情的接吻。

五亿年岁月的磨蚀,淇水虽没有《诗经》《山海经》里那么丰满,但在淇河儿女的精心梳妆下,却不失苗条灵秀的身姿,依然用清澈甘甜的乳汁,哺育着两岸的子子孙孙;依然流动着数千年厚重的历史;依然舞动着传奇的浪花;依然吟咏着历代的诗文;依然一路高歌,勇往直前。

殷有"三仁"

朝歌,因商朝末年曾为殷纣王的国都而闻名于世。20世纪60年代初,我随父母来到这座历史底蕴异常丰富的古城。五十年来,耳濡目染了许多有关纣王的故事和史料,其中,我少年时就得知,被孔子称为"殷有三仁焉"的箕子、微子、比干,就是在这里为了社稷的兴旺和安危,向纣王献言献策,慷慨陈词,甚至不惜以死相谏,给后人留下了一段可歌可泣的历史,成为我国历史上最早的忠谏之臣。

箕 子

箕子名胥余,乃商末贵族,殷纣王的叔父,官居太师,因封国于箕(今山西太谷县东北),爵为子,故称箕子。

箕子作为我国历史上最早的谏臣之一,当殷纣王居功自傲,生活奢侈，吃饭必用象牙筷子时，便为其叹息，为商朝的社稷担心。《史记·宋微子世家》曾记载道："纣始为象箸，箕子叹曰：'彼为象箸，必为玉桮；为桮，则必思远方珍怪之物而御之矣，舆马宫室之渐自此始，不可振也。'"箕子的叹息，没有引起纣王的警惕，这时的纣王，已听不进逆耳的忠言了。果然不出箕子所料，纣王用上象牙筷子后，便用上了玉杯；用上玉杯后，便用上了远离朝歌的珍奇宝物；接着，大修离宫别馆、亭台楼阁，终日沉湎于酒色之中，不理政事。

面对纣王的腐败，箕子心急如焚，屡次进谏，纣王都听不进去，仍我行我素。箕子无奈之中，有人劝其离去，箕子曰："为人臣谏不听而去，是彰君之恶而自说于民，吾不忍为也。"（《史记·宋微子世家》）无奈的箕子选择了披发佯狂，终日鼓琴以自悲，抒发自己郁闷而悲愤的心情。纣王以为箕子真的疯了，便将其囚禁羑里。公元前1046年，周武王在蓄谋已久的牧野大战中克商，纣王兵败后，逃至鹿台自焚。至此，长达六百多年的"邦畿千里"的商朝被周取而代之。周武王命召公释放了箕子，并请他为周朝臣子，而箕子却不愿做周朝的顺民。周武王又询问他殷为什么灭亡，箕子却又不愿说自己的国家如何不好。周武王又向其请教治国之道，箕子以《洪范》陈之，所谈八条治国之策，不仅为周武王所用，有些策略还传至后人，为历代统治者所用。周武王不禁从内心里佩服箕子的才能，他极力想请箕子辅政。而箕子却决意离去，不为灭掉自己国家的周朝效力。他毅然率领殷商贵族、遗老故旧约五千人，离开已属他人的朝歌，迎着朝阳一路东进，经山东半岛到朝鲜半岛，创立了朝鲜历史上第一个王朝——箕子王朝。

　　随着箕子王朝的建立，荒芜的朝鲜半岛由原来的渔猎又增加了农耕，一块块箕田里，展示着商代的先进生产技术，收获着新的希望。随着箕子王朝的建立，箕子也将商代的各种法律运用到朝鲜，使其民不淫不盗，社会风气良好。诗书礼乐、医药卜筮、官制衣着等方面，也都在朝鲜显示出殷商文化的厚重和魅力。这种厚重和魅力，一直延续了三千余年。现在韩国的国旗上，还飘扬着中国殷商时期易经八卦的图案。朝鲜和韩国人还保留着"殷人其服尚白"的衣着色彩。其他诸如食宿、祭祀、节气等习俗，至今也都与我国辽东半岛、山东、河南等地相似。

　　在《箕子传》《箕子外传》《海东绎史》等朝鲜文史书中，多处记载了箕子创立朝鲜古国以及各种典章制度、洪范传录、箕子像、事迹图、谱系等。其中《海东绎史》中记载道："箕子率五千人入朝鲜，其史书礼乐、医药卜筮，皆从而往，教以诗书，使知中国礼乐之制，衙门官制衣服，悉随中国。"在中国多部史书中，不仅记载了箕子赴朝之事，还记载了周武王顺水推舟封朝鲜给箕子一事。《尚书大传》曰："武王胜殷，继公子禄父释箕子之囚。箕子不忍周之释，走之朝鲜。武王闻之，因以朝鲜封之。"《史记·宋微子世家》曰："武王乃封箕子于朝鲜而不臣也。"箕子为创立古朝鲜国做出了杰出贡献，在《三国史记》中，明确把箕子看作是古朝鲜建立以后的第一个国王。

　　箕子虽身在朝鲜，但他的心还牵系着失去的故国家园。当他朝见周武王时路过朝歌，目睹昔日宫殿已成废墟，遍地野草麦黍、一片荒凉时，不禁伤感至极，欲哭无泪，欲泣又觉近于妇人。他即作《麦秀歌》一首，以陈心志："麦秀渐渐兮，禾黍油油，彼狡童兮，不与我好兮。"殷民闻之，皆涕泪满面。这首载入《史记·宋微子世家》等史志的《麦秀歌》，可谓是我国最早的诗歌了。该诗由景起兴，假借指责不听话的顽皮淘气的孩子，其实隐喻着的是箕子对纣王不听忠谏而失去江山的抱怨和指责，以及箕子此时此地的痛苦而又悲愤的心情。这种将借景生情，借喻、暗喻结合在一起以抒发政治怀抱的艺术手法，为后世诗歌创作提供了很好的借鉴。

该诗也在后世文人中产生了很大影响。晋代大诗人陶潜在《箕子》一诗中云："狡童之歌，凄矣其悲。"宋代诗人王十朋也在《箕子》一诗中云："千古共传箕子操，一时难悟狡童心。"明代诗人何士琦的"伤心歌麦秀"，清代诗人高遐昌的"禾黍悲歌千古恨"等诗句，也都对《麦秀歌》做出了回响，对箕子这位爱国谏臣表示了同情和颂扬。箕子死后，葬于商朝最早的都城亳（今山东曹县）。今朝鲜平壤市郊还有他的衣冠冢——箕子陵，当地称"箕圣陵"。朝鲜人将箕子奉为檀君祭祀，时隔三千年，韩国在举办各种大型比赛中，还冠以檀君的名字。中国历代王朝使节出使朝鲜，也均到"箕圣陵"祭拜。唐朝时，人们在朝歌南关建箕子庙。唐代大文学家柳宗元前往凭吊，为其撰写了《箕子庙碑文》，为箕子歌功颂德。

微　子

　　微子，商末朝歌人，本名开，后称启，因其封国名微（原在今山西潞城县东北，后迁山东梁山西北），爵位子，故称微子。

　　微子乃商朝第十六世帝王帝乙之长子，是殷纣王同父异母的兄长，世称卿士。他虽聪明，但优柔寡断，遇事不能自决。因其母为妾，作为长子的他未能继承王位。

　　没能顺理成章登上帝王宝座的微子，当弟弟"淫乱于政"时，他仍出于对商朝江山的考虑，多次向纣王进谏，劝其关心政事。而纣王却认为自己"有命在天"，对微子的劝谏置之不理。微子看纣王"终不可谏"，便想以死诀别自己一意孤行的弟弟。但真要去死，微子却犹豫了。他找到太师箕子和少师比干，让他们帮自己出主意。太师箕子认为："今诚得治国，国治身死不恨；为死，终不得治，不如去。"（《史记·宋微子世家》）微子闻言，点头称是。于是，他便打消了死的念头，抱上祭器，为保殷商宗祀，远离纣王到微国去了。

　　周武王灭商后，微子带着祭器来到了武王军门，并且是"肉袒面缚，左牵羊，右把茅，膝行而前以告"，向武王表明自己与纣王早已远离。其实，周武王早已知微子与纣王的关系，见微子如此低下，颇受感动，便把他与纣王分别看待，上前解开捆绑的绳子，并"复其位如故"，仍让他当卿士。约公元前1041年，纣王之子武庚叛周，周公旦以成王命杀死武庚，命微子接替武庚管理殷余民，封其国于宋（今商丘一带）。从此，微子便成为宋国国君，也成了殷的宗祀人。

微子本来一身正气，刚正不阿，为何低三下四地去见周武王？为何又当周朝的卿士？是司马迁记载有误？或是微子向周朝投降？还是微子委曲求全，让周武王手下留情，保存殷朝的香火得以传承？恐怕还是因为后者吧。殷商灭亡后，周武王并未杀殷商的文武百官及黎民百姓，还封卫国给纣王的儿子武庚，让其管理殷商遗民，以续殷商的宗庙祭祀。这其中除周武王听取各方意见，采取稳定殷商遗民的万全之策外，是否也有微子的良苦用心呢？

微子死后，葬于今山东微山湖微山岛西北部的高岗上，墓前竖古碑四通，中间主碑上有汉代匡衡题写的"殷微子墓"，横额为"仁参箕比"，箕指箕子，比指比干。

比　干

比干是帝乙之弟，殷纣王的叔父，商朝著名的忠谏之臣，因封于比（今山东曲阜一带），故名比干。

身为少师的他，辅佐纣王是他应尽的职责。当他目睹纣王筑酒池、悬肉林，施暴政酷刑，建耗资巨大的摘星楼、鹿台等离宫别馆时，他和箕子、微子、商容、祖伊等人曾多次劝谏，可刚愎自用的纣王充耳不闻，以至于众叛亲离，箕子佯狂为奴，微子出走，商容贬为庶民。心急如焚的比干凛然正气地登上摘星台，劝谏正沉迷于酒色之中的纣王。比干苦劝三日不去，"不得不以死争……纣怒曰：'吾闻圣人之心有七窍。'剖比干，观其心。"（《史记·殷本纪》）六十三岁的比干，为了商朝的存亡，就这样惨死在自己的侄子之手。

商朝在腐败透顶的纣王手中灭亡了。当年供纣王玩乐的摘星台，早已被殷人改为"摘心台"，并在台上建"忠烈坊"一座，上书对联一副"刚之忠之仁之勇之，惨也酷也悲也伤也"。比干葬于朝歌南三十里处，周武王封为"比干墓"。魏孝文帝、唐太宗、清乾隆等皇帝及历代文人墨客均到此祭拜，或挥毫吟诗颂之。

比干殉难后，夫人陈氏为避纣王迫害，携子坚逃难到朝歌城西长林山。周武王派人将陈氏母子找回，封陈氏为"英烈夫人"，赐其子坚姓林，并封爵于博陵。从此，比干即成了林姓始祖，摘心台和比干墓也成了天下林姓宗亲族人寻根祭祖的地方。

"三仁"走进了中华民族悠久的历史长卷中，他们的拳拳爱国之心，镌刻在朝歌的"三仁祠"中，更镌刻在每一位炎黄子孙的心中。

纣王也走进了中华民族悠久的历史长卷中，但对其贬多褒少。不知道是司马迁等人漏记了纣王的功绩，还是周武王灭纣后掩盖、抹杀了纣王的功绩？因年代久远，史料有限，我们不得而知。用一分为二的观点来看，纣王虽是"三仁"悲剧的罪魁祸首，但他作为中国历史上第二个奴隶制王朝的君王，自然有他的历史局限性，可他平定东夷，开拓淮河流域和长江流域，促进北方文化向南方传播，对古代中国的统一和中华民族的发展是很有功劳的。因种种原因，他的过掩盖了功。不管怎么说，他是一位亡国之君，这是铁定的事实。既然是亡国之君，这其中孰能无"过"呢？

无核枣的由来

枣一般都有一个硬硬的核,可产于河南淇县(古称朝歌)西部太行山脚下的鹿台一带的枣却无核。这是为何?说来还有一段久远的传说。

早在三千多年前的商纣时期,鹿台一带林木参天,郁郁葱葱,百花争艳,百鸟争鸣。金牛岭后天然形成的湖泊,湖光潋滟,青山倒影,水天一色,美不胜收。纣王携妲己打猎到此,顿感心旷神怡,深深地被美景所吸引。特别是满山坡红红的酸枣,像无数个小灯笼,挂满了枝头,更是令妲己垂涎欲滴。她迫不及待地上前摘酸枣吃,不料被枣核硌了牙,又咬破了腮。妲己顿时兴致大减,边捂着被硌疼的牙,边吐着带血的口水对纣王说:"大王,这酸枣要是没核多好。你就不能让这酸枣不长核吗?"纣王见妲己疼痛的样子,立即拔出长剑,唰唰唰地斩断一片酸枣树。跟随的将士也随即仿效,将周围的酸枣树全部拦腰斩断。纣王用长剑指着被斩断的酸枣树说:"若再长核,统统连根刨掉!"然后又指着跟随的鹿台奴隶主说,"明年寡人再来,这酸枣要是长核,有多少棵酸枣树,寡人就杀掉你多少个奴隶!"

纣王走后,奴隶主看着满山坡的酸枣树,心中连连叫苦,若真的杀掉那么多的奴隶,能不影响自己土地的耕作和收成吗?于是,他马上召来奴隶们训话。奴隶们闻言色变,谁能让酸枣不长核呢?奴隶们似乎感到了死期的来临,一个个胆战心惊,面面相觑。无奈,奴隶主和奴隶们只好求助神灵,每逢初一、十五就祭祀天地,保佑酸枣不再长核。

冬去春来,满山坡被斩断的酸枣树又发出了新芽,奴隶们又跪倒在山神庙前,虔诚地乞求酸枣树不再长核。他们心里非常清楚,他们的命运与酸枣核紧紧地连在了一起,而且随着秋天一天天地临近,他们越发感到死到临头了。纣王的心狠手辣是人人皆知的。

这天,正当奴隶们祭祀时,忽然从南边飞来一群五色鸟,嘴里都衔着一枝翠绿的枝条,它们翩翩落到山坡上被斩断的酸枣树上,用尖利的喙啄了几下,然后将翠绿的枝条插上去,又用唾液粘好。群鸟在奴隶们的头顶唧唧盘旋了一圈儿,又唧唧着飞向南方。

奴隶们久久地望着远去的神鸟,好半天才回过神来,一起朝山坡上跑去。他们看着神鸟插上去的嫩绿枝条,一时不知是怎么回事。一位年长的奴隶说:"说不定这神鸟是来救咱们的,这嫩绿的枝条插上去,说不定这酸枣就真的不长核了!"在这位年长的奴隶提议下,奴隶们就地和了些红胶泥,涂抹在插嫩绿枝条的接合部,以免嫩绿枝条被风吹掉。

奴隶们仍坚持初一、十五祭祀。酸枣树一天天长大了。随着枣花的清香扑鼻,一棵棵酸枣树上挂满了果,可谁也不敢上前摘一颗,生怕亵渎了神灵,给大家带来灾难。

当满山坡的酸枣又像无数个小灯笼挂满枝头时,纣王果然又携妲己前来打猎。妲己看到那比原来更大更红的酸枣时,又是垂涎欲滴,迫不及待地上前摘下便吃,一连吃了两把也未曾吐核。纣王问:"这酸枣无核?"妲己媚笑道:"有核我能不吐吗?"纣王立即叫人赏赐奴隶主,并让奴隶主将这无核枣作为贡品上贡。

奴隶主和奴隶们为感谢神鸟,专门修建了神鸟大殿,将神鸟供奉起来,香火不断。

无核枣与定情物

无核枣被纣王纳为贡品后,至春秋时期,不仅仍为贡品,而且成为青年男女的定情物。这还得从许穆夫人说起。

许穆夫人名叫卫姬,是卫国君主卫懿公的妹妹。卫姬年幼时,她的几个姨娘都先后嫁给了强大的齐国。当姨娘们带着儿女们来卫国探亲时,一位叫无亏的公子常爱与卫姬玩耍,不是在淇水边嬉戏,就是在宫苑里的草丛中逮蚂蚱、逗蟋蟀。稍大些,不是在淇水上划船垂钓,就是在淇水边玩"过家家"的游戏,真可谓是两小无猜、青梅竹马。当情窦初开时,二人更是情意缠绵,难舍难分。

卫姬很想嫁给无亏,不仅是因为二人情投意合,而且这能将卫国的安危与齐国紧密地联系在一起。当时卫国弱小,齐国既是近邻又很强大。在那战乱频繁的年代,列国纷争,恃强凌弱,如与齐国联姻,当卫国遭侵犯时,可得到齐国的帮助,保护卫国的平安。

秋高气爽，无亏又随母亲来到了卫国。卫姬早已得知表兄要来，日日盼夜夜想，这天终于盼来了相见的日子，她一大早就跑到淇水边，遥望着通往齐国的大道。当东方一队车马挟裹着黄尘由远而近时，她的心都快跳到了嗓子眼儿。无亏也和表妹一样，他不知在梦中与表妹相依相偎了多少次。当他看到表妹在垂柳下翘首而待时，早已从车辇上纵身跳下，飞快地跑向表妹……

短暂的几天过去了，无亏与表妹又到了离别的时刻。卫姬羞红着脸掏出一个绣花红荷包，递给了表兄。无亏接过荷包，打开一看，里面装着十个紫红色的无核枣。无亏即刻明白了其中的含义，他激动地对表妹说："我一定让咱们的婚事十全十美，一定早早来迎娶你！"表兄的车辇渐渐远去了，卫姬仍伫立在淇水边，一颗激情荡漾的心也随之而去。

可惜这段美好姻缘也随之而去。因齐国召开北杏大会，而卫国未去，两国便发生了矛盾，自然，这矛盾也影响了无亏和卫姬的婚姻。卫懿公执拗地将卫姬许配给了前来求婚的许国国君许穆公。从此，无亏与表妹天各一方，只有那十个紫红色的无核枣，与无亏朝夕相伴，默默倾诉着无尽的思念。

卫姬绣荷包装无核枣的故事传到民间后，民间的青年男女也纷纷效仿，渐渐形成了一种定情的习俗。

中医与无核枣

妲己成为纣王的宠妃后,终日美酒佳肴,吃喝无度,久而久之,便觉胃部不适,有时疼痛,有时胀满,随之食欲大减,身体虚弱,神经也大大衰弱。

纣王唤来御医诊治,几服药下去,却不大见效。纣王怒不可遏,欲对御医处以肉刑。丞相比干上前劝道:"大王对他施刑,日后谁还敢来宫中把脉问诊?再说草药性慢,不妨让苏爱妃再吃上几服,再作打算。"纣王一听也是,便让御医重新开药。

御医早已感到伴君如伴虎,此刻因比干劝谏虽未受刑,却也胆战心惊,回到御医房仍心有余悸。他想一逃了之,可重重岗哨,插翅难飞。再者,若被抓住,肯定会被炮烙而死。可不逃走,若治不好妲己的病……无奈之下,御医抱着侥幸的心理,反复琢磨,调整了药方,然后先去拜见比干丞相,一是感谢丞相劝谏,使自己免受酷刑;二是请丞相过目药方。他知道，丞相不仅上知天文下知地理，而且对草药也颇有研究。

果然，比干接过药方后，沉吟片刻，捋须远望道："这些味草药尚可，只是没有药引啊！"御医一时茫然道："那用何做药引呢？"比干微闭双眼，继续慢条斯理地捋着银光闪闪的长须。须臾，比干忽然茅塞顿开："那无核枣乃神鸟之嫁枣，何不用它一试？"御医好像突然抓住了救命的稻草，喜不自禁道："丞相所言极是！"御医随即在药方上加上了"药引，无核枣也"。

妲己吃了御医重新开的药后，竟一天比一天好了起来，先是疼痛减轻，胀满消失，接着便是食欲增强，面色红润，精神日渐饱满。

此后，中医在治胃病时都加上了红枣。因无核枣稀有，故用红枣代之。后来《本草经》记载："大枣主治心腹邪气，安中养脾气，平胃气，通九窍，助十二经补少气。"李时珍在《本草纲目》中说："枣味甘性温，能补中益气，养血生津，用于治疗脾虚弱，食少便溏，气血亏虚……"当代中医也公认："常食大枣可治疗身体虚弱、神经衰弱、脾胃不和、消化不良、劳神咳嗽、贫血消瘦。妇女产后常食大枣，可得到多种补益，身体可及时恢复。婴幼儿常食大枣，有利于身体发育，启迪智慧。老年人常食大枣，可补充精力，延缓衰老，颐养天年。"正如正如古语所云："一日吃仨枣，一辈子不显老。"

奇谲的鬼谷子

"山不在高,有仙则名。"位于河南省淇县西南15公里的云梦山,主峰海拔虽只有577米,却闻名遐迩,不仅使历代文人墨客流连忘返,更使当今中外游客纷至沓来。

云梦山又名青岩山,属太行山余脉,峰峦叠嶂,巍峨峻峭,泉涌涧飞,雾霭缥缈。它的闻名于世不单是它的自然美,更主要的是两千多年前鬼谷子创办的"中国第一所古军校"诞生在这里,培养了苏代、张仪、苏秦、孙膑、庞涓等一批叱咤战国风云的纵横家和军事家。鬼谷子何许人也?翻遍史籍却没有他的生卒籍贯等详细记载,只是寥寥地提了几笔。司马迁是最早在《史记·苏秦列传》中提到鬼谷子的:"苏秦者,东周洛阳人也。东事师于齐,而习之于鬼谷先生。"在《史记·张仪列传》中又云:"张仪者,魏人也。始尝与苏秦俱事鬼谷先生,学术,苏秦自以不及张仪。"此后,西汉的刘向,在《说苑》中提到了鬼谷子,并引用了"鬼谷子曰";同属西汉的扬雄在《法言·渊骞》中也提到了鬼谷子:"或问:仪、秦学乎鬼谷术,而习之乎纵横言……";东汉的王充也在《论衡·明雩》中云:"苏秦、张仪悲说坑中,鬼谷先生泣下沾襟。"在《论衡·答佞》又云:"术则纵横,师则鬼谷也。"该篇中还记载了鬼谷子与弟子的传说:"苏秦、张仪纵横习之鬼谷先生,掘地为坑曰:'下,说令我泣;出则耐(能)分人君之地。'苏秦下,说鬼谷先生泣下沾襟。张仪不若。"可见鬼谷子不仅确有其人,而且是纵横家鼻祖,是苏秦、张仪的老师。《史记·孙子吴起列传》中记载:"尝孙膑与庞涓俱学兵法。"虽没说明向谁学习兵法,但后世论著均说孙、庞师从鬼谷子。《尉缭子》中称尉缭子"魏人鬼谷高弟,因魏王聘,陈《兵法》二十四篇"。可见鬼谷子不仅是纵横家鼻祖,也乃兵家圣人。《史记》之后的一些史书虽也有关于鬼谷子的记载,但都不出《史记》之外。

史书虽未记载鬼谷子的身世,民间传说中却说得活灵活现:鬼谷子系朝歌(今河南淇县)云梦山下王庄村人,其母霞瑞因食奇谷而生子,故称鬼谷子。又因蝉鸣时节所生,故随母姓,名王蝉,长大后又叫王诩。至今,王庄村人仍把鬼谷子奉为祖先。王庄村南有一座土冢,村民称之为王蝉谷堆(即鬼谷子墓)。据村中老人讲,村中原有一座记载王蝉身世的石碑,1958年兴修水利时被毁。民间传说并非空穴来风,它和史料同样珍贵,同样被专家学者重视。

不管怎么说,鬼谷子是战国时期一位神秘莫测的隐士、奇人、高人,也可能是学鬼谷术的隐士们自称的通号。他是一个活生生的人,并非神。

　　鬼谷子其人给后世留下了一个谜，《鬼谷子》一书自然也给后世留下了许多的争议。有人认为此书系鬼谷子所著，有人认为系苏秦所著，还有人认为是伪作。孰是孰非？经鬼谷子研究者综合分析历史记载和出土资料，认为《鬼谷子》一书最初出于战国时某隐士之手，后经苏代、张仪等纵横家的丰富充实，成熟于苏秦所生活的时代。此书因秘不面世，故很少有人能见全书，至南北朝陶弘景时方传于世，故《汉书》未录而《隋书》著录。

　　《鬼谷子》是"战国争雄，辩士云涌"时纵横家专讲说服的理论著作。张仪、苏秦等纵横家，作为鬼谷子的门徒，无疑对此书了如指掌，他们活学活用，凭着三寸不烂之舌，游说于纷乱的各国之间。张仪相魏，诸侯震恐；苏秦合纵，五国伐秦。煊赫一时的他们，成为战国风云中的明星，对历史发展起到了积极的推动作用。

　　《鬼谷子》其主要内容虽为纵横游说，但其中涉及大量的谋略问题，在历代兵家眼里，《鬼谷子》也是一部兵书，为兵家所用。孙膑、庞涓作为鬼谷先生的学生，二人均成了战国时著名的军事家，在各国互相兼并的战争中，分别发挥了各自的军事才能，为各自的诸侯国立下了汗马功劳。特别是著名的"桂陵之战"和"马陵之战"，为中国的军事战争史谱写了不朽的篇章，成为典型的战例。

　　《鬼谷子》不仅在国内影响较大，而且在国外也受到极大重视。德国著名历史哲学家斯宾格勒对鬼谷子和他的学生苏秦、张仪十分赞赏，在他著作的《西方的没落》一书中这样写道："他们两人也像当时大多数的政治领袖一样,都是鬼谷子的学生。鬼谷子的察人之明,对历史可能性的洞察以及对当时外交技巧(合纵连横的艺术)的掌握,必然使他成为当时最有影响的人物之一。在他以后的另一个具有同等重要的人物是上面提到的思想家和军事理论家孙子。"生于德国的美国前国务卿基辛格,对斯宾格勒非常佩服,对其《西方的没落》深有研究。

由于斯宾格勒对鬼谷子等纵横家的崇拜和推崇,由于基辛格在世界上频繁的穿梭外交,人们称斯宾格勒是现代的鬼谷子,基辛格是当代的苏秦、张仪。在东南亚和日本,不仅有鬼谷子研究机构,而且有的还设有鬼谷子学术奖金,还请中国的鬼谷子专家前往讲学。尤其是日本,受鬼谷子影响最大,不仅研究功底深,而且还将鬼谷子的思想灵活地运用到了企业经营中。既是学者又是企业家的大桥武夫就是其中之一,他把鬼谷子的智谋与应用实践结合起来,写出了《兵法与鬼谷子》。

虽说《鬼谷子》在国内外产生了深远的影响,但也褒贬不一,毁誉并存。唐代政治家、大文豪柳宗元在《鬼谷子辩》一文中,对偏爱《鬼谷子》的元冀驳斥道:"……《鬼谷子》后出。而险戾峭薄,恐其妄言乱世,难信。学者宜其不道。"明代宋濂更是猛烈批判《鬼谷子》:"鬼谷子所言之捭阖、钩钳、揣摩之术,皆小夫蛇鼠之智。家用之,则家亡;国用之,则国债;天下用之,则失天下。学士大夫宜唾其不道。"其实,《鬼谷子》和其他兵法一样,它没有阶级性,谁用之则为谁服务。也正如一包鼠药,鼠吃则死,人吃也活不成。也如一杆枪,谁持有，谁就能打击对方。

　　大桥武夫在他的《关于〈鬼谷子〉一书》一文中说："……我发誓要读到这本书。可是，当我向许多中国人打听该书时，他们或者含糊其词，或者逃之夭夭，谁都不肯告诉我。……我曾想尽各种办法，可还是没有达到目的。"大桥武夫直到战后三十五年的1980年夏，"无意中我对来访的德间书店的编辑提起此事。数月后，这编辑突然拿来了这本书的复印件"。由此可见，中国人是不愿让日本侵略者看到《鬼谷子》的，更不愿让日本侵略者利用鬼谷子的智谋来屠杀中国人的，这也充分体现了中华民族不屈不挠的民族精神和浩然正气。

鬼谷子文化中的民风民俗

战国时著名的军事家、纵横家鬼谷子,不仅培养了苏秦、张仪、孙膑、庞涓、毛遂、尉缭等一大批叱咤风云、彪炳史册的杰出人才,为后人留下了智慧非凡的传世名作——《鬼谷子》,在历代军事、政治、经济、外交等领域发挥着十分重要的作用,而且也遗留了淳朴的民风民俗,总结发明了一些人们在日常生产生活中的谚语和游戏,至今仍在多地流传。

在淇县百姓的心中,鬼谷子被奉若神明,被尊崇为王禅老祖,他的母亲被奉为王老圣母,他的坐骑青牛被奉为仙牛。很多年以前,人们就纷纷到云梦山降香朝拜,颂扬鬼谷子的大智大勇、抑恶扬善、扶危救困,祈求鬼谷子保佑当地风调雨顺,国泰民安,祛病消灾。明代嘉靖四十六年,卫辉府儒学庠生李先竹、刘一沐在碑文中记载道:"齐鲁燕赵三晋之民,慕其威灵,跻跻跄跄,伏首于祠下者,日以万计。"

可见当年之盛况。碑文中又记载道:"名虽香会,而实有古先王亲睦之遗风焉。"直到现在,到云梦山降香朝拜者仍络绎不绝,且不分男女老幼,皆兄弟姐妹相称。他们都自带粮食和蔬菜,吃大锅饭。即使没有带粮食和蔬菜的人,也是来者不拒,免费供应三餐。他们还积极捐款整修殿宇,义务修补道路、打扫卫生,犹如一个欢乐和谐的大家庭。农历三月二十六日是鬼谷仙师的诞辰,每年的这一天,方圆数百里的百姓更是蜂拥而至,进行祭祀活动。随着时代的变迁,这个纪念活动的规模越来越大,形式越来越多样化,逐渐演变成了今天的鬼谷子文化节。他们敲锣打鼓、燃放鞭炮、踩高跷、划旱船、扭秧歌、唱大戏,载歌载舞,形成了新的民俗,将欢乐祥和的气氛推向了高潮,将云梦山变成了欢腾的海洋。显示了当地民风的淳朴善良,更显示了民俗的传承与和谐。

在当地百姓的心中,鬼谷子还是一位能观察天象、呼风唤雨的活神仙。相传鬼谷子带领弟子们正打场,突然一丝风也没有了。鬼谷子环顾天空,然后高抬双手,两眼一眯,向东西南北方向念念有词道:"东西南北中,来阵扬场风。"霎时,就看到树梢摆动,一股西北风扑面而来,弟子们又高兴地扬起场来。干得正欢时,忽然远处电闪雷鸣,乌云滚滚。弟子们担心淋湿麦子,忙往一起收拾。鬼谷子看看天,却不慌不忙地说:"不必惊慌。"他望着电闪雷鸣处念道:"雷声大,雨点稀;光打雷,不下雨。"果然,滚滚而来的乌云渐渐被风吹淡,只有电闪雷鸣在虚张声势,一滴雨点也没下。

还有一年夏初的一天,晴空万里,艳阳高照,鬼谷子突然对弟子说:"很快要涨大水啦,你们马上分头下山,告诉四周百姓,加固房屋,囤好粮食,以防水淹。"弟子们看着晴朗的天,将信将疑,又不敢多问,只好遵命下山。果然,三天之后,天气骤变,大雨倾盆,山洪暴发,大地变成了一片汪洋。百姓免遭了一场水灾,纷纷对鬼谷子感激不尽。

还有一次,鬼谷子带孙膑、庞涓在子孙岭散步,瓦蓝的天空缀着朵朵白云,恰似屋顶上的片片青瓦,鬼谷先生突然指着天空说:"根据我多年的经验,天将大旱。你们立刻下山告诉百姓,今年是大旱之年,只有多种耐旱作物,才能确保收成。"事实又一次证明鬼谷子判断无误。久而久之,周围百姓都知道云梦山有个活神仙,只要遇到什么难办的事,他们都来向鬼谷子求教,而鬼谷子也从不推辞,都一一作答。弟子们不知其中的奥妙,纷纷请教师傅如何呼风唤雨,鬼谷先生拈须一笑说:"我并非神仙,也不会料事如神,只是我常年观察天象,总结出一些规律。扬场时呼风,是我看到了远处而来的乌云;电闪雷鸣不下雨,是我看到了远处的乌云渐渐被风吹淡;让百姓免遭了一场水灾,是我早晨看到了天空一片昏黄:早看天昏黄,遍地成海洋;让百姓免遭了一场旱灾,是我看到了天空的白云像屋顶上的青瓦——根据我多年的经验,静云如瓦片,天将大旱。"

此外,鬼谷子还根据星象的规律,结合四季农时,总结了许多指导生产、安排生活的谚语,如"申儿不落,辰儿不动,有麦只管种"。就是说天亮时西方的申星只要没有落下山去,东方辰星还没有升起,这段时间就是种麦的好季节;反之,则误了农时。根据银河星系位置的变移,他总结出"天河南北,小孩不跟娘啦"的谚语,告诉人们这时是炎热的盛夏。"天河调角,防备盖窝",告诉人们已到深秋季节,天气渐渐冷了,该准备铺盖的东西等。根据月亮运行的规律,他还编成口诀计算时辰,指导人们的生活。如"大二小三儿,看到月牙儿",就是说农历大月的初二、小月的初三就可看到月亮;"十七十八,人定月发",即农历十七十八的时候,人们都休息后月亮才升起来;"二十九,扭一扭"指的是到二十九这天,月亮升起一会儿天就亮了。

相传鬼谷子还是相术家的祖师。清末,胡祖德在《三百六十行营业谣》中写道:"起课先生真别致,祖师俱敬鬼谷子。"《金华风俗志》也记述道:"算命者多为盲人,信奉鬼谷仙师。"在一些古典小说中也有反映,如《三保太监西洋记》第三章节中云:"皇天无私,卦灵有感,孔子圣人,鬼谷先生。"同时,修鞋店、眼镜店也都奉鬼谷先生为祖师。

在淇县民间,至今还保留着一种"挑将军"的儿童游戏,相传是当年鬼谷子为弟子们创造的一种军事游戏。游戏开始,先分成两班人马,然后在相距二三十米处一字排开,双方轮番喊着"鸡鸡翎,扛大刀,您的将军许俺挑!挑谁?挑××"的歌谣,一方便向另一方冲去,捉住要挑的对方将军为胜,反之为败。相传当年孙膑、庞涓各带一班人马在子孙岭上玩此游戏,歌谣声音刚落,孙膑便带人马向庞涓一方冲去。庞涓方护卫着庞涓左藏右躲,想方设法要冲破防线。孙膑方则紧追不舍,左冲右攻。双方各施其术,互不相让。混战中,庞涓甩开对手向安全岛冲去,就在这时,突然闪出两个伏兵,拉开绳索,绊住庞涓的双脚,使他一头栽倒,成了俘虏。第二局开始后,庞涓带人马向孙膑一方冲去。孙膑在同伴的保护下，冲出重围，向对方的防线跑去。庞涓穷追不舍，奋力追赶。孙膑深知庞涓求胜心切，故意放慢脚步，突然蹲于地上。庞涓由于冲刺太猛，一时收不住脚步，孙膑又乘机使了个绊子，使庞涓不慎倒地。说时迟，那时快，孙膑忽地跃起冲过对方的防线，到达安全岛，又一次获胜。

这种游戏既可锻炼身体，又能培养智谋；既不用专门场地，又不要任何器材，还有很高的趣味性，所以广为流传。

民间还流行着一种柳叶治不淋（尿道炎）的土方，相传这个方子是鬼谷子发明并流传到今天的。当时，弟子们到柳树沟收割庄稼，烈日当空，人人汗流浃背，忽听庞涓尖叫起来："哎呀，疼死我啦！"孙膑见他双手抱着小腹双脚直跺，忙上前问道："老弟哪里疼痛？"庞涓碍于面子不好道破，只用手指了一下自己的小便处。孙膑心领神会，就搀着他去柳树下休息。还没到树下，孙膑突然蹲在地上捧着小腹也叫起来："我也疼痛难忍呀！"这时，鬼谷子来到柳树下捋下一把柳叶递给他们，让他们放在口中咀嚼，不一会儿，二人觉得清爽了许多，小便处的疼痛竟然也渐渐消失了。二人不解地问师傅何故，鬼谷子说："你俩因出汗过多，又没水喝，导致肝火上升，所以小便时疼痛难忍。柳叶味苦有清热解毒的功效，嚼柳叶就像吃了一剂清热解毒药，抑制了肝火上升，所以立即见效。"从此以后，凡是让弟子劳动，鬼谷子总是煮一锅柳叶水，让弟子带上喝。这个方子很快传到了民间。直到今日，老百姓在田间劳动时还常喝柳叶水，说这种水败火。

虽然两千多年过去了，但鬼谷子文化中淳朴善良、抑恶扬善、扶危救困的民风仍在民间经久不衰；鬼谷子文化中的民俗仍在民间世代流传。同时，新的民风民俗也在不断涌现，如前面提到的鬼谷子千秋纪念日、鬼谷子文化节。另外，云梦山的山韭菜、山野菜、山货以及用木料仿制的刀枪剑戟等儿童玩具，也都在百姓的手中一跃成了民间的旅游纪念品，使淳朴的民风又增添了时代的色彩。鬼谷子还为海峡两岸的文化交流架起了桥梁，台湾2002年在民间成立的鬼谷子研究会，会员竟达8000多人。他们不仅致力于两岸文化交流，还在云梦山投资建起了鬼谷子纪念堂、南天门等宏伟建筑，并且每年都到云梦山举行祭祀仪式，朝拜鬼谷先生，几年来，已经形成了新的民俗。相信这些新的民风民俗也会随着时代的发展而不断增添新的内容，世代传承，发扬光大。

范雎？范且？范睢？

近期在央视综合频道热播的古装历史剧《大秦帝国之崛起》，在介绍范雎时，字幕上和念白中均是"范雎（suī）"。笔者查阅了《辞海》等工具书及有关典籍，却又均为"范且（jū）"或"范雎（jū）"。究竟是"范雎（suī）""范且（jū）"还是"范雎（jū）"呢？

笔者发现，20世纪八九十年代以来出版的多种版本的《战国策》《史记》《资治通鉴》及南开大学出版社1993年出版的《战国策笺注》、齐鲁书社2005年出版的《战国策》等等，大都写作"范雎"，有的还音注："雎，音虽。"有专家称，"范雎"的写法早在元代以前就有。

除此之外，"范雎"还有其他的写法吗？答案是肯定的。

笔者发现，1987年岳麓书社出版的《白话史记》及1988年岳麓书社出版的《国语·战国策》等书，均为"范睢"。在《韩非子·难言》中，也有"范睢折胁于魏"等。而在《韩非子·外储说左上》中，又写作"范且":"范且曰:'弓之折,必于其尽也,不于其始也。'"清人王先慎在《韩非子集解》中引顾广圻的话说:"范且即范雎也。"清乾隆年间,山东济宁嘉祥县紫云山出土的东汉武梁祠石画像中,其中一尊画像上刻有"范且",其后面是战国魏中大夫须贾,而范雎曾为须贾的家臣,可见此"范且"即范雎也。

查阅古籍与工具书,"雎"与"且"为音同字不同,且古代多用作人名,如战国时魏人有唐雎,又作"唐且";楚国有大夫昭雎;秦国有侍医夏无且、大将龙且、宋国有渔夫豫且、齐国有穰且等。《辞海》《辞源》《康熙字典》《汉语大字典》《汉语大词典》等工具书,除将"且"注"qiě"音外,还均注有"jū"音,并指出为古代人名用字。《现代汉语词典》《现代汉语规范词典》不但注有"jū"音,而且还特别指明:"用于人名,如范雎,也作范且。"尤其是《辞海》"范雎"条目中这样解释道:"一作范且,或误作范睢。"看来《辞海》解释得不无道理,由于古籍年代久远,历代传抄、刻印,加上"雎""睢"字形相近,仅左下一横之差,误将"雎"写为"睢"是很有可能的。再者,由于"且""雎"读音相同,所以在写人名时,一些不严谨的书写者往往用笔画少的字代替笔画多的字,这也属常见,从而形成了文字通假的现象。

笔者不由得想起多年前播出的电视剧《封神榜》,剧中的商朝国都朝(zhāo)歌均误读为"朝(cháo)歌"。后来拍摄新版的《封神榜》时,河南淇县的领导闻讯,即刻赶往拍摄地,避免了"朝(cháo)歌"的以讹传讹。

电视受众广,极易以讹传讹。愿小文能补《大秦帝国之崛起》之错讹,也望有关古籍再版时,以严谨的治学态度,正本清源,将"范雎(suī)"纠正为"范雎(jū)"。

荆轲的忏悔

月色朦胧，秋虫唧唧。我合上《史记·刺客列传》，躺到床上。易水河在我身边低沉地呜咽着，渐渐又响起高渐离的击筑声。须臾，荆轲那"风萧萧兮易水寒，壮士一去兮不复还……"的歌声由远而近，由小而大，悲壮而沉重。瞬时，易水河的上空狂风怒吼，乌云翻滚。随之，一位飘逸着战国装束，腰佩长剑的壮士飘然而至。

"你是……"

"我就是你刚看到的那个刺客——战国人荆轲。"

"你、你想干什么？"

"你是作家，且听我慢慢道来。我这人喜爱读书、击剑，也想凭此出人头地，建功立业。刚开始我曾拿剑术游说卫元君，可能是我的剑术不够高强，卫元君不肯用我。我没有气馁，又游历到榆次与盖聂切磋剑术。这家伙高傲自大、目中无人，因我与他对剑术的看法不同，便对我吹胡子瞪眼。我忍气吞声，又游历到邯郸。在跟鲁句践下棋赌博时，他输棋后还强词夺理，恼怒地呵斥我，我只好委曲求全，又默默地逃到燕国。我怎么也没想到，在这里我竟一步步走上了刺客的道路。后人称赞我多么神勇，我实在感到脸红啊！"

"壮士孤胆刺秦，虽未成功，但却成仁，怎能感到脸红呢？"

"我是被逼走上刺客道路的。我到燕国后，每日在街上喝酒舞剑，从而认识了处士田光。这时，在秦国做人质的燕国太子丹怀着对秦王的怨恨逃回燕国，想着怎样报复秦王。太傅鞠武推荐了田光。田光却说自己年老，将我举荐给太子丹，然后义气地自刎了。田光的自刎，逼我迈开了刺秦的第一步。我只好去拜见太子丹，没想到太子丹一见我，好像见到了久别的大恩人，对我拜了又拜，双膝跪着来到我的面前，痛哭流涕地求我担当起刺秦的重任。我深知，强大的秦国如日中天，秦军兵多将广，所向披靡，统一中国指日可待，大势所趋，我岂能逆流而动刺杀秦王？何况秦王宫殿定是壁垒森严，刀枪剑戟如林，我岂能近得秦王之身？我对太子丹道：'此国之大事也，臣驽下，恐不足任使。'太子丹一听，忙上前向我叩头，再三求我不要推辞。我乃区区小民，哪禁得住太子如此这般？但我还是有些左右为难，犹豫不决。太子丹也可能看出我有些感动，即尊我为上卿，将我安排到上等馆舍，并送上美酒佳肴、珍奇宝物和车马美女，满足我所有的欲望。人怕敬，不怕横；人是欲望的奴隶。我就这样稀里糊涂地迈开了刺秦的第二步。在太子丹迫不及待地多次催促下，我只好提出了刺秦的实施方案——拿秦王悬赏重金捉拿的逃到燕国的樊於期的人头和燕国最肥美的督亢地方的地图献给秦王，以骗取秦王的信任，然后乘机刺之。太子丹这时却不忍杀樊。我亲自找到樊将军，向他陈明刺秦也是为他报仇雪恨，使他自觉地献出了头颅。这是我迈出刺秦的第三步。这一步是我无奈之下主动迈出的一步，也是我悔恨终身的一步。以下的故事尽人皆知，我就不再多说了。我想说的是，我是被逼上刺客的道路，从一开始就注定了失败的命运。"

"一开始就知道要失败？"

"田光以死荐我，只知我'非庸人也'，却不知我根本就不是当刺客的料。刺客向来都是侠肝义胆、武艺高强之人，我平平的剑术怎能在刀光剑影中来去无踪？太子丹向我跪拜叩头求我刺秦，我却没有坚决拒绝，反而被金钱美女所诱惑，以致头脑发胀，意气用事。正如不会凫水者下水救人一样。刺客向来都是天马行空、独来独往，却给我配备了一个十三岁时杀过人的孩子当副手，这样的副手能帮我多少忙呢？到秦宫的阶前，他就被吓得两腿发抖脸色苍白，差点儿露馅儿。这也说明我不谙刺客之道，是个大大的外行。按说，刺客对所刺对象、周围环境等，必须了如指掌，以确保万无一失。而这些我知道吗？了解吗？我一未见过秦王，二未进过秦宫，这不是去送死吗？不具备刺客条件的我，当图穷匕见、千钧一发的关键时刻，我却仅仅抓住了秦王的袖子，'未至身，秦王惊'，使'斩首行动'惨败告终。我若是一位武艺高强的刺客，会是这样的结局吗？我很庆幸自己的惨败。"

"惨败还庆幸？"

"我若不惨死在秦王的刀下，秦王必惨死在我的刀下。我乃区区小卒，死是无所谓的。而秦王若死，那历史就将重写了，哪里还有秦始皇统一六国、统一货币、统一度量衡、统一文字、统一南越？哪里还有闻名世界、象征中华民族的万里长城？秦王的统一，是不可阻挡的历史洪流，没有秦王的统一，诸侯各国仍将战乱不止，民不聊生。可我却不识时务，为太子丹卖命，真是愚蠢至极啊！"

  荆轲飘然远去。静静的易水河上，许久，依稀传来高渐离那悲怆的击筑声，还有荆轲那"风萧萧兮易水寒，壮士一去兮不复还……"的悲壮而沉重的歌声……

大义灭亲的石碏

卫庄公娶了《诗经·硕人》中描述的"手如柔荑，肤如凝脂，领如蝤蛴，齿如瓠犀，螓首蛾眉，巧笑倩兮，美目盼兮"的女主人公——齐庄公的女儿庄姜后，因其未生子，又娶了陈侯之女厉妫，结果生一子又早亡。庄公又娶宠爱的小姨子戴妫，终生公子完。可惜戴妫好命不长，庄公便让庄姜收养公子完，并立为太子。后来，庄公宠妾又生一子，叫州吁。

州吁从小舞刀弄棒，骄横无比，常把一块玩耍的大夫子弟打得哭爹喊娘、屁滚尿流。有一次大夫见儿子被打，说了州吁几句，州吁立马竖眉瞪眼，早已一棒挥舞过去，打得大夫抱头鼠窜。谁敢对国君之子怎么样呢？州吁长大后，更是横行霸道，骄奢淫乱，所到之处，令人发怵。

这天，大夫石碏向庄公进谏道："疼爱孩子应当用正道教导他，不能对他过于宠爱，不能给他过高的俸禄，否则，他就会骄横、奢侈、淫乱、放纵，最终走上邪路。如今州吁目中无人，到处横行，违法违理，这是致祸的缘由，当尽力除掉祸害，君王不能熟视无睹，使祸害加速到来呀！"

庄公听后，嗤之以鼻，认为石碏小题大做，反认为州吁乃勇武之才。不久，遂命州吁为将军。石碏又劝谏道："让其掌兵权，乱事自此始啊！"庄公仍固执己见。

石碏之子石厚，自幼知书达理，可常常受州吁欺负，并让石厚充当他的打手，如不听，州吁就拳打脚踢，让石厚跪爬在地当马骑。渐渐地，石厚便唯命是从，与州吁狼狈为奸，彻底被州吁拉下了水。石碏曾多次管教，甚至绳捆索绑，以鞭抽之，逆子却仍不悔改。州吁当将军后，二人更是无法无天，常醉酒驾车在街上横冲直撞，见美人就抢，对不从者就以刀捅之，搅得都城朝歌鸡犬不宁。石碏气得浑身战抖，命家宰将逆子捆打后，囚禁房中。谁知逆子半夜破窗而逃，住到了州吁府中。

卫庄公二十三年，庄公逝，太子完继位，为桓公。桓公耳闻目睹州吁的所作所为，便罢黜了州吁的将军职位。州吁本来就对太子完继位不满，这下更是怀恨在心，便与石厚密谋，刺杀了桓公，篡夺了王位。接着，州吁又穷兵黩武，讨伐郑国，结果劳民伤财，国人更是怨声载道，骂之不绝。

州吁得不到国人拥戴，又不知如何安定自己的君位，便让石厚去请教石碏。石碏早已对二人狼狈为奸的行为深恶痛绝，见石厚到来，

不觉沉下脸来:"你逃到州吁府中,为虎作伥,误国害民,有何脸面来见我!"石厚却赔上笑脸:"父亲大人,儿今天来,是受州吁之托,请教父亲如何安定君位之策。"石碏眉头一皱,计上心来:"如今天下乃周天子天下,若能朝见周天子,君位便能安定。""那如何才能朝见周天子呢?"石厚问。石碏说:"州吁弑兄而立,直接朝见,恐怕欠妥。陈国陈桓公颇受周天子宠信,倒不如请陈桓公从中斡旋。"

石厚向州吁陈述了父亲的安君之策,州吁想,自己弑兄而立后,陈桓公并未因杀了他的外甥而树之为敌,且和善如初,不妨亲自登门拜访,于是带石厚到陈国。可屁股还没坐下,便被陈桓公暗藏的左右拿下。二人大惊失色。陈桓公轻蔑一笑:"早想铲除弑君凶手,不料今日送上门来。受石碏老臣之托,帮卫国除掉二害!"州吁、石厚方知中计,但为时晚也。州吁立即被石碏派去的兵将斩首。

石厚被石碏派去的家宰欲斩时,怎么也不敢相信父亲会将他的亲生儿子处死,非让家宰用囚车将他载回,面见父亲。家宰铁着脸说:"可以面见。"遂亮出石碏手迹:提头来见。眨眼间,石厚便身首分离。

史学家左丘明在《左传·隐公四年》中赞叹道:"大义灭亲,其是之谓乎!"

一个"如切如磋、如琢如磨"的人

朝歌,一个煌煌在历史天空的商朝都城,周王朝卫国国都,不仅为武丁、武乙、帝乙、帝辛提供了君王的舞台,也为中国最早的"如切如磋,如琢如磨"的"高富帅"——卫武公,提供了施行德政的空间和平台。

卫武公出生于约公元前 852 年,姬姓,名和,是卫国第九代国君卫釐侯的儿子。生长于这样的家庭,"富"是不必说的。怎样"高""帅"呢?两千五百多年前我国第一部诗歌总集《诗经》中《卫风·淇奥》做了如此赞美:"瞻彼淇奥,绿竹猗猗。有匪君子,如切如磋,如琢如磨。"诗歌以淇水边修长茂盛的绿竹起兴,不仅让我们想象到了他颀长的身材和帅气的身影,还联想到了君子内在的虚心有节的品行。不仅如此,这位君子的学问、品德、修养,都像精琢细磨过的玉器、骨器那样光亮、高雅。"有匪君子,充耳琇莹,会弁如星。"这位君子头戴贵族冠，冠上左右两旁以丝悬挂的玉石直至耳旁，帽子上镶嵌的宝石仿佛星光闪烁。"瑟兮僩兮，赫兮咺兮，有匪君子，终不可谖兮！"这样仪容庄重有才华的君子，永远铭记在心，不会忘却。"有匪君子，如金如锡，如圭如璧。宽兮绰兮，猗重较兮，善戏谑兮，不为虐兮！"君子的德行犹如冶炼精纯的金锡，他的高贵又似玉圭和玉璧。他并不以自己出身而高高在上、不苟言笑，他的心胸非常开阔，且平易近人，善幽默，善开玩笑。《毛诗序》曰："《淇奥》，美武公之德也。有文章，又能听其规谏，以礼自防，故能入相于周，美而作是诗也。"如此看来，卫武公不单单是表层上的"高富帅"，而且是有着内秀之美的"高富帅"。

其实，他的内秀之美并非完美无缺。据《史记》记载："共伯弟和有宠于釐侯，多予之赂；和以其赂赂士，以袭攻共伯于墓上，共伯入釐侯羡自杀。"卫武公从小就受到父亲的宠爱，长大后，父亲赐给他许多财物，他没有挥霍这些财物，而是将这些财物用来收买武士，在父亲卫釐侯的墓地攻袭哥哥卫共伯，卫共伯躲进墓道里自杀而死。也有人说，卫武公为篡夺哥哥的王位早已磨刀霍霍，是他指派敢于冒死的武士袭杀了哥哥，对外称自杀。不管怎么说，卫共伯的死，都与卫武公有着直接关系。从这点来看，卫武公做得很不地道，为了一个王位，怎么能把亲哥哥杀了呢？

可历史就是这样，为了那个至高无上的位置，弑父杀兄的还少吗？后人评说历史，往往是不看这个的，往往看的是他登上宝座后的功过。李世民发动玄武门之变，杀死自己的兄长太子李建成、四弟齐王李元吉及多个亲侄子，戏剧中不也是唱"李世民登龙位万民称颂"吗？

卫武公继位后，效法先祖卫康叔的政令，卫国百姓一直过着和睦安定的生活。《史记》曾记载："武公即位，修康叔之政，百姓和集。"卫武公四十二年（前771），被废黜的太子姬宜臼（后为周平王）与母亲申后暗中逃奔申国的，与外祖父申侯联合缯国和西夷犬戎进攻周幽王，攻陷西周首都镐京（今西安市长安区西北），周幽王与美人褒姒所生的太子伯服均被杀死，美人褒姒也被犬戎掳走。从此，姬宜臼被拥立为周平王。犬戎得到了甜头，又不断进犯镐京。在这关键时刻，卫武公表现出了自己的大智大勇，他没有袖手旁观，没有保存实力按兵不动，而是以八十一岁的高龄率领精兵强将长途跋涉奔赴战场，与周平王等一齐杀退了犬戎，并与晋文侯、郑武公、秦襄公以武力护送周平王把国都东迁到洛邑（今洛阳）。因卫武公功劳卓著，周平王封他为公。周代有五等封爵制，即公、侯、伯、子、男。可见公是周天子之下的最高爵位了。据《国语》记载，卫武公在九十五岁高寿的时候，还老骥伏枥，志在千里，向全国发布通告："不要看我离一百岁只差五岁了，就什么都哄我开心，有什么意见还是要不讲情面地大胆提出来。"就是坐车出行、晚上睡觉前，他也礼贤下士，请身边的人提意见，真是为国为民、鞠躬尽瘁的典范啊！

有人认为，大智若愚、宠辱不惊是为高；大爱于心、福泽天下是为富；大略宏才、智勇双全是为帅，这样的"高富帅"用在卫武公身上，岂不恰如其分？

卫武公还是位诗人，《诗经》中就留下了他的两首诗。长达114

句的《大雅·抑》，或卫武公自儆，或刺周厉王、周幽王、周平王，古人多有争议。依笔者陋见，卫武公作为周朝的元老，经历了厉王、宣王、幽王、平王四朝，厉王的流放，宣王的中兴，幽王的覆灭，平王的堕落，四朝兴衰耳闻目睹，武公在耄耋之年自儆的同时，面对平王政治的黑暗，品行的败坏，国势的衰微，为警诫君王，从而写下了这首诗。全诗直抒胸臆，忧愤激扬，规劝讽谏，语重心长，充分表达了卫武公忧国忧民的崇高情怀。该诗采用赋比兴的艺术手法，不仅具有形象生动、说理性强的特点，其语言也是文采奕奕，并给后世留下了夙兴夜寐、白圭之玷、舌不可扪、投桃报李、耳提面命、谆谆告诫等成语。

在长达70句的《小雅·宾之初筵》中，不难看出当时贵族酒宴的奢华和礼节，也不难看出我国酒文化的悠久历史。此外，武公针对君臣沉迷于酒宴，并在酒后失仪、失言、失德的种种醉态，也进行了委婉戏谑的讽刺。看来武公是久经酒场的常客，对酒宴及那些醉态醉言刻画得如入其境、如见其形，真可谓是淋漓尽致、入木三分。

公元前758年，在位五十五年的卫武公去世。汉魏后，国人为纪念他，在朝歌西北35里我国最早的帝王园林淇园旧址，创建了武公祠，后历代均有重修。祠前有立碑一通，上书"淇园"两个大字。祠周围绿竹葳蕤，群山巍峨，清泉淙淙。清初《卫武公祠碑记》载："公祠建于淇县西北，山行六七里，峰回路转，若天设地藏之祠。东北岸建有斐亭，为淇园故址，祠前泉水淙淙，有瀑布声潆洄，东注入淇。"如此幽静的名胜古迹，明嘉靖六年淇县知县于慧曾在此夜宿赋诗:"脉脉花阴流水声,淇园偏向夜来清。披衣嗽齿寒泉下,钟磬隔山敲月明。""花阴""流水""寒泉""钟磬""月明",使武公祠的夜显得愈加有声有色,动静相融。

武公祠历代香火不断,后人追怀武公之德,并将祠前名为美沟的河改名为思德河,意为永思武公之德。思德河下游的槐荫店村也易名为思德村。武公祠的崖壁上,刻满了历代文人墨客赞颂武公功德的诗词。明代嘉靖年间曾任河南参议、南京给事中等职的徐文溥的《谒武公祠》云:"淇涯深曲武公祠,长夏遥临慰客思。云薄青山猿啸急,风生绿竹凤来迟。宫庭兴废成今古,俎豆瞻依忆岁时。冠盖周行无尽日,几人驻马醉清卮。"明代嘉靖年间曾任淇县训导的宁居简赞曰:"荣膺圭爵骨骄逸,常把箴儆分付诗。九十五岁犹不老,忆千万载系深思。高风直共篔筜在,盛德还同天地期。漠漠荒祠成古迹,至今淇水尚泳泳。"这首诗的大意是,武公常告诫官员要防骄逸,年虽九十有五,仍关心国事,千年万载让后人怀念深思。他的高风亮节与高大的竹子同在,他的盖世功德与天地共存。虽然他的祠堂已荒成古迹,寂寞冷清,但水势浩大的淇水,永远见证着他盖世的功德。

20世纪60年代,武公祠隐没于新建的水库之中。

包公与包公庙村

　　河南淇县包公庙村原名东岗村,北宋时更名为包公庙村,这是为何?原来这里面还有一个故事——包公智破无头案。

　　东岗村有个年轻漂亮的小媳妇,这天到娘家办事,却到天黑也没回来。丈夫到丈母娘家去找,丈母娘说快晌午时就走了。一时,两家人心急火燎,连夜分头到亲朋好友家去找,仍是活不见人、死不见尸。媳妇究竟哪去了呢?无奈,丈夫只好到县衙报案。县官听后,半天理不出头绪,现场勘查也没发现一点线索,便将此案作为无头案挂了起来。

　　一天,包公巡视到此,县官便将此无头案禀告包公,请包大人侦破。包公随即将小媳妇的丈夫传来询问:

　　"桃红是跟谁生气走的吗?"

　　"不是。"

　　"她去娘家干啥?"

"去送点儿菜。"

"她和你以及家里人的关系如何?"

"俺俩结婚还不到一年,关系都很好。"

"她和邻居或其他什么人有没有矛盾?"

"没有。"

"她有没有相好的?"

"没有。"

"她失踪的前几天一切都正常吗?"

"正常。"

包公又微服私访,突然,他的目光被路旁的一座坟墓吸引住了。那是一座新坟,周围已被下葬者踩得乱七八糟。包公问小媳妇的丈夫:"这是座新坟吧?"小媳妇的丈夫说:"是。就是俺媳妇丢失那天下的葬。"包公眉头一皱:"哦?是同一天?死者是谁?"小媳妇的丈夫说:"是邻家的二大爷。"包公想了一下:"按本地的风俗习惯,前晌墓坑打好后,要留下一个人看墓坑,其他人回村吃午饭,午饭后再出殡下葬,会不会……"包公突然目光如炬:"那最后看墓坑的是谁?"丈夫回答道:"是马二。"包公又追问道:"马二何许人也?"丈夫说:"是俺村一个游手好闲的光棍汉。"包公轻轻捋了一下胡须,露出一丝旁人不易察觉的笑。

这天,一个算命先生来到了东岗村。有村人凑上前去问这问那,马二也心神不定地凑了过去。算命先生一见马二,吃惊道:"看你的面相,近日必有大灾啊!"马二一听,更是大惊:"有何大灾?"算命先生神秘地说:"附耳过来。"马二将耳朵伸过去,算命先生继续神秘地说:"此处人多嘴杂,不便言说,还是找一个僻静之处为好。"马二马上将算命先生带到家里:"请先生快快道来,我有何大灾?有没有破法?"算命先生不慌不忙地说:"让我再看看你的面相和手相。"算命先生左看右看,忽然惊叹道:"近日你必有血光之灾啊!"马二立刻瞪大了眼睛:"我……我有血光之灾?"算命先生又让马二摇了一卦,然后说:"从卦相来看,也是如此啊。你定有命案在身,不日将被开刀问斩。"霎时,马二浑身像筛糠似的颤抖起来,跪倒在算命先生面前,磕头如捣蒜:"先、先生救命啊!"算命先生成竹在胸地说:"你不必惊慌,我自有破法。但是,你必须把前因后果如实讲来,若有半句假话,我这破法就不灵了。"马二像抓住了救命的稻草,竹筒倒豆子似的将杀害小媳妇的经过讲了出来——

那天打好墓坑后,留下马二一个人看墓坑,其他人都回村吃午饭了。这时,小媳妇从娘家回来,正无精打采看蚂蚁上树的马二像一只饿狼看到一只小羊一样……他看四处无人,便起歹意,径直向小媳妇走去,先是用露骨的语言挑逗,接着便动手动脚。小媳妇执意不从,马二便卡住她的脖子将她掐昏。强奸后,他怕小媳妇事后告发,便将她掐死。为把这事做得神不知鬼不觉,他在打好的墓坑里又往下打了打,将小媳妇的尸体埋了进去。午饭后,二大爷的棺材下葬,将小媳妇的尸体压在了下面。

算命先生听马二讲完事情的经过,拍案而起:"你奸杀民妇,死有余辜!"原来,这算命先生不是别人,正是包公。这时,一直暗中跟随包公的王朝、马汉冲进屋内，将马二捆了个结结实实。

东岗村百姓早闻包公刚正不阿、断案如神，这次又亲眼见包公智破无头案，为民除了害，更是感激不尽。于是，人们捐资在村中盖起了一座包公庙，将东岗村也更名为包公庙村。至今，包公庙村内的包公庙仍香火不断。

品味《诗经》里的酒

距今两千五百多年的《诗经》,是我国第一部诗歌总集,也是儒家的经典之一。它反映了周王朝五百年间的社会现实,描述了底层大众的生活、思想和感情,也揭露了上层统治者的黑暗、腐朽,其中也夹杂着浓浓的酒味。

"我姑酌彼金罍,维以不永怀。……我姑酌彼兕觥,维以不永伤"(《周南·卷耳》)表现了一位采摘卷耳的女子,斟满青铜器和牛角做的酒杯,思念离家亲人的忧伤。"微我无酒,以敖以游"(《邶风·柏舟》)道出了一位妇人遭遗弃、又遭兄弟欺,"并非要喝没有酒,也并非游也没处游"的不屈和气愤。"子有酒食,何不日鼓瑟"(《唐风·山有枢》)则讽刺了贵族们的贪鄙、吝啬和懒惰。

酒是农业丰收的产物,也是庆丰收、祈福、祭祀的饮品。"……万亿及秭,为酒为醴。烝畀祖妣,以洽百礼。……有椒其馨,胡考之宁。"(《周颂·载芟》)这些诗句,就是周成王时耕种丰收后,奴隶们将千万粮食做成美酒,符合百礼,进献先祖,祭祀庙堂,祝愿自己长寿和安康的颂词。"……十月获稻,为此春酒,以介眉寿。……朋酒斯飨,曰杀羔羊,跻彼公堂,称彼兕觥,万寿无疆!"(《豳风·七月》)全诗在吟咏奴隶们惨遭统治者剥削和压迫的同时,也抒写了在稻谷丰收后,酿制美酒让老人喝了添精神,捧上自酿的酒,宰杀羔羊,大家一起上公堂,双手捧起牛角杯,共祝万寿无疆的景象。从中还可看到,两千五百多年前,周人就已经把酒与健康长寿联系在了一起。

酒在周代不仅与忧伤、思念、健康、丰收、祭祀相伴,还与宴请宾客密不可分。"我有旨酒,嘉宾式燕以敖。……我有旨酒,以燕乐嘉宾之心。"(《小雅·鹿鸣》)这是一首表现统治者大宴群臣和德高望重的宾客的诗,表达了统治者对群臣和宾客"我有佳肴和美酒,邀客饮酒又逍遥;我有佳肴和美酒,使客快活乐在心"的一片热情。在《小雅·南有嘉鱼》中,全诗四小节里均有"君子有酒,嘉宾式燕××乐"的诗句;在《小雅·鱼丽》中,全诗六小节,有"君子有酒,旨且多""君子有酒,多且旨""君子有酒,旨且有"三句类似的诗句,这些诗,同样表现了贵族用丰盛、味鲜的美酒佳肴宴请宾客的盛情。在《大雅·行苇》中,"肆筵设席,授几有缉御。或献或酢,洗爵奠斝……曾孙维主,酒醴维醹。酌以大斗,以祈黄耇"则歌颂了周代贵族在家大摆筵席,洗杯献酒,用大酒杯睦亲敬老的情景。在周代,周王朝常通过宴请来处理本族内部及与外族的各种矛盾和隔阂,也常通过宴请群臣和臣民,增进团结与和谐,以达到其统治的目的。

既有酒，也有醉。在《大雅·既醉》里，"既醉以酒，既饱以德。……既醉以酒，尔肴既将。"在周成王宴席上喝醉的人，还不忘成王的大德，还念叨着成王的菜肴精美。"厌厌夜饮，不醉无归。……厌厌夜饮，在宗载考。……显允君子，莫不令德。……岂弟君子，莫不令仪。"（《小雅·湛露》）在这幅绝妙的"清秋夜宴图"中，周天子按接待礼仪，劝朝见的诸侯不醉不归。而诸侯们也遵守礼仪，酒后不失态，仍保持着君子的美善德操和翩翩风度。这与《小雅·宾之初筵》中的场面，形成了鲜明的对比。

《小雅·宾之初筵》长达70句，从宾客初进宴会厅各就席位写起，人人拱手作揖礼让三先，谁也不失礼。当食器酒器摆好，大鱼大肉果蔬美酒上桌后，众宾客彬彬有礼举杯。宴会厅还备有弓箭供射玩，宾客以射箭为酒令，我射中你喝酒，你射中我喝酒。还可执笛在笙鼓等乐器配合下起舞，各献技艺。但一到喝醉后，便都失去了礼仪，有的起坐无礼节；有的跳舞不歇，甚至歪倒、狂舞；有的说黄色笑话；有的大声呼叫；有的皮帽歪戴在头上；有的醉步出门；有的醉而不走……真是醉态百出，被诗人刻画得淋漓尽致，入木三分。诗的最后一段，竟对这种醉态场面提出，要设一位酒监，或者增添酒史的职位，以监督酒宴中的失礼行为。接着，诗人又劝醉酒者要自知，不要以不醉为可耻；又奉劝人们，对醉酒者不要鼓励，不要激他失礼，不该问的别问他，不该说的别说他；对喝过三杯就糊涂的人，不能让他再拿酒壶。诗人肯定没有想到，诗中的这些场面历经两千五百多年后，仍相沿成习，甚至有过之而无不及；诗中劝诫之语，在今天仍有积极意义。

在《诗经》305首诗篇中,浓香的"酒"字共飘出63次。在这些含酒的诗篇中,涉及农业丰收、酿酒、食器、酒器、祭祀、礼仪、习俗、健康以及社会的方方面面,不一而足,形成了丰富的酒文化,对后世的酿酒业和手工业,起到了很大的推动作用;对探讨酒文化的历史传承,借鉴和发展古代酒文化,也有着弥足珍贵的研究价值和现实意义。

秋游青岩绝石窟

车驶出河南淇县城，沿107国道北行10公里，再沿省道和乡村公路向西北行十几公里，便来到濒临淇河的贺家村，然后沿田间小路步行向青岩绝石窟而去。

正是秋忙时节，田野里到处是农人忙碌的身影。有的在刨花生，刨出一嘟噜又一嘟噜饱满的喜悦；有的在掰玉米，掰出一个个金黄的憧憬。收获早的，已在铡玉米秆"秸秆还田"。有"铁牛"突突着在裸露的沃土上耕犁，也有老黄牛默默地拉着古老的步犁，翻起土地的芳香。不知谁家金黄的谷子还没有收割，雪白的棉花还没有采摘，继续为秋天的油画点缀着自己的色彩。

行至淇河岸边，忽闻如火车奔驰之声，循声望去，只见从《诗经》中悠悠而来的淇水从一座拦河坝上漫过，形成二三十米宽的瀑布，水花飞溅，晶莹透亮，犹如无数颗珍珠在跳着疯狂的桑巴舞。

再往前行,岸柳浓绿泛金,钻天杨昂扬挺立,淇水宛如温顺娴静的淑女,从绿色的胡同中姗姗而来,她的身上还彩绘着蓝天白云、绿树青山。片片芦苇中,偶有几只水鸟扑棱棱飞向空中,衔走一串串自由。数百只鸭子在水中嬉戏着,有的撅着屁股觅食,有的直立起扇上几下翅膀,有的兴奋地张开翅膀哗啦啦地跑上一阵,宣泄着自由的期望。我从《淇县志》中得知,这里的鸭蛋系淇县三珍之一,外形与普通鸭蛋相同,但煮熟后,蛋黄为黄红色,且有一圈圈色泽不同的圆,故称"缠丝蛋"。该鸭蛋在古代曾为贡品。1914 年 7 月,该鸭蛋还参加了美国为庆祝巴拿马运河开航,在旧金山举办的万国商品博览会。

至山脚下,路越来越窄,只有尺余宽的蜿蜒小径。小径旁开满了紫色、黄色、粉红的小野花,争妍斗艳,娇态撩人,一株株酸枣树上结满了又红又圆的酸枣,伸手可摘,使人不觉流涎三尺(据说许多酸枣树已与淇县三珍之一的无核枣嫁接,嫁接的枣,皮薄肉厚,味甘质细,被中科院定名为"软核蜜枣")。满山的绿草在山风的吹拂下,就像谁在抖动一块巨大的锦缎似的。

山越爬越高。左侧是刀砍斧剁般的峭壁,右侧是悬崖下的淇河。

终于,我们跨过山门,来到了青岩绝石窟。石窟位于太行山绝壁的胸部,仰视绝壁,岩层吐翠,山与天相连,有数十只黑色的鸟喳喳着飞来飞去。一只苍鹰从绝壁顶凌空而下,在它的天空随意自在地翱翔。转身东望,几步外便是万丈深渊,俯视淇河,俨然一条淡蓝色的飘带,曲折有致地缠绕了几下,呈现出一幅绝妙的天然太极图!白色的鸭群喧闹着,一条小船上,渔翁正在放鱼鹰,不时叼上一条银光闪亮的淇鲫鱼（淇鲫鱼为淇县三珍之一，体宽脊厚，营养丰富，古诗有"以其食鱼，唯淇之鲫"之誉。相传明代万历年间曾为贡品），给人以不是江南，胜似江南的感觉。河中的绿地上有羊群蠕动，不时传来"咩咩"的叫声。对岸的梯田上，鞭声清脆，犁铧在阳光下闪着银光。陪同的周乡长说，当年土匪头子扈全禄曾盘踞这一带，常将逃跑的部下或受株连的家属或无辜百姓，从这悬崖推到淇河中，不禁令人毛骨悚然。

石窟又称青岩洞，青岩绝千佛洞。洞高1.87米，宽1.34米，进深3.6米，内高2.87米，南北两侧及内壁下部均凿有神坛，后壁中央雕有一尊佛像，高约1米，右手置于胸前，手指向上，手心向外，左手下垂屈指于膝盖。佛像端坐，看不出面部表情，它的头和洞内四壁上600余尊小佛像的头，后来都被人无情地凿掉了。

佛像虽被人为残损，但也可以看出其雕刻精细，比例适当。窟内石质供桌两侧刻有"弘治七年""淇县青岩村恭德"字样。石窟颇具特色的是，佛像均采用黑、红、浅蓝、淡绿等彩绘，实为国内少见。县志记载为北魏后期作品，1986年被河南省政府公布为省级文保单位。

粲粲秋菊花

当一天比一天凉的秋风吹来；当一天比一天冷的秋雨打来；当一天比一天寒的霜雪下来；青青的草如头发般枯黄了，许多娇艳的花凋谢了。雍容华贵的牡丹，更是早已谢幕，退出了名噪一时的舞台。而菊花却头戴传统名贵的凤冠，身披多彩绚丽的霞帔，乘着秋风，沐着秋雨，傲着霜雪，穿越三千多年的时空，贵妃似的向我们娉婷走来。

她是美的使者，她是中华的名片。在唐朝的阳光下，她跨过鸭绿江到了朝鲜，又越洋过海走进日本，接着又辗转欧美，飘香靓丽在世界各地。

她也是历代文人墨客的最爱。撩开历史的帷幕，我听到屈原在《离骚》中云"朝饮木兰之坠露兮，夕餐秋菊之落英"；我看见《神农本草经》中将菊花列为药用上品，"菊服之轻身耐老"；晋代诗人陶渊明归隐田园"采菊东篱下"，盛赞"秋菊有佳色"；宋代大文豪苏东坡情有独钟，挥笔写下"粲粲秋菊花，卓为霜中英"；唐代诗人孟浩然的"待到重阳日，还来就菊花"，表达着对田家和故人的依恋以及重阳节赏菊和饮菊花酒的习俗；唐末农民领袖黄巢在《不第后赋菊》写有"待到秋来九月八，我花开后百花杀。冲天香阵透长安，满城尽带黄金甲"，借咏菊抒发着自己远大的抱负；朱元璋不甘示弱，托菊言志，"百花发，我不发；我若发，都骇煞。要与秋风战一场，遍身穿就黄金甲"充分展示了他的勃勃雄心和万丈豪情；一代伟人毛泽东却一扫古人咏菊叹菊的个人情怀，吟咏出"今又重阳，战地黄花分外香"的壮丽词篇，展示了一位无产阶级革命家的博大胸怀和崇高的审美情趣。

菊花袅袅婷婷走进了"士庶之家"，她在《东京梦华录》中绽放；她在开封禹王台乾隆御碑中"风叶梧表落，霜花菊白堆"；她在园艺师的精心培育下，绽放出7000多种笑容。她的笑靥里，饱含着对生活的深情和热爱；她的笑靥里，洋溢着全国多个城市"市花"的舒畅；她的笑靥里，荡漾着一个个"全国之最"的殊荣；她的笑靥里，闪烁着一块块金牌银牌的光芒。"市花"的美誉让她舒心地笑了，笑成了一种文化，笑成了一种风景，笑成了一种经济，笑成了一种节日。

我曾多次徜徉在菊展的花海之中，闻着她缕缕发丝中散发的幽香，领略她素雅诱人的千姿百态。你看，那亭亭玉立满面笑颜的独本菊；那神韵清秀、落落大方的三本菊；那灿若繁星、天女散花的大立菊；那似瀑若霞、如银河落天的悬崖菊；那层层吐芳、千丝万缕的塔菊；那孔雀展翅、似龙腾飞的艺术造型菊；那"金蟹爪""织女侍牛郎""秋江夜月""大红托桂""粉玉莲""绿牡丹""鸳鸯锦"……一个个花瓣儿，或长或短，或粗或细，或密或疏，或曲或直，如金针，如银线，如流云，如浪花，如笑纹荡漾，如秀发飘逸。除蓝色外，红、黄、紫、白、墨、绿……各色尽有，五彩缤纷，是那么优雅，那么迷人。特别是由17株菊花巧接而成的长达60多米的菊花长龙——"长"为全中国之最；挺拔玉立高达6.5米的塔菊——"高"为全国之最；巨如磐石的直径5.5米的大立菊——"大"为全国之最；独具情趣、盆小株矮的案头菊——"小"为全国之最；花色斑斓、全国独创的九本菊——"新"为全国之最；嫁接而成的拖垂4米有余的悬崖菊——"巧"为全国之最，更是令人惊叹不已，赞叹不止。

在乡野的田间地头、沟河岸边及小路旁，随处还可见野菊花的倩影。她们虽不是观赏菊那样的大家闺秀，却也是耐人寻味的小家碧玉。她们默默地在大自然的怀抱里，沐风雨，浴寒暑，在岩石的夹缝中，在偏僻寂寞的土地上，挺起不屈的腰身，扬起顽强的生命旗帜，为萧瑟的原野增添着魅人的色彩。她们是一个个跳动的音符，奏响着金秋的旋律，唱响着傲霜的劲歌；她们是一群美丽的小天使，将冲天香气撒向人间。

菊花不仅具有赏心悦目的观赏价值及入药、入酒、入茶、治病、美食等多种功效，而且还有她独特的花语。黄色的菊花，蕴含着淡淡的爱；白色的菊花，蕴含着哀挽（在日本则蕴含着贞洁、诚实）；红色的菊花，蕴含着娇媚。此外，她还象征着高风亮节、不惧风霜、生命顽强；还象征着长寿、久长……笔者认为，品赏菊花的同时，更要品赏她的精气神，让这种精气神充满我们的生活，让人生这朵"菊花"绽放得更加绚丽多彩。

芙蓉花开

一

当百花争妍斗艳的时候,她却不争不闹,默默地穿上嫩绿的衣裳,静静地陪衬着群芳的艳丽,为人们献上浅浅的微笑。

当夏花灿烂时,她仍然不急不躁,以丰满的绿荫,舒适着一座走过许多历史的城。

当晚秋无情的风吹来时,曾经争妍斗艳的百花早已纷纷谢幕,她们像黛玉似的,禁不起晚秋的凉风,更禁不起严霜的摧残。而她,却不惧风霜,勇敢地绽放着顽强,绽放着坚韧,绽放着高洁,绽放着柔美。

当残酷的寒风侵袭撕扯时,她坚贞不屈,迎风挺立,孕育着新的嫩绿,新的约会,新的绽放。

四季轮回,她就这样一岁一枯荣地刷新着自己,对成都的爱、痴、情与任性,矢志不渝,执着永恒。

二

韩愈感动了,尽情欣赏着芙蓉花"新开寒露丛,远比水间红"。临别,他念叨着:"愿得勤来看,无令便逐风。"把芙蓉花情人似的牵挂在心中。

柳宗元漫步在巽公院,四周的芙蓉花虽"清香晨风远",但"潇洒出人世,低昂多异容"的千姿百态,仍令他赏心悦目,浮想联翩,将憧憬和精神寄托放飞至理想的天空。

在木芙蓉下待客饮酒的白居易,边饮边咏着"莫怕秋无伴醉物,水莲花尽木莲开"。有芙蓉花美人般的陪伴,杯杯美酒兴奋着诗人的神经,一个个灵感的小精灵在脑海中狂舞。

王安石看着"水边无数木芙蓉",那"露染胭脂"的初醉的美人,便风姿绰约地站在了眼前;那"落尽群花独自芳"的骄傲,那"红英浑欲拒严霜"的坚强,展开了改革家联想的翅膀。

苏轼目睹"千林扫作一番黄,只有芙蓉独自芳",拒霜宜霜的芙蓉,瞬间化作了为官清廉的形象……

三

后蜀的瑟瑟秋风,萧条了成都,紧缩了花蕊夫人的心。

偶遇的芙蓉花，惊艳了花蕊夫人的双眼。爱屋及乌的孟昶，一道诏令，即刻把爱妃的喜欢放大成一座芙蓉城，一座四十里如锦绣的城。花蕊夫人的心，被爱熨帖得那么舒展；成都，被芙蓉花妖娆得那么容光焕发，精神百倍。

花蕊夫人远去了，但"芙蓉花神"没有走远，就在传颂的口碑中；原本多个别名的芙蓉花，又增加了一个名字——"爱情花"。

四

没有搽白粉，没有抹胭脂，没有涂戏剧油彩，更没有使用美白、保湿、祛斑等功能的化妆品，一张张洁白如雪的脸庞，一张张如贵妃醉酒的脸庞，白得纯洁，粉得娇媚，黄得高雅，红得富贵，就这样盛开了千年，靓丽着成都的大街小巷、社区公园，惬意着成都的每一颗心，愉悦着成都的每一双眼。

蓉城深爱着芙蓉，精心打扮着芙蓉，给她戴上了市花的桂冠；芙蓉深爱着蓉城，以比云霞还灿烂的笑脸回报着蓉城。蓉城和芙蓉相视而笑，笑成了一种文化，一道风景，一组组浪漫的诗行，一曲曲动人的乐章。那深深的笑靥里，饱含着绿色、环保、和谐、幸福、美满，饱含着许多许多舒适的温暖。

喜欢芦苇

芦苇像女人一样，是水做的。春日的芦苇犹如少女，亭亭玉立，摇曳多姿；夏日的芦苇恰似中年女人，成熟沉稳，落落大方；秋日的芦苇好像老年女人，满头银发，饱经风霜。有诗赞道："浅水之中潮湿地，婀娜芦苇一丛丛；迎风摇曳多姿态，质朴无华野趣浓。"婀娜多姿、质朴无华的芦苇，其实就像一位不施粉黛的村姑，自然挺秀，清新素雅，风吹不折，雨打更坚，刚柔相济，淡泊明志。

芦苇历来是文人墨客的创作素材，早在两千五百多年前，她就出现在《诗经·蒹葭》中："蒹葭苍苍，白露为霜。所谓伊人，在水一方。……蒹葭凄凄，白露未晞。……蒹葭采采，白露未已。……"此诗的主题历代都有争议，一是"刺襄公"说，二是"招贤"说，三是"爱情"说。但不管什么说，诗中大片青苍繁茂的、还挂着露水的芦苇（即蒹葭）却是毋庸置疑的。今人大多倾向于"爱情"说，将诗中的伊人

认定为情人、恋人,这更令人产生丰富的想象,芦苇、白露、情人、秋水,这是一种多么朦胧淡雅、相思绵绵的艺术意境!唐代诗人司空曙的《江村即事》,也有芦苇的倩影:"钓罢归来不系船,江村月落正堪眠。纵然一夜风吹去,只在芦花浅水边。"小船,明月,轻风,芦花,这是多么恬静淡雅的一幅水墨丹青啊。南宋著名江湖派诗人戴复古的《江村晚眺》,同样诗中有画,如出同工:"江头落日照平沙,潮退渔船阁岸斜。白鸟一双临水立,见人惊起入芦花。"这幅纯净唯美、颇具动感的画面,真是呼之欲出,活灵活现。假如这些诗中没有芦苇,岂不逊色许多?另有白居易的"苦竹林边芦苇丛,停舟一望思无穷",刘禹锡的"芦苇晚风起,秋江鳞甲生",贾岛的"芦苇声兼雨,芰荷香绕灯"等等,也都拂动着芦苇柔韧的腰肢。在许多画家和摄影家的作品中,芦苇更是摇曳出万般风情,诸如风中芦苇、金色芦苇、窈窕芦苇、一枝独秀的芦苇、浩瀚无边的芦苇……不一而足,带给人们无限的视觉享受和精神愉悦。

  芦苇不仅仅是文人墨客的创作素材,她的浑身都有许多的实用价值。芦苇秆的纤维可以造纸,还可用作人造纤维、人造棉;苇蔑可以编成席子,用来铺床、铺炕、盖房或搭建临时窝棚;苇穗可作扫帚;花絮可填枕头;苇叶可包粽子。另外,芦苇还有畜牧价值和医药价值,还可在旅游景点绿化水面、固土护堤、净化水质等方面,发挥积极的作用。

  我喜欢上芦苇,是20世纪60年代的童年时。

  冀西南的故乡没有四季流淌的河流,没有如镜的池塘,所以,也没有择水而居的芦苇。故乡有的是丘陵，有的是煤炭，有的是矿山。随母亲来到父亲工作的豫北古城淇县后，我才看到了河流，并且是历史上赫赫有名的载入《水经注》《诗经》的河流——折胫河和淇河；才看到了遍布古城的大大小小的十几个池塘（古城人称水坑）；才看到了水坑里绿葱葱、密匝匝的芦苇。那时，我幼稚地认为来到了江南水乡。

水坑是我和小伙伴们的天然乐园，蹲在水坑边，可见小鱼儿在水草间游动，还可见"水拖车"在水面自由奔跑。芦苇丛中，不时传来"洿游喳"（一种水鸟）的喳喳声和野鸭的嘎嘎声，不时有"洿游喳"从芦苇丛中冲出，或一飞冲天，或在芦苇尖儿上嬉闹。也有野鸭探头探脑地从芦苇丛中游出，用灵动的小眼儿警惕地看着我们。当有人用石子或土块儿投向它们时，它们便受惊地嘎嘎着，快速滑向苇丛。我们常常变换去不同的水坑，或游泳，或垂钓，或捉鱼，或捞虾。再就是折一截苇秆儿，制作成或粗或细的苇笛，吹出或粗或细的韵味别致的声调。或者扯一片苇叶卷起，双手捏着放到嘴边，吹出自己喜爱的乐曲。这大概是我最早的音乐启蒙了。

小学六年级时，我爱上了竹笛，刚开始用薄纸做笛膜，后来又到乐器店买，当我从书上看到可从芦苇中取笛膜后，便再也不用买笛膜了。每年端午，是从芦苇中取笛膜的最好时间，每到这天，我就带上小刀来到苇坑边，将一根芦苇斩头去尾，然后一节节截断，再用小刀在芦苇一端小心刮去外皮，将露出的薄膜轻轻一捻，用细棍儿捅出即可。苇膜比蝉翼还要薄，做笛膜实在是太好了，它使笛音带着一股水音儿，比在乐器店买的用肠衣做的笛膜更清脆，更悦耳。非常遗憾的是，短短十几年后，遍布古城的大大小小的十几个池塘，先是干涸，接着就一个不剩地被人们填平，盖起了新房。

正当我享受着苇膜带来的惬意时，革命样板戏《沙家浜》风靡全国，这部原名为《芦荡火种》的戏剧，随着郭建光"朝霞映在阳澄湖上，芦花放，稻谷香，岸柳成行……"的唱腔，一下子将我带进了真正的南方的水乡，带进了浩渺无边的芦苇荡。

为躲避敌人，18名（原型为36名）新四军伤病员躲进了芦苇荡，以芦苇荡做天然屏障，以芦根做干粮，像泰山顶上的青松，挺然屹立傲苍穹，八千里风暴吹不倒，九千个雷霆也难轰；如阳澄湖的芦苇，坚韧不拔，生命顽强，蓬勃旺盛，柔中有刚。

我不禁想到一则寓言。一天，狂风刮断了大树，而弱小的芦苇却没受一点儿损伤，大树便问芦苇，为什么我这么粗壮都被风刮断了，而纤细、软弱的你却什么事也没有呢？芦苇回答道，我们感觉到自己的软弱无力，便低下头给风让路，避免了狂风的冲击；你们却仗着自己粗壮有力，拼命抵抗，结果被狂风刮断了。芦苇荡中的伤病员们可以说是弱小的，但他们能在恶劣的自然环境和敌人的围困中，像芦苇一样避其锋芒，以退为进，坚持到最后，也是刚强的。

这之前，我从未想到，芦苇不仅能带给我和小伙伴们欢乐，还能隐藏革命的火种，还能为中国革命立下汗马功劳！

那天，我从同学那里借到一本破得没有封面和书脊的书，书中写的是"雁翎队"在白洋淀的芦苇中打击侵华日军的故事；《荷花淀》

中水生的女人在月夜编苇席的描写，以及人物充满乡土气息的对话；《芦花荡》里一个干瘦的老头子用篙和钩子打敌寇的英雄壮举……深深地吸引了我，白洋淀和它的芦苇从此成了我的向往。

四十多年后，我的向往终于成了现实。稍感遗憾的是，我乘坐的游艇只是在宽阔的水面行走，没有到曾经经历枪林弹雨的芦苇中穿行。但我仍遥望着那蓊郁茂密的丛丛芦苇，想象着抗日烽火中芦花荡里的硝烟，我仿佛看到了"雁翎队"矫健的身影，仿佛看到了水生和他的女人，仿佛看到了那用篙和钩子打敌寇的干瘦的老头子，仿佛看到了创立"荷花淀派"的孙犁先生。

芦苇是历史的见证者和参与者，它不仅见证参与了抗日战争和解放战争，也见证了汨罗江畔屈子的仰天悲愤和荆轲"风萧萧兮易水寒，壮士一去兮不复还"的悲歌；它不仅见证了浣纱溪畔西施"沉鱼"的美貌和她忍辱负重前往吴国的丽影，也见证了楚霸王背水一战的悲壮和三国时火烧赤壁的壮烈……

法国 17 世纪科学家、思想家布莱士·帕斯卡尔在 1670 年出版的散文集《思想录》中写道："人只不过是一根芦苇，是自然界最脆弱的东西；但他是一根能思想的芦苇。"意思是说，人的生命像芦苇一样脆弱，宇宙间任何东西都能置人于死地，但人有能思想的灵魂。如此比拟，我却不敢苟同。芦苇脆弱吗？事实早已证明，芦苇是一种生命力极其旺盛、适应性极强的植物，它的足迹遍布世界各地，它的种子可随风传播。它的根状茎即使长时间埋在地下，一旦条件适宜，仍可发育出新芽，扬起葳蕤的新绿。水面上纵横交错，形成较厚的根状茎层，人、畜均可在上面行走。面对自然界的暴风骤雨，即使被打得匍匐在水面，但风过雨停后，它仍然能不屈不挠地挺起腰杆，追寻自己的梦。这怎么能说芦苇脆弱呢？世间比芦苇脆弱的有很多，为何拿芦苇比拟呢？难道是法国的芦苇比中国的芦苇脆弱吗？

光武帝陵与千年古柏

去洛阳观赏牡丹的路上,特意拐道汉光武帝陵一游。

汉光武帝名刘秀,系东汉开国皇帝,中国历史上著名的政治家、军事家。新朝王莽末年,改革失败,天灾不断,农民军纷纷揭竿而起,倒莽之势风起云涌。乱世之中,身为一介布衣却有前朝血统的刘秀,深思熟虑后,在家乡乘势起兵。连匹战马也没有的他,是骑牛上阵的。节节的胜利,使他不仅仅有了战马,更有了至高无上的帝位。在他的努力下,历经十二年,先后平灭了关东、陇右、西蜀等地的战火,结束了自新莽末年以来长达近二十年的混战与割据局面,使四分五裂、战火连年的国家归于一统。他在位的三十三年里,励精图治,精简机构,裁减冗员,体恤民生,减少徭役,兴修水利,发展农业,大兴儒学,推崇气节,被后世称为"光武中兴""建武盛世"。司马光曰:"自三代既亡,风化之美,未有若东汉之盛者也。"毛泽东在读书笔记中给了刘秀三个"最",称他是最有学问、最会打仗、最会用人的皇帝。

陵墓紧邻公路,一下车,一尊仿制的汉代石辟邪便威猛挺立在眼前。1992年12月,人们在光武帝陵附近挖渠时,挖到了很硬的东西。作为十三朝古都的洛阳,周边经常出土一些珍贵的国宝文物,老百姓的文物保护意识因此也在不断提高。难道这次又挖到了什么宝贝吗?果然,在文物部门的组织发掘下,竟挖出一个头生双角、身生双翼、如狮子似虎豹、重达2000多公斤的石雕。后经专家考证,这就是汉代的石辟邪。这尊无价之宝后来被保存在洛阳市博物馆,成为该馆的镇馆之宝。

走过仿制的汉代石辟邪,视野顿感无比开阔,宽大的广场,巍峨耸立的阙门,数百米长、数十米宽的神道,使人的心胸也不由得开阔起来。目力所及处,是浓绿掩映的红墙、园门及红墙后高高隆起的状若馒头的一片蓊郁。近前方知,掩映红墙、园门的浓绿,是几棵苍劲挺拔的古柏,犹如守护陵园大门的雄赳赳、气昂昂的卫兵;那高高隆起的状若馒头的一片蓊郁,也是苍劲挺拔的古柏,恐怕有几百上千棵,顽强地生长在光武帝的陵墓上,仿佛当年英勇的将士护卫在刘秀墓旁。

陵墓始建于公元50年,古谓原陵,也称汉陵,俗称刘秀坟,距今已有一千九百多年的历史,为全国重点文物。据史料记载,刘秀生前就曾考虑自己的墓地"不以山为陵,陂池以裁水",大概因此,选择了这块南倚邙山北临黄河的地方。刘秀一生,波澜起伏,险中求胜,如此选择墓地,是求其清幽宁静,还是凭据黄河滩地下水浅来防止盗墓?不论如何,近两千年来,黄河数次改道、泛滥,淹没了无数村庄田亩,盗墓贼盗挖了多少坟墓,此处却安然如初。刘秀曾在他的遗诏中说,我无益于百姓,后事都照孝文皇帝制度,务必俭省。刺史、二千石长吏都不要离开自己所在的城邑,不要派官员或通过驿传邮寄唁函吊唁。如此节俭的皇帝,谁还有兴趣来盗呢?

走进陵园,忽然,缕缕古柏的清香沁人肺腑,顿觉神清气爽。据介绍,园内的古柏是国内仅有的乔木树种,质坚性柔,剖面色美,香味悠长。因木色金黄,柏体杏黄,又称"杏柏""血柏"。如雨过天晴,更是柏香袭人,微风吹过,可传数里。

沿着陵墓上的台阶拾级而上,环游四周,满眼皆是刚健苍翠、高耸参天的古柏,简直走进了一个古柏的世界。这是隋唐时栽下的1458株古柏,这是历经了一千多年风雨雷电的古柏。棵棵古柏镌刻着历史的沧桑,棵棵古柏展示着坚韧刚强,棵棵古柏透露着英雄的豪气,棵棵古柏迸发着气冲霄汉的雄壮。如此规模、如此悠久的古柏齐聚一园,恐怕在全国其他皇陵都难以看到,恐怕是世界之最了,何不申报吉尼斯世界纪录呢?

如此众多的古柏,却千姿百态,令人遐想。信步古柏林,还有数棵颇具特色的古柏吸引了我——有的称"巨龙盘柏",弯曲强劲的虬枝犹如龙的气势、龙的风骨、龙的肌腱,给人一种即将暴发直冲云霄的动感;有的称"猴柏",树干鼓突处,恰似一只抓耳挠腮、龇牙咧嘴、机灵顽皮的猴子;有的称"赤胆忠心",树干裂开处,内有一树疙瘩,仿佛剖胸掏心,向刘秀表忠心;有的称"鹿回头",凸出的枝干似鹿头,惊慌的眼神,脖颈上突起的筋络,依稀可辨。上面还有一根枝丫,

好像卧着的苍鹰窥视着小鹿,是觊觎还是友善,不得而知;有的称"鸟柏",用两掌拍一下或轻轻抚摸一下,古柏就会发出鸟鸣。如大家一齐拍掌抚树,就会听到百鸟齐鸣的声音。还有28棵高耸入云的古柏,当地百姓称之为"二十八宿",传说是象征跟随刘秀南征北战立下赫赫战功的"云台二十八将"。值得一提的是一棵被密密麻麻数不清的锁和红布条包围的古柏,奇特的是,在距地面约3.5米的主干中间,竟生长着一棵直径约15厘米的苦楝树。柏楝同根,人们联想到刘秀与原配阴丽华苦苦相恋的爱情故事,又根据谐音,把此树称为苦恋柏。在这棵象征爱情的树下,相爱男女无不感怀,无不在树周的铁链上共同锁上一把锁,将钥匙抛入陵北的黄河,一表忠贞不渝的爱情。

其他古柏有的似情人相偎相依,有的像银蛇缠柏,有的如凤凰展翅,不一而足。

据景区工作人员介绍,每年清明至谷雨前后,每当晨曦初现至10点左右,古柏枝干间会生出团团雾气,缓缓飘浮,缠绕,变幻,使人如入仙境。当地民间还流传着"汉陵晓烟,预兆丰年"的谚语。工作人员还说,若从园外东边200米的高处远瞻皇陵,那1458株郁郁葱葱的古柏,会构成一幅皇帝头戴皇冠、身穿龙袍,头枕黄河、足蹬邙山的图案。这也是汉陵的一大奇观。

步出陵园,时值中午。穿过公路,是一家老字号的羊汤馆,店内及门前的大棚下,已是食客满座。好在是流水客,不时有空位腾出。大锅里熬着羊骨汤,汤是免费的,可随时添加。羊杂二两起步,吃多少买多少。师傅们动作娴熟,收钱的、称重的、放作料的、盛汤的,配合默契。不一会儿,羊杂汤和油酥烧饼便端上了桌。羊杂汤是我最爱吃的美食之一,我没想到,这是我迄今吃到的最纯正、最可口、最实惠的羊杂汤,不油不腻,不咸不甜,肉烂味美,二两的羊杂,货真价实,绝不缺斤少两。那比巴掌还大的油酥烧饼,与羊杂汤相得益彰,咬一口香酥掉渣,唇齿留香。家人有的吃不了那些羊杂,夹了些给我,真让我大快朵颐。我曾担心会上火,可回家几天后也没丝毫感觉。

汉光武帝和他的三个女人

古代的皇帝,大都嫔妃成群,后宫佳丽三千。而东汉的开国皇帝刘秀,史料记载的为他生过孩子的,却只有三个女人。

第一位女人叫阴丽华,南阳郡新野人,出生于豪门大户,是春秋时期齐国名相管仲的后裔,可谓家族显赫。当时,在长安读书的刘秀回到家乡,听到许多人都在谈论一位叫阴丽华的美人,便非常倾慕,牢记在心,渴盼一睹芳容。刘秀有机会与阴丽华相识,源于他的姐夫。姐夫与阴家有亲缘关系,正是通过这种关系,刘秀有幸接触到了阴丽华,被她的美貌深深打动,并一见钟情,发誓"仕宦当作执金吾,娶妻当得阴丽华"。

昆阳之战,刘秀立下首功,可他的兄长却因功高震主而被更始帝刘玄和绿林军杀害,刘秀大为震惊。但为了保全自己,刘秀强忍悲痛,韬光养晦,急忙返回宛城,不表昆阳之功,反而表示兄长犯上,自己也有过错，并向刘玄谢罪。刘玄被刘秀的假象所迷惑，虽没有再治刘秀之罪，但解除了刘秀的兵权，封给刘秀一个武信侯的空头衔。刘秀为继续迷惑刘玄，不为哥哥服丧，表面一切正常，并立刻迎娶比他小十岁的阴丽华为妻。但度完蜜月又过了两个月，刘玄又命刘秀去洛阳。刘秀只好将爱妻送回娘家，先行前往洛阳，接着又镇慰河北。

镇慰河北，也就是招抚在河北的割据势力，关系到刘玄政权的存亡。当时，一个叫王郎的在邯郸称帝，依附于王郎政权的真定王刘扬归降刘秀后，为了让刘秀在更始政权中替自己表功，便有意让刘秀与自己的外甥女郭圣通成亲。刘秀为了增强与刘扬的互信，使刘扬真心合作，共同征讨王郎，便同意了，这就是刘秀的第二个女人。此时，距刘秀在宛城迎娶阴丽华尚不足一年。这桩为了双方利益的政治联姻，使不少地方势力归附了刘秀，壮大了刘秀的实力，最终攻克了邯郸，击败了王郎政权，并且使刘秀登上了帝位。

刘秀入主洛阳后，很快派将士三百人将一往情深的原配妻子阴丽华接到了身边，与郭圣通同样封为贵人，但阴丽华娘家的爵位却高于郭圣通娘家。无论行军打仗还是外出游玩，他始终将阴丽华带在身边，形影不离。他有意封"雅性宽仁，有母仪之美"的阴丽华为皇后，但阴丽华却坚辞不受，认为自己不够资格，执意让给郭圣通。最后，刘秀还是因为政治局势的原因，考虑到郭圣通起着连接他与真定王室之间的桥梁和纽带作用，为缓和与真定王室族人的矛盾，稳定河北动荡的局面，再则郭圣通已生有皇子，于是便立郭圣通为皇后。但在刘秀的心灵深处，还是想着封阴丽华为皇后。

七年之后，刘秀在阴丽华母弟被盗贼杀害而下的安抚诏书中，仍念念不忘与阴丽华的患难之情、恩爱之情，再次旧事重提，坚持"雅性宽仁，有母仪之美"的阴丽华才是皇后的最佳人选，而郭圣通能成为皇后，完全是阴丽华"固辞"的结果。这为废除郭皇后埋下了伏笔。正如南宋文学家洪迈在《容斋随笔》中所言，刘秀下了这道诏书之后，郭后就无法安于皇后之位了。果然，刘秀渐渐疏远了郭圣通，以致郭圣通完全失宠，终被废。太子刘疆也由嫡长子变成了庶长子，失去了继承皇位的资格。而阴丽华华丽转身成为皇后，庶长子刘阳（后改名刘庄）也一跃成为嫡长子，在刘秀驾崩后即位。刘庄即位后，尊母后阴丽华为皇太后。享年六十岁、在位二十四年之久的阴丽华崩逝后，与刘秀合葬于原陵，谥号光烈皇后，成为中国历史上皇后谥号制度的第一人。《后汉书·皇后纪》对阴丽华评价道："后在位恭俭，少嗜玩，不喜笑谑。性仁孝，多矜慈。"大诗人李白赞曰："丽华秀玉色，汉女娇朱颜。"北宋政治家、史学家、文学家司马光，明代史学家、文学家李贽等，也都对阴丽华给予了很高的评价。

刘秀的第三个女人叫许吉阳，史称许美人，生楚王刘英。她的地位远不及阴丽华和郭圣通，从未得到刘秀的宠爱，史料记载也少得可怜。但她按惯例，登上了儿子封国的王太后的宝座。

南太行的两座寺院

八百里太行山脉，北起北京市西山，向南延伸至河南与山西交界地区的王屋山，名胜古迹比比皆是。初夏的一天，我和文友们游览了位于南太行的河南淇县境内的两座寺院——朝阳寺和灵山寺。

朝　阳　寺

下了一夜的雨，在我们8点准时出发时，很知趣地停了。车行十几分钟，便来到了距淇县县城8公里、位于朝阳山半山腰的朝阳寺。远远望去，朝阳山状若楼梯、犁铧，故又名楼铧山、尖山。据明、清《淇县志》记载：朝阳山原为殷纣王的行宫，是殷纣王冬季采暖之处。东魏武定七年，始有僧人在此创建寺院，故称朝阳寺。因该寺在半山腰依峭壁而建，远看如悬挂空中，故又名朝阳悬空寺。

雨后的朝阳山宛如刚刚出浴的淑女，红红的悬空寺似她的脸庞，绿绿的植被如她的衣裙，潺潺的小溪像她的秀发，白色、黄色的小野花是她的饰品。她越发显得可爱、迷人。摄影家们早已按捺不住，纷纷拿出了自己的"长枪短炮"。

沿石板路漫坡而上，便来到了闻名遐迩的朝阳悬空寺前。寺前状如一层梯田，恍若登上了空中舞台。数十间寺庙坐北朝南，紧贴山体，雕梁画栋，飞檐斗拱，十分壮观。寺前数米外便是既宽又深的沟壑，给人以空旷的感觉。我不禁突发奇想，若在山口处建一大坝，拦住山洪和山泉，在此形成一潭湖泊，倒映着青山古寺，那景色更加美不胜收，也使游人多了一个游玩的好去处。

走过寺庙，便是朝阳石窟——佛洞。洞外有石碑两座。一为"朝阳寺修造记"，上刻"大明龙飞嘉靖三十四年立"；一为同年"重修朝阳寺"。洞高约4米，进深5米，宽6米。洞内有石雕佛像、四大金刚和十八罗汉等塑像。四大金刚肩抬佛祖，十八罗汉分立两旁，或威猛，或沉思，或开怀，或幽默，神态各异，栩栩如生。据石窟正上方的摩崖题记记载：东魏武定七年荥阳郑之伯历时三十五年在此"敬营石室一间，复颠造像八万四千躯"。所镌石佛大小不一，最小的仅如指甲盖，刻工精细，栩栩如生。

令人非常遗憾的是，此石佛和全国众多的文物古迹的命运一样，只有部分佛像被移入县城内的摘心台公园保护起来，其中四面千佛碑碑顶及碑座已不存。此碑碑身四面雕佛，横竖成行，姿态相同，皆着通肩长衣，结跏趺坐，上下约60排，每排44至47尊。在摩崖题记正上方的崖壁上有一个凹槽，凹槽内有一尊清顺治年间雕刻的侧卧的佛像，身长2米，卧高1.7米。该佛祖胸露乳，悠然而卧，手掌托支头部，笑容可掬。虽不知是梦中的笑还是醒时的笑，但看上去就如闻其爽朗的笑声，使你不知不觉间就受其感染，露出开心的笑靥，纵有烦心之事也飘然而逝。禅语常说，大肚能容容天下难容之事，佛颜长笑笑世间可笑之人。这是佛的博大胸怀，佛的高洁心性，佛的乐观豁达。为何笑世间可笑之人？何为可笑之人？给人们留下了丰富的想象空间。卧佛造型生动传神，刻工细腻，国内罕见。在卧佛上方的石罅间，还有古柏一株，因其权生九枝，人称九龙柏。古柏虽极缺水土滋养，但仍如伞如盖，苍劲刚健，不屈不挠，顽强向上，令人仰望时不禁生出由衷的感慨，从内心里升腾起一种精神。

向西北拾级而上60米，便登上又一层"梯田"。"梯田"的山体上有一个天然溶洞——滴水洞，洞高2.5米，进深6米，宽7米，洞顶呈穹形，不时有水珠滴落，给人以潮湿阴凉的感觉。洞西南不远处另一层"梯田"的崖壁上，刻有盈尺行书"花台"二字，为金兴定二年（1218）所刻。字的上方有一尺余长的石榫槽，不难看出是当年建筑的遗痕。据清顺治十七年《淇县志》云："金大定间赵善建，元季兵废。"原来，此处建有"三清殿"一座，并置花台于其中。旁边的摩崖题记《三清殿花台记》，首先记载了朝阳山"泉清而石怪，草木丛茂，烟霞葱倩，观其佳处不减终南少室。诚仙圣所宅。……足为福地"的美景，接着记载了金代百姓避兵戈扰攘到此，"人皆安恙，有居民赵善、百祥召集乡众"慷慨解囊，在三清殿内修建花台享祀，以答谢朝阳山的庇护。乡众为感谢赵善，欲刻石纪念。但赵善坚决拒绝，不愿邀誉沽名。乡众仍坚持，为的是让后人记住其福德，硬是刻下了此碑记。由此可见赵善的善举和百姓的感恩之心。据《淇县志》记载，此处还有明代《朝阳寺摩崖诗》一首："花台深处路径过，自望楼华残世低。洞口劈开圣吐镜，源头深列上天梯。坐观南姿白鹭舞，行听东岩紫鹳啼。人静求真谈古训，山童呼报夕阳西。"但踪迹难觅。

正行间，忽有溪水声传来，原来，在花台西北不远处有一处山泉，泉水甘冽清澈，一尘不染，顺山而下，形成山溪，一路叮咚着天籁之声，如珠落玉盘，似佳人抚筝，顷刻间便洗净了城市的喧嚣和游人的心灵。相传纣王当年到此游玩时，常牵马饮此泉，故名饮马泉。明代《淇县志》记载："在县西朝阳山上，泉水涌出，商纣饮马处，遗址尚存。"看来并非虚传。该泉上面还有龙王庙一座，上有对联一副："青山不老云为气，绿水长流雨更新。"横额为："有龙则灵。"

继续沿山道蜿蜒而上，时而可见"一线天"，时而可见无底深渊，一个个巨大的"盆景"更是随处可见。待登上尖山的肩膀时，眼前便豁然开朗，北面是尖山之巅，西、南是巍巍群山，东面则是广袤的一马平川的豫北平原。习习山风吹来，真是令人心旷神怡。我不禁想起清代知县赵之屏当年到此吟咏的一首诗来："千嶂浮晴霭，飘飘蔽远空。登高时寓目，身入碧云中。"

稍事休息，我们顺西北面的大峡谷而下。至峡谷口，忽见西北半山腰的山坳处有庙宇数座，崖壁上还有石窟6个，相传是纣王当年的避暑圣地——清凉庵。庵，一般指尼姑居住的地方。传说很多年前，琼霄、云霄和碧霄三姐妹到此建观音堂,后来观音堂被毁,断了香火。明清年间,人们为纪念琼霄三姐妹,又在此修建了清凉庵。从住持僧海阔所立的保存完好的石碑上可清楚地看到,清凉庵创建于清康熙五十二年(1713),由康熙朱笔批准,碑记中明确记述了"伏乞仁天大老爷恩准,朱笔批执照"的经过。雍正六年(1728)"重修清凉庵记"的碑刻,则详细描述了这里独特的自然美景:"……有峰峙起,翘翘然堆螺髻于烟云,竖锥峰于碧落……山行六七里,迄逦而南,渐觉丘壑迥秀,林木畅茂,清流涌于丹崖,翠柏拂于峭壁,檐楣耸峙……岁有千余众。山水名胜不减蓬莱。"至今,庵后崖壁下仍有一处清澈透凉的山泉,且四季不枯,吟唱不绝。若到雨季,更是飞瀑如玉,溪流淙淙,给游人一个清凉大世界。

因时间关系,我们仰望着"鲤鱼跳龙门""圣儒峰""天下第一石门""王莽洞"等景点,向前面的灵山湖、灵山寺迤逦而去。

灵 山 寺

沿刚拓宽的山路蛇行不远,眼前仿佛打开了一扇窗,明镜似的灵山湖霎时明亮了我们的双眼。湖面东西长约1000米,南北最宽处约200米。清澈的湖水倒映着蓝天白云、绿树群峰,我仿佛看到苏轼正摇着小船,吟咏着"水光潋滟晴方好,山色空蒙雨亦奇"的佳句。经过夜雨梳洗的灵山湖,虽不及西湖那样的大家闺秀,却也别有一番小家碧玉的风韵。我忽然突发奇想,水是山的眼睛,有了眼睛,山才会

含情脉脉，才会有灵气，才会吸引八方的游客。水是至高无上的，没有水，人和万物便失去了命脉。

两千多年前老子曾对水给予了很高的评价："上善若水，水利万物而不争。"将人类最美好的品格、最高尚的情操与泽被万物的水相比，既符合自然法则，又恰如其分，从中也可见老子对水的青睐。孔子对水也情有独钟，听说泗水正涨春潮，便带着弟子们到泗水河边观看。他欣赏着波澜起伏、活泼欢快的泗水从大山中滚滚而来，又不知疲倦地奔腾而去，若有所思。

子贡看到老师对水如此感兴趣，就问老师："君子见大水必观焉，何也？"孔子果然不是一般的观水，而是从"观水"上升到了"思水"，他对子贡等弟子们说："夫水者，君子比德焉。遍予而无私，似德；所及者生，似仁；其流卑下，句倨皆循其理，似义；浅者流行，深者不测，似智；其赴百仞之谷不疑，似勇；绵弱而微达，似察；受恶不让，似包蒙；不清以入，鲜洁以出，似善化；至量必平，似正；盈不求概，似度；其万折必东，似意。是以君子见大水必观焉尔也。"孔子首先高屋建瓴地总结出水有德、有义、有道、有勇、有法等优良品德，然后才做出了君子遇水必观的结论。这不仅是他借水抒发对弟子们的热切希望，也是对所有人的热切希望。

孔子曰："知者乐水。"中国第一部诗歌总集《诗经》、唐诗宋词等古今中外的名篇巨著、名曲名画，无不留下了智者乐水的足迹，无不流动着水的身影和声响——《诗经》开篇的"关关雎鸠，在河之洲"、苏轼的"春江水暖鸭先知"、王维的"清泉石上流"、李白的

徜徉在历史长廊

"黄河之水天上来"、施特劳斯的多瑙河、列宾的伏尔加河……我等虽凡夫俗子,但也愿当一平凡的智者,加快步伐向灵山湖走去。

湖水静静的,微风吹起层层涟漪,恰似她微微的笑纹,粼粼的波光,使我想起了董卿在春晚穿的那件缀满宝石的熠熠闪光的演出服。突然,有几只水鸟从岸边青翠的芦苇丛中一飞冲天,留下一串悦耳的花腔女高音。水中的鱼儿好像听到了这美妙的歌喉,争先恐后地纷纷跃出水面打一个水跳,溅起无数洁白晶莹的水花。湖对面的草地上,几十匹黑色、白色、棕色的骏马悠闲地咀嚼着地上的青草,宛如一幅爽目的油画。再看四周高耸的山峰,或状如馒头,或形似神仙对饮,令人遐想。我的心顿时沉醉了,沉醉在这没有污染的绿水青山的怀抱中。

忽有骏马"咴咴"的嘶鸣声将我唤醒,这城市中很难听到的原生态声音回荡在这群山环抱的湖面上,是那么动听,那么迷人!我掬了一捧湖水洗了下脸,顿感清爽了许多,疲劳也似乎消失了许多,快步朝欲登灵光阁的文友们撵去。

灵光阁又名三佛阁,位于湖中心,仿岳阳楼的建筑风格,高30余米,斗拱飞檐,油漆彩绘,雕栏玉砌,古香古色。沿小桥走进阁楼,一楼供奉着释迦牟尼、药师佛、阿弥陀佛三位佛祖;二楼为菩萨堂,供奉着观音菩萨、文殊菩萨、普贤菩萨和地藏王菩萨等十六位菩萨;三楼为睡佛阁,睡佛长3.6米,重2.6吨,由汉白玉精雕而成。所有佛像面目慈祥,默默普度着芸芸众生……我不由得想起小时候每逢春节时,母亲都要在写着各路神灵的牌位前烧香磕头,祈祷神灵保佑全家平安,保佑我学习好,考100分。

离开灵光阁北行不远,便是距今约一千四百九十余年的灵山寺。清清山泉洗浴着她的肌肤,缕缕春风梳理着她的秀发,朵朵五颜六色的山花插在她的鬓角,使她显得更加妩媚多姿了。她虽没有杭州灵隐寺那样气势恢弘,却也历史悠久,景色迷人。

据《淇县志》记载,灵山寺创建于南北朝梁武帝普通年间(520—526),重修于唐开元年间。唐宋时代是灵山寺的鼎盛时期,高僧云集,钟磬阵阵,木鱼声声,四方游客蜂拥而至,香火极盛。灵山寺名声远扬,当时竟惊动了朝廷。唐高宗永徽六年(655),灵山寺长老法如应召到长安,向皇帝汇报寺院情况。由此可见灵山寺知名度之高,朝廷对灵山寺之重视。

灵山寺院名闻遐迩,得天独厚的自然景观,也令历代官员和文人骚客流连忘返。明代监察御史孙徵兰、明代山东副使裴骞、明代主事李继先等人,都在此留下了一篇篇吟咏灵山美景的诗文。特别是明代淇县知县于惠在《灵山拾景碑记》中,将灵山美景概括总结为十景:危岩少进,群峰耸翠,列柿流丹,一径蓬壶,半岩风雨,九天鸣佩,巨崖走蛟,双剑横秋,东海龙吟,西山虎啸。他把灵山南麓的险、灵山山峰的秀、灵山秋色的迷人、灵山龙泉的气势表现得淋漓尽致。因季节原因,我未能领略灵山十景,但也领略到了十景之外的妙处。

灵山寺的声名远扬,也与明代许仲琳的神魔小说《封神演义》密不可分。景区大力宣传说,小说第一回《纣王女娲宫进香》指的就是灵山寺中的女娲宫,因此,也将女娲文化和《封神演义》发生地作为景区的主打特色。大门内的女娲广场中,矗立着一座高13米的女娲托石补天的花岗岩雕塑，雕塑后面是女娲抟土造人的画面。雕塑的底座由三层平台构成：第一层平台的浮雕为十二生肖，象征着华夏儿女依偎在人类始祖女娲母亲的身边，共享天伦之乐；第二层平台为植物造型"心与鸽子"，象征着人类心向和平的愿望；第三层平台为八卦图，象征着女娲法力无边，神秘莫测。基座东面的浮雕生动再现了盘古开天辟地、燧人氏钻木取火、女娲托石补天、后羿射日四个远古传说场景；西面的浮雕为《纣王降香女娲宫图》，再现了纣王亲率文武百官、三千铁骑、八百御林前来降香的盛况。

举目西望峭壁之上，是巍然高耸、鬼斧神工的女娲峰，据说与山东嘉祥武氏祠保存的汉代女娲像颇为相像，发髻高挽，鼻梁挺直，下巴微翘，端庄慈祥地俯瞰着人世间。

…………

出女娲宫，后面还有供奉神农、轩辕、炎帝的三皇殿，供奉玉皇大帝的灵霄宝殿，供奉道教神仙谱系中地位最高的玉清元始天尊、上清灵宝天尊、太清道德天尊的三清殿，供奉佛祖释迦牟尼及十八罗汉的大雄宝殿等。西面靠山处还有供奉文财神比干、武财神关公和赵公明的财神殿，东面山顶处还有九祖大殿、人祖殿等多个殿堂。这么多的各方神圣汇聚一起，和谐相处，满足着众多香客不同的需求，也吸引着众多游客的目光。

绕寺后，只见一条小河清澈见底，一路弹奏着乐曲，傍古刹潺潺而过，至不远处，被一座堤坝拦住，成一潭湖泊。湖面上三三两两的游船在逍遥，上面有情侣耳鬓厮磨喁喁私语，与湖中心凉亭中两对相拥的情侣构成一幅爱的画面。这条小河叫玉带河,自灵山深处的黑龙潭突溢而出,如到雨季,河水就更大更深地拍岸呼啸了。我想,那时就一定能看到灵山十景中的"半岩风雨""九天鸣佩""巨崖走蛟"和"东海龙吟"了。

　　沿石阶而上,来到山腰处一个天然石洞前,此洞名曰古佛洞。只见洞口镌一回文联:"灵山寺山灵,古佛洞佛古。"依山壁有一座高约两米的佛像,入洞时须贴佛心而过,故曰"佛心有我,我心有佛,佛心人心,心心相印"。导游讲,此洞高8米,深30米,从这头钻进,可从那头钻出。凡来灵山者,无不钻洞一试。我与文友紧贴佛心而入,先是直立行走,然后或弯腰,或下蹲,或爬行。洞内没有灯光,高低不平,曲曲折折;忽上,忽下,忽左,忽右,令人迷离,甚至有些许的担心害怕。当看到洞口的光亮时,心中为之一喜,就像看到了胜利的曙光。至洞出口处,却又遇到了黎明前的黑暗,洞内更加狭窄,须仰卧并脚蹬手扒方能出去。这种姿势,这种动作,平时哪里练过?钻出洞口,我长出了一口气,顿感拨云见日,神清气爽,都市里的尘嚣,心中的一切不快,尘世间欲望的渴求,早已淡若云烟。钻洞的过程,岂不也如人生之路一般?

说 孝

百善孝为先。孝，是中华民族的优良传统。

孝的历史非常悠久。三千多年前殷商时期的甲骨卜辞中就已有"孝"字；中国最早的一部解释词义的著作《尔雅》，就已对"孝"下了定义："善事父母为孝。"东汉许慎编著的《说文解字》也对篆体字"孝"做了解释："善事父母者。从老省，从子，子承老也。"从"老"字省去右下角的形体，和"子"字组合而成一个会意字"孝"，阐明了"孝"就是子女对父母的一种善行和美德。我国第一部诗歌总集《诗经·小雅·蓼莪》中也吟诵道："父兮生我，母兮鞠我，抚我蓄我，长我育我，顾我复我，出入腹我。欲报之德，昊天罔极。"同样表达了子女对父母报德的"孝"。

古往今来，孝，贯穿了中华民族的历史，也留下了许许多多尽孝的佳话。

司母戊鼎（也称"后母戊鼎"）是世界上罕见的中国殷商时期青铜器的代表作，重达832.84公斤，纹饰美观庄重，工艺精巧，铸造技术非常复杂，充分显示出商代后期青铜铸造业不仅规模宏大，组织严密，分工细致，而且标志着商代青铜文化高度发达的世界级的发展水平。最早给该鼎命名的是郭沫若先生，之所以称司母戊鼎，他认为鼎腹内的铭文应释读为"司母戊"三字，即为"祭祀母亲戊"。但后来争议不断，多位学者认为鼎腹内的铭文应释读为"后母戊"，在古文字中，司、后是同一个字，"司"字应作"后"字解。因此，后来出版的《辞海》对"司母戊鼎"解释为：商代晚期的青铜器，鼎腹内有铭文"司母戊"三字（或释"后母戊"）。是商王为祭祀其母戊而做。大多数专家认为，命名为"后母戊"要优于"司母戊"，其含意相当于"伟大""了不起""受人尊敬"，与"皇天后土"中的"后"同义。不管怎么说，该鼎是商王武丁的儿子为祭祀母亲而铸造的鼎，是献给"敬爱的母亲戊"的鼎。武丁的儿子如此这般，从孝的角度来说，不得不令人赞叹。

孔子的得意弟子子路，尊崇老师提倡的将"孝"建立在"敬"的基础上的"孝"的理论，自己常以野菜充食，却从百里之外负米回家侍奉双亲。古代交通不便，背米步行百里，其辛苦可想而知。父母死后，子路做了大官，随从车马百乘，所积粮食万钟，过着锦衣玉食的生活，但他却常常怀念父母，慨叹道："即使我想吃野菜，为父母亲去负米，哪里能够再如愿以偿呢？"孔子赞道："仲由侍奉父母，可以说是生时尽力，死后思念哪！"孔子另一位弟子闵子骞，生母早亡，父亲娶继母后,又生了两个儿子,继母对亲生儿子百般疼爱,对他却经常虐待。冬天,两个弟弟穿着用棉花做的棉袄,而他的棉袄却是用芦花做成。一次,他为父亲牵车时因寒冷打战,将绳子掉落地上,即刻遭到父亲的斥责和鞭打,芦花也随着被打飞了出来,这时父亲方知儿子受到虐待。回家后,父亲欲休逐后妻。闵子骞却跪求父亲饶恕继母,劝解道:"留下母亲只是我一个人受冷,休了母亲,三个孩子都要挨冻。"父亲非常感动,就依了儿子。继母悔恨知错,从此对待闵子骞如同亲生。孔子曾赞扬闵子骞道:"孝哉,闵子骞!"

汉文帝刘恒是汉高祖的三儿子,为薄太后所生。他在位24年,重德治,兴礼仪,发展生产,社会稳定,人丁兴旺,在历史上与汉景帝统治时期被誉为"文景之治"。同时,他也以仁孝闻名于天下。母亲卧病三年,他常常目不交睫,衣不解带,侍奉母亲从不懈怠。母亲所服的汤药,他亲口尝过后才放心让母亲服用。俗话说,久病床前无孝子。作为皇帝却如此尽孝,真是十分难得。

花木兰替父从军的故事,可谓是家喻户晓。在父亲年纪大、弟弟年纪小而无法上战场的情况下,木兰毅然决定替父从军,从此开始了她长达十几年的军旅生活。疆场厮杀,性命攸关,这对男人来说都是非常残酷的,更别说木兰的女儿身。但木兰硬是凭着从小跟父亲练就的一身武艺,杀敌报国,最终凯旋。在朝廷任命她为官时,她却不为乌纱所动,而是请求皇帝,解甲归田,孝敬双亲。

在古代二十四孝的故事中,还有许多尽孝的佳话,如:郯子身穿鹿皮,潜入深山鹿群之中,取鹿乳供亲,险被猎者误射;王祥衣不解带侍候患病父母，继母想吃活鲤鱼，他解开衣服卧冰求鲤，等等。

穿越几千年的时光隧道，孝道文化仍在中国大地发扬光大，尽孝的故事仍然层出不穷，四处传诵。

2007年当选全国道德模范、《感动中国》2007年度十大人物之一的谢延信，作为一名普通的煤矿工人，在妻子去世之后，他信守诺言，对瘫痪在床的岳父、年迈多病的岳母行孝三十三年。《感动中国》2011年度人物之一的孟佩杰，五岁生父因车祸去世，不久生母又因病去世。养父不堪生活压力离家出走，杳无音信。小小年纪的她，从八岁开始就挑起了伺候瘫痪养母的重担，每天除上学外，买菜做饭，为养母洗漱梳头、换洗尿布、床单、被褥、擦洗身子、活动筋骨、敷药按摩、倒屎倒尿。十二年来，她悉心照料，任劳任怨，不离不弃。正如颁奖词中所说："在贫困中，她任劳任怨，乐观开朗，用青春的朝气驱赶种种不幸；在艰辛里，她无怨无悔，坚守清贫，让传统的孝道充满每个细节。虽然艰辛充满四千多个日子，可是她的笑容依然灿烂如花。"《感动中国》2012年度人物之一的陈斌强，九岁时父亲因车祸去世。2007年，妈妈得了老年痴呆症，丧失了日常生活能力。为了能更好地照顾母亲，他每天用一根布条把母亲绑在自己身上，骑着电动车行驶30公里去学校上课，一连五年，风雨无阻。他一天到晚连轴转，晚上9时，服侍母亲睡下；凌晨1时，准时起床抱母亲上厕所；清晨5时，他将母亲房间打扫干净，处理好母亲的大小便；早上7时，喂母亲吃饭，然后开始学校一天的工作……

古今数不尽的尽孝故事，极大地弘扬了孝文化，已成为中国传统文化的重要组成部分，并在中国历史的发展过程中发挥了许多积极的作用。首先，尽孝完善了人之初的善。儒家历来认为人是"性本善"的，以修身为基础。而孝道是修身养性的基础，通过尽孝，便可完善个人的道德修养，否则，如果没有孝心，则是最大的恶；其次，尽孝促进了家庭和睦、社会和谐。家庭是社会的细胞，家庭稳定则社会稳定，家庭不稳定则社会不稳定。尽孝也是爱心的体现，社会上多了些爱心，社会才会和谐，社会和谐，国家才能兴旺发达。第三，尽孝形成了中国传统的思想和文化并代代传承。几千年来，被大思想家孔子、孟子所阐释和推崇的孝道思想和文化，规范了人的社会行为，促进了家庭的和睦和社会的稳定，也鼓舞了人们报效国家和爱国敬业的精神。这种中华民族的传统美德，必将作为我们宝贵的精神财富，代代相传。

当然，孝文化中也有一些糟粕，如古代二十四孝故事中的"埋儿奉母"。郭巨父亲死后，他把家产分给了两个弟弟，自己赡养母亲，后家境逐渐贫困，妻子生一男孩，郭巨担心养这个孩子必然影响赡养母亲，遂和妻子商议："儿子可以再有，母亲死了不能复活，不如埋掉儿子，节省些粮食供养母亲。"当他和妻子挖坑时，忽然发现一坛黄金，上书"天赐郭巨，官不得取，民不得夺"。郭巨和妻大喜，这才放弃埋掉儿子，回家敬母养子。用自己亲骨肉的生命去换取赡养母亲，这对亲儿子来说是极其残忍的，极其不公的。诚然，父母给予了儿女生命，但父母绝对没有任何权利剥夺儿女的生命。在今天来说，剥夺儿女的生命是严重的犯罪。

另外，古代父母或祖父母死后，儿子或长孙须在家守制三年

（二十七个月），在此期间，不任官、不应考、不嫁娶等，也是不可取的。

在古今尽孝中，尽孝的方式无非是两种：一是钱物，二是孝心。如何才算孝与不孝？笔者认为，尽量满足父母钱物上的需求无可厚非，但要实事求是地根据自己的经济实力，量力而行。商王武丁的儿子为祭祀母亲能铸造出举世闻名的大鼎，别人能行吗？其实，尽孝不在于钱物的多少，关键是一颗孝心。子路百里负米、王祥卧冰求鲤、孟佩杰伺候养母、陈斌强绑母上班……他们都没有丰厚的钱物尽孝，他们有的只是一颗纯洁无瑕的孝心。古今报效国家的边关将士、仁人志士，他们不仅没有丰厚的钱物尽孝，甚至连到床前尽孝的机会都没有，谁能说这是不孝？这是对国家和人民的大忠大孝（封建社会的一些"愚忠""愚孝"除外）！古语云，自古忠臣出孝门。革命先驱李大钊也曾说，忠是放大的孝，孝是缩小的忠。在行为上，看似忠孝不能双全，但在思想实质上，忠孝是统一的，密不可分的。优秀共产党员、领导干部的楷模孔繁森，就是实践忠孝统一的光辉典范。他曾说，一个共产党员爱的最高境界是爱人民。他是这样说的，也是这样做的。他忠于党，忠于祖国和人民，为了西藏人民，他不能给老母亲物质上的享受，不能床前尽孝老母亲，可他却把这种"孝"全部献给了党，献给了祖国，献给了西藏人民。谁能说这不是一种大孝？！

尽孝不在钱物的多少，也不在场面的奢华。商王武丁的儿子为祭祀母亲铸造举世闻名的大鼎，虽说也是一份孝心，但换个角度看，不能不说这也是一种极大的奢华和浪费。

在很多人因工作无暇到父母身边尽孝的今天，一个电话，一句问候,一次快递,不也是尽孝吗?孝渗透在日常生活的点点滴滴中,只要常对父母尽一点孝心,父母就会感到无比的享受。

　　国以民为本,民以德为本,德以孝为本。当今,现实生活中还存在着一些对父母不爱、不孝、不养的行为,甚至还存在对父母打骂、虐待、遗弃的现象。我们还须继续大力弘扬孝文化的精华,不断地提升人们的社会道德水平,让孝文化在社会主义精神文明建设中绽放出更加绚丽的光芒,从而使我们的家庭和社会更加和谐,家园建设得更加美好。

韩愈的风骨

从河南省孟州市向西行6公里，便来到了唐代著名文学家、思想家、哲学家、政治家、唐宋八大家之首韩愈的陵园——韩园。这处全国重点文物保护单位、国家AAA级景区的门前，空空荡荡，完全没有其他以游玩观赏为主的风景名胜门前的摩肩接踵。这可能与不是黄金周有关，可能是因为这是一个严肃的地方，一个令人景仰、敬仰的地方，一个摒弃浮躁的地方。1992年，韩愈国际学术研讨会在孟州举办以来，这里已成为世界韩学研究的中心和基地。

韩园南濒黄河，北倚太行，丘陵环抱，古柏苍翠，始建于唐敬宗宝历元年（825），距今已有一千一百九十一年的历史。穿过阔大的广场，由雕塑大师刘开渠先生设计的韩愈汉白玉雕像耸立眼前。雕像高3.3米，寓意韩愈生于农历三月初三，加上像座总高为5.7米，象征韩愈终年五十七岁。韩愈手持书卷，睿智的双眼平视远方，是在思索官场的起伏,还是在构思巨篇华章?或许二者兼有?我的思绪不禁倏地穿越到韩愈令人感叹的人生经历中——

　　韩愈出生于官宦世家,他的祖辈都曾在朝或在地方为官。可他三岁时就失去了父母,由长兄韩会抚养成人。他自幼读书刻苦,出口成章,可在后来的三次科举考试中,均名落孙山。他没有退却,继续攀登,最终在第四次的考试中,登进士第,但他还不具备任官的资格。要想获得任官的资格,韩愈还须参加吏部的博学宏词科的考试。可在三次博学宏词科的考试中,他又榜上无名。最后在第四次考试时,才通过铨选,获得了任官的资格。

　　韩愈性情直爽,刚正不阿。人们常说,性格决定命运。韩愈的性格,也决定了他的官场命运。唐贞元十九年(803),韩愈任御史台监察御史,这虽是个八品小官,却掌管着考察万官、巡查地方行政的重任。这年,关中地区春夏大旱,秋又早霜,田亩几乎绝收。韩愈实地察访后发现,灾民流离失所,背井离乡,四处乞讨,饿殍遍地。目睹如此严重的灾情,韩愈感同身受,痛心不已。而当时负责京城行政的京兆尹李实却为了讨好唐德宗,欺上瞒下,封锁灾情,谎报粮食丰收、百姓安居乐业。韩愈面对如此不顾百姓死活的官员,义愤填膺,随即向德宗皇帝递交了《御史台上论天旱人饥状》,向皇帝说明事实真相,并请求皇帝减免百姓赋税。岂料偏听偏信李实等谗言的皇帝大怒,竟将韩愈贬为"天下之穷处"的连州阳山县令。当时百姓为感其德,生孩子多以"韩"字取名。

　　唐元和十四年(819)正月,宪宗皇帝命令大批僧人去凤翔迎佛骨入宫，并亲自登楼观看，还命令各寺院轮流迎接供奉。当时国家综合国力已大不如前，长安内部一时间掀起信佛狂潮，修建的寺观建筑精巧奢华，使儒佛之间的矛盾斗争愈发激烈，加上之前中国一些佛教徒自残、自焚、自杀的背景下，韩愈认为皇帝供奉佛骨误国误民，实在荒唐。于是，韩愈面对严峻的社会现实，为了国家和人民的利益，将个人安危置之度外，毅然以大无畏的精神上表《论佛骨表》，以历史上历朝皇帝讨好于佛、迷信于佛、"事佛求福，乃更得祸"的事实，极力论述不应信仰佛教，要求将佛骨"投诸水火，永绝根本，断天下之疑，绝后代之惑"，以免百姓受其迷惑。最后，韩愈慷慨激昂地向皇帝拍着胸脯说，如果佛真的灵验，能降下灾祸的话，那么，一切的祸殃，都应加在我的身上，老天爷在上面看着，我绝不后悔埋怨。宪宗看到如此尖锐逆耳、冒犯皇帝尊严的言辞，不禁龙颜震怒，要处韩愈以极刑。幸亏宰相裴度及朝中大臣极力说情，方才免得一死，贬为潮州刺史。在远赴潮州这个蛮荒之地的路上，行至陕西蓝关时，侄孙韩湘赶来送别，韩愈胸中如大海波涛，汹涌澎湃，挥笔写下了《左迁至蓝关示侄孙湘》的传世名诗："一封朝奏九重天，夕贬潮州路八千。欲为圣明除弊事，肯将衰朽惜残年！云横秦岭家何在？雪拥蓝关马不前。知汝远来应有意，好收吾骨瘴江边。"全诗大气磅礴，且悲且壮，情真意浓，震撼人心，充分表达了韩愈内心郁愤及为国为民的情怀。

在潮州任刺史的八个月里，他为民除害、兴办乡校、计庸抵债、释放奴隶、兴修水利……造福了潮州，百姓将他奉为神，并将笔架山改称韩山,山下的鳄溪改称韩江。百姓心中的秤,是最能称出官员分量的。

唐元和十五年(820)春,韩愈调任袁州(今江西宜春)刺史,禁止了买人为奴的旧俗;长庆二年(822)二月,他冒着生命危险出使镇州(今河北正定),圆满处理了兵变;长庆三年(823)六月,他升任京兆尹兼御史大夫,因不参谒宦官,而被御史中丞李绅弹劾罢免……官场,充满了多少诱惑,多少谄媚,多少凶险,而韩愈就是这样为官一任,造福一方,不畏权势,忠心耿耿,展现了自己的铮铮铁骨。

在文坛上,韩愈也有着自己特有的风骨。

他是古文运动的倡导者,主张继承先秦两汉质朴自由的、有利于反映现实生活的散文传统,反对六朝以来专讲声律对仗而形式僵化、内容空虚的骈体文。然而,任何一场革新都会遇到艰难险阻,面对一些人的非难和嘲笑,韩愈都毫不动摇,他"奋不顾流俗,犯笑侮,收召后学"(柳宗元《答韦中立论师道书》),义无反顾地勇往直前,不断壮大着古文运动的队伍。他的政治主张和儒家思想以及"文以明道"的口号,得到了柳宗元等人的大力支持,在社会上形成了浩大的声势,具有了思想运动和社会运动的性质。这场轰轰烈烈的文学改革,开创了中国文学史上新的散文传统,有力地推动了文学的健康发展和前进的步伐。

文如其人。在复杂多变荆棘丛丛的官场上,韩愈"发言真率,无所畏避",在文章中,字里行间同样充溢着他的风骨。《论佛骨表》《御史台上论天旱人饥状》《论淮西事宜状》《师说》等等,无不言之凿凿、字字千钧、胆识超群、气势磅礴。

诗言志。他的《归彭城》《龊龊》等多篇诗作,也都揭露了官场的黑暗,抒发了他步入官场后在一次次政治旋涡中屡遭打击的怨愤。即使在《山石》《谒衡岳庙遂宿岳寺题门楼》等写山水游记的诗篇中,他也不忘借景抒情。在《山石》的最后,他面对清幽的自然美景,感慨万千,吟咏出"人生如此自可乐,岂必局束为人靰?嗟哉吾党二三子,安得至老不更归"的佳句,把自己对仕途坎坷的不满、对官场的痛恨、对自由的向往,表达得淋漓尽致。

突然,一群叽叽喳喳的鸟鸣拉回了我的思绪。抬眼望去,小鸟在一株硕大参天的古柏上嬉闹着,瞬间又飞到数米外另一株硕大参天的古柏上。定睛一看,已来到韩愈的墓前。这两株两人合抱不住的硕大参天的古柏,苍翠蓊郁,遮天蔽日,巍然守望在墓前,更使墓园显得庄严肃穆。古柏旁有一块清乾隆年间孟县知县仇汝瑚所立的"唐柏双奇碑",从碑记看出,两株古柏是当年遵照韩愈的遗嘱,安葬时特意从长安移到此处的,以慰其思念长安的同僚、百姓和文朋诗友。左株高5丈,围1.2丈;右株高4丈,围1.1丈。两株古柏上都挂着不少红灯笼,古柏树干及四周的围栏上,也挂满了红锦旗和红布条。这是人们对这两株"唐柏双奇"的崇拜,家有莘莘学子的,都想来此沾沾"文章巨公""百代文宗"的文气,就像抠一块莫言老宅墙上的土带回家一样,图个吉利,许下自己的愿望。一旦愿望实现后,再来此还愿,放上一挂鞭炮,烧上一炷香,挂上红灯笼、红锦旗和红布条。中国读书的人虽说少了,但每年都有数百万的高考大军,哪个家长不期望儿女成龙成凤呢？

　　陵墓高约十米，周长约百米，被郁郁葱葱的植被覆盖着。我想起中国的一句老话，入土为安。忽然，旁边一位身穿黄衣的壮年人递过来三炷香，说免费。我诧异，如今哪有免费的午餐呢？我担心如天价鱼天价虾之类的，谢绝了。我在香炉前站定，点燃一炷心香，双手合十，低头默哀，一切都在不言中。

　　离去时，我又凝望着"唐柏双奇"，仿佛看到了韩愈那高大伟岸的身躯；仿佛听到了他在朝堂上慷慨直谏的铿锵；仿佛看到了他冒着雨雪风霜，在贬谪路上远去的身影……他没有远去，他那忧国忧民的情愫，饱蘸真情实感的诗文，刚正顽强的风骨，都闪亮在史册中，镌刻在人们的心中，犹如那"唐柏双奇"，任凭千余年的风雨雷电，仍然苍劲挺拔，虬枝繁茂，清香宜人。

司马光的清正廉洁

"司马光砸缸"的故事可谓家喻户晓、妇孺皆知。透过这个故事,我不仅看到了他的机智和见义勇为,也看到了他从小养成的一颗正直的心。在他步入官场后,这颗正直的心忧国忧民,勤政廉政,跳动出一曲曲可歌可泣的优美乐章。

出身于"官三代"的司马光,自幼聪慧,加之良好的家教,七岁时就能背诵《左氏春秋》,并能领会书中的主旨,讲给家人和小伙伴听。他没有躺在祖父和父亲的树荫下终日无所事事,而是长期坚持勤学苦读,不懈地追寻着自己的梦。终于,宋仁宗宝元初年,刚满二十岁的他就考中了进士。按朝廷规定,凡考中进士的人,都要参加"闻喜宴",宴会时,由皇帝赐给每位新科进士一朵大红花,以光显荣耀。而怀揣一颗正直心的司马光,却认为过于华丽。面对如此隆重的场面,除司马光外,新科进士们无不春风满面地戴上皇帝赐给的大红花,唯独司马光固执己见,就是不戴。《宋史·司马光传》记载道:"(司马光)性不喜华靡,闻喜宴独不戴花,同列语之曰:'君赐不可违。'乃簪一枝。"司马光若不是在同科进士的劝说下戴上一枝,说不定会惹来什么麻烦。

"性不喜华靡"的司马光,对财物和物质享受也看得很淡薄,"于物淡然无所好",粗茶淡饭,麻葛粗布,始终伴随着他的一生。看着仁宗皇帝沉溺后宫、豪华宴饮、荒淫无度,他奋笔上书《论宴饮状》,恳请皇帝为国民着想,提议"悉罢饮宴"。针对皇帝不顾国家贫弱的现状一掷千金滥赏群臣的做法,司马光率领同僚三次上书劝谏:"国家还有大的忧患,内外贫乏,不可专门效仿乾兴的旧事。如果必须赠送、赏赐,应准许大臣向上进献所得赏赐的金钱来帮助营建山陵。"可皇帝不听劝谏,依然如故。司马光便把赏赐给他的价值不菲的玉石珍宝、绫罗绸缎作为谏院的办公费,赏赐的黄金送到舅舅家,坚决不肯留在自己家里。

司马光一生为官,主张清廉节俭。在洛阳编纂《资治通鉴》时,他的住房极其狭小简陋,只好另辟一间地下室为书房和工作间。而在洛阳居住的大臣王拱辰,却宅第非常豪奢,中堂建屋三层,最上一层称朝天阁。洛阳人因此戏称:"王家钻天,司马入地。"年老体弱时,朋友欲用五十万钱买一婢女伺候司马光,他婉言拒之:"吾几十年来,食不敢常有肉,衣不敢有纯帛,多穿麻葛粗布,何敢以五十万市一婢乎?"更令人叹息的是,其夫人去世后,清贫度日的司马光竟拿不出给夫人办丧事的钱,只好把仅有的三顷地卖掉,安葬了夫人。《宋史·司马光传》云："洛中有田三顷，丧妻，卖田以葬，恶衣菲食以终其身。"

在私生活中，司马光也是洁身自好，不近女色。在北宋官员花天酒地、纳妾蓄妓的风气下，他与夫人三十多年没有生育，夫人想让他纳妾生子，他却拒绝了夫人的好意。夫人悄悄买来美女安置在卧室，并借故外出。司马光却视而不见，不予理睬，到书房看起了书。美女追到书房，搔首弄姿，司马光却不为所动，令美女大失所望。夫人不罢休，又和母亲暗定一计，为司马光安排了一个美貌丫环。夫人以赏花为名，邀司马光来到娘家，然后借故和母亲躲开。美女来到司马光面前，司马光竟有些生气地说："走开！夫人不在，你来见我作甚！"事后，人们无不佩服司马光正直的品行，无不赞叹他和夫人间真挚的感情。司马光夫妇终身未育，司马光收养了哥哥的儿子司马康作为养子。

对养子，司马光也经常教育他生活节俭，清白做人。在著名的《训俭示康》一文中，司马光语重心长地教诲："吾本寒家，世以清白相承。吾性不喜华靡。""众人皆以奢靡为荣，吾心独以俭素为美。人皆嗤吾固陋，吾不以为病。""由俭入奢易，由奢入俭难。""侈则多欲。君子多欲则贪慕富贵，枉道速祸；小人多欲则多求妄用，败家丧身；是以居官必贿，居乡必盗。故曰：'侈，恶之大也。'"司马光还列举了历史上许多因为节俭而立下好名声，因为奢侈而自招失败的事例，反复告诫子孙后代，不可忘记"前辈之风俗"。

在五年的谏官生涯中，司马光除了关注国家的命运，同时也时刻关注着底层百姓的疾苦。从童年到少年，他随辗转河南、陕西、四川等地为官的父亲司马池四处奔走,目睹了底层百姓沉重的负担和苦难,所以,减轻百姓的负担,使百姓走出苦难,一直是他美好的心愿,并始终贯穿在他几乎所有的奏章里。在冒死上书的传世名作《论财利疏》中,他深有感触地写道,想要天底下的老百姓都过上丰衣足食的幸福生活,那是无时无刻都不能懈怠的。如今老百姓已经在过苦日子,而地方和国家的储备库物资严重不足,仁宗皇帝您老人家要是不重视民间疾苦,不将事摆在心上,不去早早谋划,早早动手,尽最大可能把矛盾消灭在萌芽状态,小臣司马光担心日后国家最大的灾害不在于其他因素,而在于国库空虚,信用破产。农民苦身劳力,粗衣粗食,还要向政府交纳各种赋税,负担各种劳役。收成好的年代,卖掉粮食以供官家盘剥,遇到凶年则流离失所,甚至冻饿至死。为减轻农民的负担,他向皇帝提出了一些便农、护农的措施:"……其余轻役,则以农民为之。岁丰则官为平籴,使谷有所归;岁凶则先案籍赒赡农民,而后及浮食者。民有能自耕种积谷多者,不藉以为家赀之数。如此,则谷重而农劝矣。" 这种悲民、惜民、爱民的崇高情怀,在九百多年后的今天,仍有着十分重要的现实意义。

司马光悲民、惜民、爱民的崇高情怀,也体现在与王安石变法的矛盾上。他本来与王安石关系不错,可因为变法中的不同政见,二人成了针尖对麦芒的政敌。刚开始,司马光并没有公开反对变法,有人要弹劾王安石时,他还试着劝解。但当变法逐渐显露出明显的弊病,特别是王安石颁发"青苗法"时,司马光才为维护平民的利益挺身而出,表示了强烈不满。二人唇枪舌剑,激烈争辩,有时甚至在朝堂上

当着皇帝和众大臣的面争得面红耳赤,毫不相让。可悲的是,尽管司马光反复七八次上书,一颗忧国忧民的正直的心,始终没有打动皇帝,无奈,心灰意冷的司马光请求辞职,离京赴洛阳,一心扑在皇皇巨著《资治通鉴》的编撰上。

他没有看重许多人梦寐以求的官位和荣华富贵,他看重的是国计民生。在皇帝任命他为枢密副使时,他就推辞道:"陛下所以任用我,大概是因为我狂妄直率,也许对国家有点好处。如果仅仅是用俸禄和职位使我荣耀,而不听我的意见,是将官位当作私恩,而不是真正任用人。我拿俸禄和职位作为自己的荣耀,而不能拯救百姓于灾难之中,这等于是盗窃国家的名位和车服仪制来为自己谋利。陛下如果真能够罢掉制置条例司,追还提举官,不施行青苗、助役等法令,虽然不任用我,我得到的恩赐也很多了。"

古往今来,不少官员利用自己的官位谋私利,贪图享乐,不把国家和人民的利益放在心上,与司马光相比,岂不汗颜?

自古政声人去后。司马光虽不看重自己的官位,离开了京城,但民心所望,都将他当作真正的宰相,村夫野老都称他为司马相公,妇人孺子都知道他是司马君实(司马光的字),一个实实在在、胸怀坦荡、刚正不阿、心系百姓的"君实"。十五年后,因皇帝驾崩,司马光回到京城,守卫的士兵看见他,都恭敬地以手加额:"这是司马相公呀!"所到之处,司马光犹如当今明星,被层层的百姓拦路围观,以至于交通拥堵,马都不能通过。百姓粉丝们纷纷请求他:"你不要回洛阳了,就留下来做宰相,快救活百姓!"司马光担心有人借此生事，匆匆赶回了洛阳。

元丰八年（1085），宋哲宗即位后，当政的皇太后任命六十七岁的司马光为宰相。疾病缠身的他行走不便，皇太后让他三天到一次朝廷，可以不下拜，但都被司马光谢绝了。皇太后只好下诏让司马光的儿子司马康搀扶着司马光入朝，和皇帝共商国是。出于救民于水火的愿望，为了废除王安石的新法，司马光把因反对新法而被贬的刘挚、范纯仁、李常、苏轼、苏辙以及吕公著、文彦博等老臣召回朝廷任职，彻底废除了被他视为毒药的新法。可以说，王安石变法的初衷，也是想改变国家积贫积弱的现状；司马光废除新法，也是想国泰民安。出发点都是好的，但效果都不尽如人意。新法充盈了国库，但在推行过程中由于部分举措的不合时宜和实际执行中的不良运作，也造成了百姓利益受到不同程度的损害；废除新法，却使变法积聚起来的钱财，在反变法派执政的几年中"非理耗散殆尽"。

一年多后，呕心沥血的司马光如春蚕般吐尽了最后一缕丝，将咽气的时候，还如梦如幻地说着国家的大事。太皇太后听到司马光去世的消息，非常悲痛，取消了原定参加明堂建成的大礼，立即和皇帝前去吊丧。京城百姓得知后，纷纷罢市前往凭吊，有的人还卖掉衣物参加祭奠，大街小巷中的哭泣声竟超过了车水马龙的声音，甚至比失去自己的亲人还要悲痛。全国各地还都画了司马光的画像，吃饭前先祭祀。由此可见，司马光在人们心中的分量。

仰望汤显祖

仰望着"汤显祖纪念馆"几个大字,我仿佛看到汤显祖老先生捋着胡须面带微笑地向我缓缓走来。

明嘉靖二十九年八月十四日(1550年9月24日),汤显祖出生于临川一个书香世家,祖上四代均博览群书,知识渊博。他的母亲自幼熟读诗书,满腹经纶。估计他在母亲怀胎十月中便接受了饱含书香的胎教。出生后,再加上祖上书香的熏陶,他怎能不天资聪慧呢?五岁读私塾,十二岁便会写诗,十四岁补了县诸生,二十一岁就中了举人,二十六岁时刊印第一部诗集《红泉逸草》,次年又刊印诗集《雍藻》《问棘邮草》,这与他后天的勤奋是绝对分不开的。

凭汤显祖的才学和智商,在仕途上青云直上按说是不成问题的,可明朝腐败的科举制度,却使他愤而却步。本该公开、公平、透明的科举,成了朝廷上层官员营私舞弊、幕后交易的过场,就连内阁首辅、著名政治家、改革家张居正也是如此。为了让几个儿子能考中进士，他颇动了一番心思，为遮人耳目，张居正企图找汤显祖、沈懋学等几个有名望有才学的举人作为陪衬。老谋深算的他自然不会亲自出马，而是让叔父前去游说、笼络，并答应合作成功后让汤显祖、沈懋学等人中前几名。面对当朝宰相的威势和仕途的诱惑，一般人都会趋炎附势、顺杆向上，沈懋学等人便是这样。而汤显祖却偏偏不畏权势，不为名利折腰，接连两次给予了回绝，并说"吾不敢从处女子失身也"。由此可见，汤显祖是多么洁身自好，多么刚正不阿。从此，在张居正当政的岁月里，汤显祖从未入第，这难道不是张居正的小人之心之所为？张居正死后，曾有宰相想帮汤显祖进入仕途，但都被他拒绝了。他想正大光明地步入仕途，不想利用任何关系或不当的渠道。

三十四岁那年，汤显祖考中了进士，开始了他荆棘丛生的仕途。在留都南京时，形同虚设的衙门虽是闲职，他却没有虚度，无事就与知名文人研究学问，唱和诗词，切磋技艺，畅游在文学艺术的海洋中。而当年趋附张居正的有名望有才学的文人，此时不仅失去了大树的依靠，并且受到了严厉的处分。

明万历十九年（1591），任礼部祠祭司主事的汤显祖，目睹一些官员腐败堕落、贪赃枉法、搜刮饥民的犯罪行为以及明神宗登基二十年来政治上的错误，奋笔疾书了《论辅臣科臣疏》上书皇上，予以严词抨击。良药苦口，忠言逆耳。但神宗皇帝却大怒，放逐汤显祖至雷州半岛的徐闻县，贬为典史，一个九品之下掌管缉捕、监狱的外职文官。在这个具有土著之俗、民风好斗、人皆轻生的县城里，汤显祖没有低沉气馁,他和县官熊敏将俸银捐出,创办了"贵生书院",并亲自任教,将孔子的学说、中原的文明,一一传授给当地子民,使他们知书识礼,尊重生命。通过汤显祖耐心细致的教育和宣传,徐闻县民风大变,文风渐盛,科举盛行。清代《王夫子宾兴》碑文中曾记载:"自明义仍(汤显祖字)先生来徐闻建书院,而徐益知向学,当时沐其教者,辍魏科登贤仕,后先辉映,文风称极。"万历十九年(1591)至明末,徐闻连年大旱,虽然食不果腹,但人们的学习劲头不减,仍出了15名举人,可见汤显祖之举深得民心,功莫大焉。徐闻人铭记着汤显祖的恩德,多年后他病逝的消息传来,徐闻为他兴建了"汤公祠",以此表达对他的崇敬和怀念。真是"政声人去后",百姓心中有杆秤啊。

一年后,汤显祖遇赦,任浙江遂昌知县。"当官不与民做主,不如回家卖红薯。"在遂昌这一亩三分地上,汤显祖这个七品芝麻官,时刻关心百姓的疾苦,不时下乡察看,促进农业生产,使这块贫瘠的土地很快桑麻葳蕤、六畜兴旺;他建射堂,修书院,使臣民能文能武;在司法上,他减少了律条,去掉了囚犯脚上和颈上的刑具;更有甚者,他还允许囚犯回家过年,元宵节上街观灯。建造自己理想的王国,这是汤显祖"临川四梦"之外的又一梦。可这个梦却遭到了政敌的谗言中伤。万历二十六年(1598),汤显祖在得知朝廷将派税使前来扰民时,他不堪忍受即将遭到的打击,向吏部递交了辞呈,也不管批准不批准,便愤愤而去,结束了五年的芝麻官生涯。

在官场不能游刃自如的他,在辞官归乡后,"位卑未敢忘忧国",忧国忧民的情愫仍缠绕在他的心头。他曾期望有"起报知遇"之日,重新走上领导岗位，鞠躬尽瘁，死而后已；他也期望着"朝廷有威风之臣，郡邑无饿虎之吏，吟咏升平，每年添一卷诗足矣"。朝廷的昏庸，官场的腐败，使他最终打消了重新入仕的念头，潜心于戏曲创作。除之前完成的被认为影射时政的《紫钗记》外，他相继以充满浪漫主义的手法创作出《牡丹亭》《南柯记》《邯郸记》，圆了轰动中外的"临川四梦"，被誉为"东方的莎士比亚"。他确实与莎士比亚有相同之处。

首先，生卒年几乎相同。他比莎士比亚大十四岁，同年去世；其次，创作均取材于他人著作，不循戏剧创作的清规戒律，采用哀怨动人的浪漫主义手法等等，都如"同胞兄弟"。但他比莎士比亚的创作更不容易，莎士比亚创作的是话剧，而他创作的是戏曲，其中的唱词、韵律是话剧所没有的，而唱词、韵律是需要坚实的文字功底的，其文字组合的技术含量也远比话剧要高。如《牡丹亭·惊梦》中杜丽娘的经典唱词："原来姹紫嫣红开遍，似这般都付与断井颓垣。良辰美景奈何天，赏心乐事谁家院！朝飞暮卷，云霞翠轩，雨丝风片，烟波画船，锦屏人，忒看的这韶光贱。"这段脍炙人口、经久不衰的唱词，运用诗词的手法，精美雅丽，诗意盎然，情景交融。这段文字将贵族小姐杜丽娘睹景思情、慨叹良辰美景空逝、美好青春被禁锢扼杀的心理活动刻画得细腻生动、真切感人，如林中小溪，似山间清泉，潺潺着清丽优雅的韵律之美。在古典名著《红楼梦》中，林黛玉读着这段唱词，也不由得联想到自己的遭遇和处境，感伤泪下。难怪明代戏曲家吕天成推崇汤显祖为"绝代奇才""千秋之词匠"；明代戏曲作家、曲论家王骥德赞曰："可令前无作者，后鲜来哲，二百年来，一人而已。"

  《牡丹亭》是汤显祖的代表作,也是他的得意之作,他曾说:"一生四梦,得意处唯在牡丹。"明朝文学家沈德符在《顾曲杂言》中称:"汤义仍《牡丹亭梦》一出,家传户诵,几令《西厢》减价。"时隔四百年,《牡丹亭》犹如一朵雍容华贵的牡丹,仍绽放在中外舞台,散发着沁人肺腑的馨香。

  汤老先生是值得仰望的。

走近王安石

　　王安石，一个煌煌在史册广为人知的名字。这个头顶北宋著名的思想家、政治家、文学家、改革家等多种桂冠的老先生，给后人留下了不少精神财富，也留下了不少争议和警示，令人感悟和思考。来到抚州，不能不去王安石纪念馆，不能不引发对他起伏跌宕、波澜壮阔的人生的感想和思考。

　　王安石是"官三代"，他的祖父王用之，曾任卫尉寺丞，六品以上，掌管器械文物，总武库、武器、守宫三署；他的父亲王益，曾在福建、江西、四川、广东等地做州县官，官至尚书都官员外郎。出身于官宦世家的王安石，自幼聪颖，勤奋好学，饱读诗书，挥笔成文。在随父亲四处宦游的日子里，他接触到了社会的现实，目睹了民间的疾苦，这为他后来驰骋官场、纵横文坛打下了坚实的基础。

　　他没有像一些官二代那样游手好闲、斗鸡玩狗。十六岁时，他在随父进京时以文会友，结识了曾巩，曾巩将他的文章推荐给欧阳修，欧阳修大加赞赏。五年后，二十一岁的他便考中进士，被授予淮南节度使判官，从此进入了他梦想大展宏图但却坎坷不平、布满荆棘的官场。在淮南任满后，他主动放弃了京试入馆阁的机会，到浙江鄞县担任了知县。四年里，他在这个最接近老百姓的岗位上，兴修水利、扩办学校，造福一方。"不畏浮云遮望眼，只缘身在最高层。"他在任满回临川故里的途中，经杭州时所作的七言绝句《登飞来峰》，借登高望远，不仅抒发了他兴奋愉悦的心情，更表达了远大的政治抱负，为后来的变法埋下了伏笔。

在任舒州（今安徽潜山）通判时，他仍然是勤政爱民，政绩显著。宰相文彦博和欧阳修唯才是举，先后向皇帝竭力推荐，但都被王安石以祖母年高等借口婉言推辞。欧阳修不甘心，又以王安石必须以俸禄养家为由，任命他为群牧司判官。由此可见，欧阳修对王安石是多么器重，多么推崇。可是随着王安石的变法，欧阳修、司马光等鼎鼎大名的人物却站到了王安石的对立面。

宋仁宗嘉祐三年（1058），王安石卸任常州知州后，早春二月，他又任提点江东刑狱，也就是省级司法主管，不仅监察司法公正，还兼管廉政检察。十月，回京任三司度支判官。在这个总领全国财赋的单位，他挥洒出长达万言的《上仁宗皇帝言事书》，以自己多年当地方官的亲身经历，尖锐地指出了国家积弱积贫、经济困窘、社会风气败坏、国防安全堪忧的现实，系统地提出了对宋初以来的法度进行全盘改革、革除积弊、扭转积贫积弱局面、改革取士、重视人才等变法主张，并以尧、舜、商、周、秦、汉、晋等多种事例及言论，企望引起仁宗皇帝的警觉。但没想到，曾废除以范仲淹、欧阳修为首的"庆历新政"的仁宗皇帝，并未采纳王安石的变法主张。

仁宗是宋朝的第四位皇帝，在位四十二年，是宋朝皇帝中执政时间最长的。他虽没有宋太祖的雄才大略，也没有宋徽宗的多才多艺，但他却是宋朝十八帝中以"仁"著称的皇帝。在他执政期间，对臣民仁慈厚爱，使百姓休养生息，国家安定太平，经济繁荣，科学技术和文化得到了很大的发展，被誉为"仁宗盛治"。所有这些，也都是王安石后来呈给神宗皇帝《本朝百年无事札子》中所认可的。仁宗去世后，朝野上下举国哀痛，无不哭号。《宋史》曾记载道："京师罢市巷哭，数日不绝，虽乞丐与小儿，皆焚纸钱哭于大内之前。"驾崩的讣告送到辽国后，"燕境之人无远近皆哭"，就连辽道宗皇帝耶律洪基也紧紧抓住宋朝使者的手号啕痛哭："四十二年不识兵革矣……"仁宗皇帝之所以未采纳王安石的变法主张，我想，一是他满足于现有的国泰民安的局面——一个国家不可能没有弊端，但即使有些弊端，也不足以到大动干戈的时候；二是他的性格。变法必将触动一些人的利益，一向宽厚仁慈的他，不忍心下手。

王安石真正实现变法的梦想，是神宗即位后。面对宋朝官僚机构臃肿、财政亏空、辽和西夏不断骚扰、百姓赋税徭役的加重等内忧外患，神宗励精图治，力图"思除历世之弊，务振非常之功"。但这需要有一个强有力的助手，神宗久慕王安石的大名，看过他的《上仁宗皇帝言事书》，也了解他的政治抱负和才能，于是，登基几个月后，起用以服母丧和有病为由拒绝入朝的王安石为江宁知府。期间，王安石作了至今传诵的词篇《桂枝香·金陵怀古》，通过回顾六朝误国的历史教训，隐喻了他对北宋社会现实的不满，透露出居安思危的忧患意识。几个月后，神宗又提拔他为翰林学士兼侍讲。对王安石的器重，曾引起在朝老臣的不满。但神宗力排众议，又委以他参政知事的重任，并主持设立和推行新法的专门机构。王安石不负帝望，即上书《本朝百年无事札子》，全面阐释了大宋王朝百余年间太平无事的情况与原因，并指出眼下政治、经济、军事、文化以及辽、西夏不断侵扰等诸多社会问题，认为神宗"大有为之时，正在今日"，期望神宗有所作为、有所建树、振兴国家。"金炉香尽漏声残，剪剪轻风阵阵寒。春色恼人眠不得，月移花影上栏杆。"他的这首政治抒情诗《春夜》，充分表达了他得到神宗赏识、看到政治的春天已经来临，欲将大展宏图、夜不能寐的激动心情。

宋神宗熙宁三年（1070），职务与宰相相当的王安石怀揣多年的改革梦，开始在全国范围内推行新法，掀起了轰轰烈烈的改革浪潮，影响之大、之广，拥护变法与反对变法的两派展开的激烈的论辩及斗争，可谓前所未有。变法历时十六年，客观地说，一定程度上促进了社会生产力的发展，改变了国家积贫积弱的局势，加强了国防力量，彻底打败了西夏，扭转了西北边防长期以来屡战屡败的被动局面，减轻了百姓负担，出现了欣欣向荣的景象，尤其是对国家财政有了显著的改善。神宗刚即位时，"百年之积，唯存空簿"；而变法后，国家的腰包鼓得"数十百巨万""可以支二十年之用"。

然而，变法也并非十全十美，部分举措的不合时宜和实际执行中的不良运作，也使百姓的利益受到不同程度的损害。如青苗法，强制农民借贷，利息偏高，农民负担依然沉重；募役法，不愿服差役的民户可按贫富等级交纳一定数量的钱，但对贫困者却是沉重的负担；农田水利法，兴修水利的数量逐渐成为官员政绩考核的标准，一些地方政府强制百姓修建水利，也加重了人民的负担；等等。这其中，虽说有的是在执行中走了样，但是从根本上来说，这与王安石的一些失误也是密不可分的。他想让宋朝一口吃成胖子，却忽视了它的消化能力，积贫积弱的局面与他的宏图大略产生了较大的落差。他不是一个十全十美的官，但绝不是一个浑浑噩噩的昏官，也不是一个碌碌无为的庸官。

在他早年写的《游褒禅山记》一文中，他从钻华山洞中感悟到了"世之奇伟、瑰怪、非常之观，常在险远"，要想看到"奇伟、瑰怪、非常之观"，就必须具有不畏艰险，意志坚定，勇往直前，永攀高峰的精神，同时还要具备足够的实力和可凭借的外部条件；他也明知变法"缓而图之，则为大利；急而成之，则为大害"，却在实际操作中按捺不住急功近利、急于求成的冲动；加之用人不当，一些贪腐官员扭曲政策，执行不力，忽视了"足够的实力和可凭借的外部条件"，从而损害了社会各阶级和各阶层的利益，引起了以司马光、韩维、文彦博、欧阳修、苏轼等高官为首的反对派的强烈反对。高官们纷纷控诉王安石变法的十大过失，上疏神宗停止青苗法。在一片反对声中，王安石竭力反驳，无丝毫妥协、退让。神宗面对如此巨大的压力,想听取大家的意见。王安石劝说无效,以生病为由,接着又提出辞官归隐,以此要挟神宗。神宗当然不想让王安石归隐,只好将反对派的多名高官或贬或免。司马光也三次给王安石写信,一一列举实施新法的弊端,要求废弃新法,恢复旧制。可王安石固执己见,在回信中不仅对司马光的指责逐一反驳,并且对士大夫阶层因循守旧的思想给予严厉的批评,表明了自己坚持变法、不容动摇的决心。我想,司马光肯定窝了一肚子的火。当神宗欲擢升司马光任枢密副使时,他趁机提出废止新法,可神宗没有答应。司马光怎能不气塞咽喉?他遂以"不通财务""不习军旅"为由,连上五封札子,坚定拒绝了提升,自请离京十五载,不问政事,潜心编撰中国最大的长达294卷、近400万字的编年体史书《资治通鉴》。这岂不是表明了他对神宗和王安石强烈不满的态度?

天时地利人和,是成功的重要因素。变法的逐渐流产,就是失去了这些重要因素。熙宁七年(1074)春的旱灾,使大批饥民背井离乡、流离失所。群臣纷纷将此与变法联系起来,以"天变"为借口,上书给神宗,又一次掀起对变法的抨击。还有反对变法的大臣绘画出《流民图》,以告急文件递交神宗,并上疏新法的弊端,图文并茂,力谏罢免王安石的宰相。司马光也不怠慢,又上疏《应诏言朝廷阙失状》。接着,神宗的祖母曹太后和母亲高太后向神宗哭诉"王安石乱天下"。这一连串针对王安石的诉状,加上原来众高官对变法的反对,已对变法产生怀疑的神宗,更是忧心忡忡,只好罢免了王安石的宰相职务,改任他职。翌年,"春风又绿江南岸",王安石官复宰相原职,但神宗对变法的支持力度已大不如前，甚至产生了动摇，加上变法派内部分裂，变法步履维艰，很难继续推行。不久，王安石长子病故，心力交瘁的王安石辞去宰相职务，从此隐居江宁。他呕心沥血推行的法令也逐渐被废止。神宗去世后，垂帘听政的高太后起用司马光为宰相，王安石的新法也随之付诸东流。几个月后，为变法竭尽全力、耗尽心血的王安石一命呜呼。四个月后，司马光也紧随其后，不知二人在另一个世界是否继续争斗。

是也？非也？后世对王安石变法的评论从来没有停止。中国传统的史学评论基本持否定态度，认为变法不仅带来一系列社会问题，而且也引起了激烈的"党争"，导致了北宋的灭亡。但也有不同的看法。北宋著名诗人黄庭坚云："余尝熟观其（王安石）风度，真视富贵如浮云，不溺于财利酒色，一世之伟人也。"近代梁启超先生评论王安石及其新法的《王荆公》，则用社会主义学说类比王安石的新法措施，把王安石称为社会主义学说的先行者，为王安石及其变法彻底翻了案。梁启超的观点，得到了很多人认可，成为20世纪前半叶的主流观点。任何时候的改革，都要从客观实际出发，因地制宜，尊重科学，遵循事物发展的客观规律，以国富民强为准则，否则，就会付出很大的代价。

除了变法，王安石还是宋代文坛文学成就突出的不可小觑的重量级人物。他有力地推动了北宋诗文革新运动，扫除了风靡一时的浮华文风。作为唐宋八大家中的一员，他留下了《临川集》《临川集拾遗》《临川先生文集》等著作；留下了《游褒禅山记》和《泊船瓜洲》等名篇佳句；也留下了炼意深沉、委婉含蓄、修辞工整，在北宋诗坛自成一家的"王荆公体"。总之，他的作品文如其人，注重社会现实，关注民间疾苦，揭露社会矛盾，为推动变法和完成北宋诗文革新运动并巩固其成果，起到了非常积极的作用。

济南的秀水与名士

"水是济南的乳汁,水是济南的襁褓;水是济南的摇篮,水是济南的怀抱;水是济南的明眸,水是济南的微笑;水是济南的乐园,水是济南的至宝;水是济南的骄傲,水是济南的自豪。"这是我游过大明湖,游过趵突泉后的真切体验和感想。我还想,到济南却没游过大明湖和趵突泉,算到过济南吗?

这是一座悠久的国家历史文化名城,早在八九千年前的新石器时代早期,就已有了人类活动的踪迹。距今 7300—6100 年前的北辛文化时期的遗址,距今 6100—4600 年的大汶口文化遗址,距今 4600—4000 年的龙山文化遗址,早于秦长城的齐长城,被誉为"海内第一名塑"的灵岩寺宋代彩塑罗汉,凿山而成的隋代大佛,以及以舜命名的"舜耕山""舜耕路""舜华路""舜井"等地名,无不展示着济南厚重的文化底蕴。而济南的水,更是悠久得令人咋舌。济南的地质构造属奥陶纪时期的可溶性灰岩，经过四亿多年的地质变迁、构造运动和长期溶蚀，如同一只硕大的蜘蛛，织成了无数由溶沟、溶孔、溶洞和地下暗河组成的地下管网，又似人体众多的血管，为济南这个心脏储存和输送着源源不断的血液。这些地下水，有的遭遇到组织紧密的岩浆岩的阻挡，它们便在此安营扎寨，积蓄自己的力量，当力量积蓄得无比强大时，它们就凭着自我加压的不屈不挠的精神，循着大大小小连接地表的缝隙，冲出重围，打造出属于自己的新天地——泉城。正如对水情有独钟的孔子所说："其赴百仞之谷不疑，似勇。"我不得不佩服水的英勇，水的坚韧不拔，水的柔中有刚。

济南别称泉城，确实名不虚传。四大泉域，十大泉群，七十二名泉，七百三十三个天然泉，每一股泉都是一曲活泼灵动的旋律，每一股泉都是一首清澈透明的小诗，它们组成了一个庞大的属于泉的交响乐团，奏响了"清泉石上流""平地涌出白玉壶""泉源上奋，水涌若轮，觱涌三窟，突出雪涛数尺，声如隐雷"的美妙乐章；它们构成了泉的世界，泉的乐土；构成了举世无双的天然岩溶泉水博物馆；构成了天下第一泉的绮丽风景。这些泉，晶莹剔透，大小不一，千姿百态，异彩纷呈，或如雪莲，或似珍珠，或像白菊，或形成湖湾，或汇成瀑布、河流，滋润着济南的万物生长，滋润着济南的生命和灵秀，滋润着济南的城市发展、民生、民风和民俗，滋润着独特的泉城文化。难怪古代文人墨客赞叹济南"家家泉水，户户垂柳""齐多甘泉，冠于天下""济南山水甲齐鲁，泉甲天下"。

最早见于古代文献的泉，要数七十二名泉之首的趵突泉了。有专家考证,趵突泉是古泺水之源,甲骨文卜辞中的"泺"字,指的就是趵突泉,有文字记载的历史长达三千五百多年。两千六百年前的编年史《春秋》中"鲁桓公会齐侯于泺"的"泺",指的也是趵突泉。北魏郦道元也曾在《水经注》中记载道:"泺水出历城县故城西南。"宋代文学大家曾巩任齐州(今济南)知州时,还在泉边建了"泺源堂"。

被称为趵突泉,最初很可能来自民间形容泉声"噗嘟""咕嘟"的象声词,曾巩听到旁人说"趵突"后,便写了一篇《齐州二堂记》和一首以"趵突泉"为题的七律,正式将趵突泉形成文字,并使这个名称越叫越响,以至喷涌在历代文人墨客的笔下,喷涌在越来越多人的心中。

2013年的十一黄金周,我终于来到了向往已久的济南,来到了以趵突泉命名的公园。大门上悬挂着清朝乾隆皇帝的御笔横匾,上书"趵突泉",蓝底金字,端庄大方。公园小巧玲珑,精致秀美,步换景移。

我是直奔趵突泉而去的,两旁的景物只是匆匆掠过。当远远看到里三层外三层的人围着观看什么时,我想这肯定就是趵突泉了。果然,我快步上前踮起脚尖,只见三股大泉沸腾似的"咕嘟"着,有二三尺高,白如雪堆,晶莹似玉,雪飞玉溅,生生不息。这多像济南的精气神,充满了生命的活力和神韵。我想,一旦没有了这三股大泉,济南人肯定会像失恋一样痛苦;一旦没有了这三股大泉,济南的魅力肯定是要打折扣的,就如突然憔悴苍老的美女。正如老舍先生在《趵突泉》一文中所说:"假如没有趵突泉,济南会失去它一半的妩媚。"因为它是济南的标志和象征啊。

  在趵突泉的身边,还众星捧月般地散布着漱玉泉、柳絮泉、金线泉等三十多个名泉,聚集成了趵突泉泉群,它们虽没有趵突泉的磅礴气势,却也"泉沫纷繁,如絮飞舞""水纹浮绿影摇金""静日如闻漱玉声"……别有一番小家碧玉的灵韵。其他诸如黑虎泉、五龙潭、珍珠泉等泉群或泉域,仿佛一首首舒缓的钢琴曲,舒适着一颗颗心灵;似一串串珍珠项链,闪亮在济南的胸前;如一首首欢快的泉之歌,合唱着济南的温馨与和谐。

  与趵突泉相比,大明湖则又是另一番风景。众多泉水一路欢歌跳跃地汇集在这里,形成了中国第一泉水湖,恰似一颗璀璨的明珠,镶嵌在济南的桂冠上。大明湖据文字记载已有一千五百年左右的历史。北魏著名地理学家郦道元所著《水经注·济水注》中曾记载:"泺水北流为大明湖,西即大明寺,寺东、北两面则湖。"我想,没有文字记载的历史会更长,四亿年前济南的地下就已织成了无数由溶沟、溶孔、溶洞和地下暗河组成的地下管网,地下水就汤汤地喷涌出一个泉城,大明湖没有文字记载的历史怎么不会更长呢?

  "四面荷花三面柳,一城山色半城湖"十分客观形象地描绘出了大明湖的绝美胜景。镌刻在大明湖大门楹柱上和铁公祠的这副楹联,据说是清嘉庆九年(1804)夏,被誉为"江西才子"的山东提督学政、历史学家、被誉为"江西大器"的刘凤诰,与山东巡抚、书法大家铁保在小沧浪宴饮时,即兴所赋。如今,这已成为描述济南的经典名句。虽然逝去了两百多年,经典名句中的荷花、岸柳、山色、湖水,依然如故，甚至水面又比过去宽广了许多，更透出许多灵秀和灵气。抚摸着丝丝垂柳，欣赏着波光粼粼的清澈湖水，看着水中优哉游哉的红鲤，仰视着翱翔在水面上的唧唧喳喳的水鸟。再往远看去，亭亭玉立的荷叶、穿梭觅食的野鸭、来来往往的画舫小舟、湖中绿树掩映的小岛、飞檐斗拱的水榭长廊、起伏有致的白玉拱桥……构成一幅充满诗意的山水画，令人如醉如痴。

大明湖带来了美不胜收的自然美景，也带来了令人穿越并叹为观止的人文景观。其中，最大的湖心岛上的历下亭，郦道元在《水经注》中称"客亭"，是官府为迎接宾客而建造的。唐初始称历下亭，虽几经变迁，仍是八角重檐，雕梁画栋，轩昂挺立，古雅端庄。唐天宝四年（745），它吸引了诗圣杜甫与北海太守、唐代著名文学家、书法家李邕到此宴饮。良辰美景，对酒当歌，杜甫即兴作五言古诗《陪李北海宴历下亭》，热情洋溢地赞美了周围的秀丽景色，表达了与李邕忘年交的深厚友情。尤其是诗中"海右此亭古，济南名士多"，既感怀历下亭的古老，又感慨济南自汉代以来人才辈出；既扬了历下亭的名，又颂了济南的人杰，怎能不使此句流传后世、雕刻在大明湖的门柱上呢？怎能不使济南作为对外宣传的经典名句经久不衰呢？还有乾隆皇帝下江南时题的"历下亭"匾额，使历下亭又多了一层光环、一份荣耀。

湖东北岸的南丰祠，是宋熙宁年间齐州百姓为纪念唐宋八大家之一、时任齐州知州的曾巩而建造的——曾巩系江西南丰人，世称"南丰先生"而名。百姓为何要为曾巩建造此祠？原来，曾巩在任知州期间,主持修筑堤堰、疏浚水道、开挖新渠、根除水患,并修桥铺路、惩治恶霸、抑制官僚豪强、减轻百姓徭役、实施改革教育等措施,办了许多实事好事,使齐州旧貌换新颜,呈现出"市粟易求仓廪实,邑尨无警里闾安"的良好局面。当这位体恤百姓的好官要调离齐州时,齐州百姓怎能舍得?他们纷纷拥上街头,拉起吊桥,关闭城门,竭力挽留。《历乘》曾记载道,曾巩"及代去,州人绝桥闭门留之,至夜乘间乃得去"。曾巩选择夜间悄悄离去,除白天难以谢绝百姓的盛情脱身外,我想他也可能考虑到,不能让百姓为了自己的离任而打乱原本平静的生活。为官一任,造福一方。他默默地离去,问心无愧,也带着深深的留恋。曾巩虽然离任而去,但齐州百姓对曾巩的爱戴却化作了这座清静幽雅的古典式庭园建筑,这是古代百姓对心系百姓的好官最好的敬仰方式了。这也充分表明了百姓心中这杆秤的分量。

湖南岸遐园西侧的稼轩祠,是为纪念南宋爱国英雄、著名豪放派词人辛弃疾而改建。稼轩是辛弃疾的号,祠因号而名。这本是清朝末期重臣李鸿章的李公祠,1961年改为了稼轩祠。辛弃疾作为在文学史上产生了巨大影响的豪放派词人,作为披肝沥胆、驰骋疆场的爱国英雄,并且作为土生土长的济南历城人,是完全应该有一个像模像样的纪念祠的。我不禁联想到与他并称"济南二安"的李清照,济南的水滋养了辛弃疾的英勇、豪放,也滋养了同是济南人、被誉为"词国皇后"、婉约词派代表、"千古第一才女"的李清照的柔婉。她的故居和纪念堂就在趵突泉公园内的漱玉泉边,整个建筑歇山飞檐,悬山抱厦,曲廊有致,典雅多姿。他们虽说早已走进了历史的深处,但他们的祠堂近在咫尺，终日陪伴着自己的乡亲；他们的英雄豪气和似水柔情的才情，日复一日地激励、感动着后人。还有喝济南水长大的闵子骞、邹衍、房玄龄、张养浩、边贡、李攀龙以及在济南生活、游历、求学、为官的曹操、李白、苏轼、苏辙、元好问、赵孟頫、王士禛、蒲松龄；等等，他们都是济南的骄傲，都是济南的厚爱，都是济南的名片。他们的鸿篇巨制、经典诗词，都是济南不可或缺的瑰宝。

　　因来去匆匆，我没有坐在趵突泉边或大明湖畔用济南的泉水泡上一杯名茶细品，若是那样，济南的泉水将更有一番滋味，也更能品出济南一番滋味。

大别山中第一湖

大别山中第一湖——花亭湖，好似一位情人，戴着4A的项链和国家颁发给她的一顶顶桂冠，久久地亭亭玉立在大别山的南麓，用她那晶亮的含情脉脉的眼睛遥望着我，等着我前去约会。

一个草长莺飞的日子，我终于来到了她的面前，细细打量着她：清清湖水是她的肌肤，层层涟漪是她的微笑，柔柔柳丝是她的秀发，丛丛芦苇是她的裙裾，裙裾的下摆上缀着金黄耀眼的油菜花，还有簇簇粉嫩的桃花。太阳渐渐升起，她仿佛换上一件与央视春晚主持人穿的缀满宝石的旗袍，在微风的抚摸下，闪动着银光，闪动着梦幻，闪动着迷人的万般风情。我忍不住捧起她，亲吻着她，感觉是那么美，那么甜。一群群鸟儿比我有过之而无不及，它们总是贴着湖面，边飞边叽叽喳喳地唱着，不时与她来一个飞吻。这是真正的飞吻，边飞边吻。不像人的飞吻那样，只是象征性的手势。看来它们才是花亭湖最亲密的调情者、嬉戏者。不,还有各种鱼、虾、蟹、野鸭等多种水禽……

夕阳西下,晚霞似火。花亭湖又换上一件红绸缎做成的曳地长裙,随着微风的轻抚,伴着悠扬的笛声、悦耳的琴声,像踏上红地毯一样闪亮登场。闪亮登场后的她,又犹如微醉的杨贵妃似的翩翩起舞,舞动出万般娇媚。一群群鸟,一条条鱼,一只只水禽,也都纷纷起舞歌唱,尽情展示着自己优美的舞姿和歌喉,就连湖边草丛中的小虫们也边唱边跳,简直比东方卫视的《舞林大会》还要热闹。月亮和星星闻讯匆匆赶来,以灯光师自居的她们,为这台自发的晚会打上了一组银色的光,使整台晚会更显得如梦似幻,令人陶醉。紧接着,她们以外星人的身份也融入了晚会中,随波舞动着外星球的神秘。一只只小精灵似的萤火虫也闻讯匆匆赶来了,她们不仅为晚会增添了别具一格的灯光效果,也为晚会增添了一个特别的节目——夜空飞行表演,或俯冲直下又迅速拉起,或飞舞直上又花样迭出,令人目不暇接。我与朋友尽情地在一旁边饮酒边欣赏着,不禁产生了一种超凡脱俗、飘然若仙的感觉……不知是酒醉了我,还是花亭湖醉了我……对,醉了我的,还有之前朝拜的湖旁耸立的中国佛教禅宗文化的发祥地——狮子山。

说是狮子山,看上去更似一尊卧佛。生于花亭湖畔的已故中国佛教协会原会长赵朴初先生,在1990年9月30日亲临狮子山视察时,见山峦酷似一尊卧佛,就曾充满禅意地说:"佛是一座山,山是一座佛。"

在北周武帝灭佛的背景下,中国佛教禅宗二祖慧可法师没有万念俱灰,他吟唱着"跃过三湖四泽中,一肩担月上九龙。龛得葫芦可禅定,榻依岩石悟能空。禅衣破处裁云补,冷腹饥时饮露充。物与民胞共寒暑,调和风雨万邦同"的诗句,从嵩山少林寺翻山越岭来到这里,是否也是看到这山如卧佛,才在这里兴建佛院,点亮佛灯,弘扬佛法?在此,他坐禅传教三十余载,吸引了一批批朝圣的信徒。后来,二祖慧可法师传于三祖,再传四祖,使中国禅宗在太湖这片风水宝地上愈发发扬光大,如星星之火,点燃了大江南北。走进中国禅宗,在唐宋明清时期的典籍中,总会与不少舒州、太湖、桐城、怀宁、望江、宿松等地的禅门高僧不期而遇,他们双手合十,迎面而来,说一声"阿弥陀佛",又缓缓而往云深不知处而去……

"嵩岳传灯悟彻拈花妙谛,神州显化同瞻慧目光明。"二祖禅堂大门两侧的对联,记载着二祖慧可法师的不凡经历和大彻大悟,也寄托着他普度众生的美好憧憬。

醉了我的,还有湖畔依山而建、高低错落有致的西风禅寺。这里留下的传说和历史遗迹真是太多太多了,据说,远在西晋时期,西域高僧佛图澄就来此建寺造塔。据《佛祖历代通载》卷四十九中的记载,这里不仅留下了唐代禅宗五祖弘忍的足迹,还因他在寺旁的西风洞坐禅弘法,故西风洞又称五祖洞。相传,五祖的佛法还吸引了众多凤凰前来朝拜,因而将此山称为凤凰山。之后,高僧法师接踵而来,膜拜者络绎不绝,此地终日香火缭绕,钟磬常鸣。

五祖坐禅的西风洞内可容上百人,供奉着五祖弘忍的雕像,壁上刻有"唐朝敕建西风古洞"的字样。漫步前行,怪石抬眼即是,形态各异,任人展开想象的双翅。前行一段,隐约有山泉叮咚,恰似太湖美人在拨弄古琴,不禁令人想入非非。出洞外,将近山巅,眼前顿时豁然开朗，云雾缭绕，山峦叠翠，巨石耸立，奇石百态，远眺湖光山色，更是美不胜收，令人心旷神怡。湖水映照着古寺，装扮着古寺；古寺依偎着湖水，佛光照亮着湖水，真是交相辉映，相得益彰。

此处不仅留下了历代文人墨客的足迹，也留下了他们许多难得的石刻诗赋。上佛殿前西侧的巨石上，有清代监生路可恒留下的刻有"高山流水"的石刻，石刻上方还有他题的诗："四字和云种紫苔，山光掩映百花开。林莺啼向深深处，只有山僧归去来。"上佛殿东南侧路径石壁上还有他刻的"石径穿云"以及清代儒林郎李声浩行书诗赋一首。其他诸如"唐朝古寺"等等石刻，不一而足，随处可见，更增添了人们寻古探幽的雅兴。据有关史料记载，诗仙李白和宋代大诗人黄庭坚均到此一游，并留下了珍贵的石刻诗赋，非常可惜的是，因年久风化，字迹难辨。所幸文字资料中还可见黄庭坚游西风洞时所作的诗一首："松竹不见天，蟠空作秋声；谷鸟与溪濑，合弦琵琶筝。"清代嘉庆年间，生于斯长于斯的钦点状元赵文楷夜宿禅寺时也赋五言律诗一首："古寺云深处，扪萝问牧童。鸟盘秋色外，人语暮烟中。厨盖千年石，崖呼半夜风。暂抛尘梦去，禅榻一灯红。"

摩崖石刻和诗句见证着古时太湖的景致，也是太湖深厚的文化底蕴和打造禅源太湖的宝贵财富。

花亭湖及湖畔还有许多醉人之处，五千年文博园，赵朴初文化公园，状元故里等等，还有弥陀生条、状元糕、太湖粉丝等美食，莫不令我向往、垂涎。我想在湖畔的宾馆美美地睡上一晚，明天再一醉方休。

诗与酒

古代文人与酒的关系如同鱼儿离不开水,高兴喝,苦闷喝,聚会喝,独自喝,或浅酌,或豪饮,与酒结下了不解之缘,也喝出了一首首流传千古的诗篇。

中国第一部诗歌总集《诗经》中就透出了浓郁的酒味。"微我无酒,以敖以游。"(《邶风·柏舟》)"子有酒食,何不日鼓瑟?"(《唐风·山有枢》)"或湛乐饮酒,或惨惨畏咎。"(《小雅·北山》)……

战国后期的伟大诗人屈原,在他著名的《离骚》中留下了"蕙肴蒸兮兰藉,奠桂酒兮椒浆……操余弧兮反沧降,援北斗兮酌桂浆"的佳句。东汉末年著名的政治家、军事家曹操,在他的《短歌行》里感叹:"对酒当歌,人生几何?……何以解忧?唯有杜康。"东晋诗人陶渊明写下了他的田园诗代表作之一,《饮酒》组诗二十首。"若复不快饮,空负头上巾,但恨多谬误,君当恕醉人。"借"醉人"之言，揭露了封建社会的黑暗。他辞别污浊的官场后，"……携幼入室，有酒盈樽。引壶觞以自酌，眄庭柯以怡颜……"（《归去来兮辞》）表达了他对田园生活的美好向往。

作品散发酒气最浓郁的，当属被杜甫称为"酒中仙"的唐代大诗人李白了："李白斗酒诗百篇，长安市上酒家眠。天子呼来不上船，自称臣是酒中仙。"短短四句，可见李白将酒与诗结合得是多么密不可分。他在《月下独酌》中云："天若不爱酒，酒星不在天。地若不爱酒，地应无酒泉。天地既爱酒，爱酒不愧天。已闻清比圣，复道浊如贤。圣贤既已饮，何必求神仙。三杯通大道，一斗合自然。但得酒中趣，勿为醒者传。"他还在《客中作》中曰："兰陵美酒郁金香，玉碗盛来琥珀光，但使主人能醉客，不知何处是他乡。"由此可见，诗人对酒是多么"痴情"！他不但常"花间一壶酒，独酌无相亲。举杯邀明月，对影成三人"地独饮，还常与朋友豪饮："田家有美酒，落日与之倾。""对酒不觉暝，落花盈我衣。醉起步溪月，鸟还人亦稀。""百年三万六千日，一日须倾三百杯。"他虽性格狂放，但也掩盖不住他失意之时愁苦的心情："抽刀断水水更流，举杯消愁愁更愁。""……人生得意须尽欢，莫使金樽空对月……五花马，千金裘，呼儿将出换美酒，与尔同销万古愁。"他一生与酒相伴，酒助诗兴，诗凭酒力，留下了一首首令人赞叹不已的诗篇。

李白之外的其他唐宋元明清诗人，也都留下许多脍炙人口的佳句名篇。如：晏殊的"一曲新词酒一杯"，杜甫的"朱门酒肉臭"，杜牧的"欲问酒家何处有，牧童遥指杏花村"，"醉翁"欧阳修的《醉

翁亭记》,"醉吟先生"白居易的《琵琶行》,王翰的"葡萄美酒夜光杯",苏轼的"酒酣胸胆尚开张",辛弃疾的"醉里挑灯看剑",柳永的"今宵酒醒何处",陆游的"红酥手,黄縢酒",范仲淹的"酒入愁肠,化作相思泪",王维的"劝君更尽一杯酒",宋代女词人李清照也写下了《醉花阴》《声声慢》等不少与酒相关的词。

酒刺激了古代文人的感情,激发了古代文人的灵感,启发了古代文人的诗兴,使他们在中华民族的诗歌史上,留下了经久不衰的艺术珍宝,为中国四千多年历史灿烂的酒文化谱写了光辉的篇章。但令人遗憾的是,他们不少人因嗜酒而伤身,使其宝贵的生命过早地断送在觥筹交错之中。他们的后人也深受其害,大都智力低下,愚钝呆傻,如陶渊明的五个儿子和李白的四个儿子,均是如此。

"好花乘看半开时,好酒宜在半醉中。"说起喝酒,还是适可而止为好。

文人品茶

  茶,是国饮;茶,是文化;茶,是艺术。历代文人雅士大都爱好品茶、吟茶,并且品出了不同的感受和滋味,留下了传世的佳句。

  对品茶感受最深的,对中国和世界茶业发展以及茶文化做出了卓越贡献的,当属唐代著名的茶文化专家陆羽了。陆先生一生嗜茶,精于茶道,他品出了世界第一部茶叶专著《茶经》,品出了饮茶"最宜精行修德",怡情养性;品出了"以茶可雅心""以茶可行道",品茶是励志、雅志的一条途径,是以审美的态度对待人生。陆先生如此爱茶、品茶,被誉为"茶仙",尊为"茶圣",祀为"茶神",真是实至名归,令世人仰视。

  北宋政治家、文学家范仲淹在与文人雅士、朝廷命官的斗茶中,不仅品出了脍炙人口的《和章岷从事斗茶歌》,而且从中品出了仙茶胜过甘美无比的醍醐,香气胜过馥郁馨香的兰芷。更可贵的是,从中品出了"众人之浊我可清，千日之醉我可醒"的清正廉洁的情操。

宋代大文豪苏东坡则不同，他品着新茶，在《次韵曹辅寄壑源试焙新茶》一诗中感叹："从来佳茗似佳人。"将好茶和美女相提并论，这是苏文豪独特的品位，是对好茶的极端推崇，也是千百年来品茶的经典名句。

南宋著名女词人李清照与金石学家赵明诚结婚后，在物资生活并不优裕的情况下，常以茶伴读，以茶赌书，"赌书消得泼茶香"，从"泼茶香"中，夫妻得意地品味着读书的快乐，品味着夫妻的恩爱，给后世留下了传诵的佳话。

郭沫若先生在抗战时期别妻抛子回到祖国，常在重庆家中以茶待客，纵论抗战形势。作家老舍戏称："府上简直像个茶馆。"郭老回答道："我开的是抗战茶馆，大家饮的是'抗战茶'。"品茶品味出抗战，可见其拳拳爱国之情。

对饮茶颇有研究的老舍先生，不仅从品茶中品味出"喝茶本身是一门艺术"，还品味出了《茶馆》《骆驼祥子》《龙须沟》等作品中北京的社会风貌及各阶层人物的不同命运。

著名散文家、学者、文学批评家、翻译家梁实秋先生，不仅品出了《喝茶》，而且还品出了"清茶最为风雅"。

特别是"两脚踏东西文化，一心评宇宙文章"，熟读《茶录》《茶疏》和《煮泉小品》的林语堂先生，时常带着一只茶壶，静静地品味，不论走到哪儿都品味着快乐。他的一本本鸿篇巨制，岂不都是在品茶时品味出的生活和人生的真谛？

不同的身份，不同的处境，不同的遭遇，不同的心情，品茶的感受和滋味也是不同的。苏东坡前妻、续妻、小妾及身边其他女人，皆是美女，品茶时怎能不品出佳人？郭沫若先生忧国爱国，在"国破山河在"的阴云笼罩下品茶，怎能不品出抗战的意味？

其实品茶也是品味人生。茶刚沏上，还紧缩着的上下翻飞的茶，就像手舞足蹈的婴儿；随着茶叶的逐渐展开和茶色的渐渐加深，就像人生从幼年到少年，从青年到中年；那杯中浮沉的茶叶，岂不犹如人生的沉浮？茶色最浓时，芳香四溢，岂不像人生事业如日中天时？茶色渐淡时，就如夕阳西下，步入老年；淡而无味时，也就将到了人生的谢幕时……

我不禁想起嗜茶如命的南宋诗人杨万里的《谢木韫之舍人分送讲筵赐茶》中的诗句："故人气味茶样清，故人风骨茶样明。"杨先生由品茶想到故友，品味出故友恬淡的气质和清雅的风骨，将茶情和友情融为一体，一起品味，既颂茶又思友、颂友，真是相得益彰，别有一番情致。由此联想，品茶岂不还可品出乡情、别情、亲情，以及更多的人生百味？

郑板桥的一枝一叶

"扬州八怪"之一的郑板桥出身于书香门第,三岁时就失去了母亲,在父亲的指导下识文断字,继而填词作文,挥毫泼墨,为他后来诗书画三绝奠定了坚实的基础。他二十岁左右考取了秀才,三十岁时父亲去世,为讨生活,便到扬州以卖画为生。十年一觉扬州梦,他结识了"扬州八怪"中的其他几怪及慎郡王允禧等名人,对他的创作思想和创作水平都产生了较大的影响。特别是他在知天命之年走上仕途,到为民请赈得罪了上级领导辞官。在这些年的诗书画中,一枝一叶都情系百姓,为后人称道。

1746年,五十四岁的郑板桥由范县县令调任潍县(今山东潍坊)县令。这年山东发生大饥荒,饿殍遍野,饥民纷纷背井离乡。目睹这悲惨的一幕,郑板桥忧国忧民之情油然而生,奋笔写下了长达62句310字的《逃荒行》。"十日卖一儿,五日卖一妇。来日剩一身,茫茫即长路。长路迂以远,关山杂豺虎。天荒虎不饥,盱人饲岩阻。"郑板桥没有丝毫的矫揉造作,开门见山地直面康乾盛世下悲凉残酷的社会现实,并大胆地抨击贪官污吏。野兽夜间出没觅食,而那些贪官污吏却在光天化日之下敲诈勒索,搜刮民脂民膏,真是禽兽不如。"道旁见遗婴,怜拾置担釜。卖尽自家儿,反为他人抚。路妇有同伴,怜而与之乳。"百姓除了卖儿卖女,还有人将婴儿遗弃路旁,而卖了自家儿女的人看到这幼小的生命后又不忍心,就将婴儿捡起来放在担子上。路上同行的妇人可怜婴儿,就抱起喂乳。这是多么可贵的善良心和同情心,这是社会最底层人民纯洁高尚、淳朴无私的精神!这与那些榨取百姓血汗的贪官污吏形成了鲜明的对比。

接下来,郑板桥又描述了百姓在逃荒路上的艰辛,最后来到不比自己家乡好多少的辽东,或给地主放牛放羊,或在沙丘中开垦荒地,维持着一息尚存的生命。"身安心转悲,天南渺何许。万事不可言,临风泪如注。"虽说保住了小命,但遥望着渺茫遥远的故乡,又不由得心转悲凉,泪如雨下。郑板桥虽出身于书香门第,但出生时已家道中落,生活十分拮据。青少年时期的他已深深品尝和体会到了贫困的滋味,对底层百姓艰难困苦的生活也早已了如指掌,也正是因此,他才在小小芝麻官的位置上给予了百姓极大的同情和关怀,对回光返照的康乾盛世下的阴暗面给予了辛辣的讽刺,颇有杜甫"三吏""三别"之遗风。在文字狱盛行的清代,写出这么针砭时弊的诗句,需要多么大的勇气!

连年的灾荒,救灾成了郑板桥的重要工作。《重修兴化县志》卷

八记载道:"(郑板桥)调潍县,岁荒,人相食。燮(郑板桥名)开仓赈贷,或阻之,燮曰:'此何时?俟辗转申报,民无孑遗矣。有谴,我任之。'发谷若干石,令民具领券借给,活万余人。上宪嘉其能。秋又歉,捐廉代输,去之日,悉取券焚之。"在人吃人的荒年,在通信工具落后的情况下,郑板桥没有按部就班地逐级上报,果断打开官仓赈济灾民。当有人想阻止他时,他救民于水火之中的行动是那么坚决:"这都什么时候了,等向上级辗转申报,老百姓早死完了。上级如果降罪,由我承担。"斯文书卷气的郑板桥,此时多么像战场上铁骨铮铮的将军!将在外,君命有所不受,为了使上万人得以活命,郑板桥就这样打破常规,特事特办,不惜乌纱,甚至不惜性命。

除《逃荒行》这首长诗外,郑板桥堪称三绝的诗书画,常常融合在一起,画中有诗,诗中有画,画中有书。在《潍县署中画竹呈年伯包大中丞括》(又名《墨竹图题诗》)这幅画中,我更欣赏的是板桥先生题下的流传后世的著名诗句:"衙斋卧听萧萧竹,疑是民间疾苦声。些小吾曹州县吏,一枝一叶总关情。"这位芝麻官躺在书斋中,听到窗外阵阵清风吹动着竹子发出的萧萧声音,好像听到了老百姓饥寒交迫的呜咽声,一枝一叶都牵动着他的感情。一个封建社会的小芝麻官竟如此心系百姓,能产生这种联想,真是难得的好官,是百姓的幸运。

郑板桥虽情系百姓,但他不唯上、不行贿、不油滑的禀性,却使他不能在官场走得较远。1753年,"以岁饥为民请赈,忤大吏,遂乞病归。"六十一岁的郑板桥因为饥民请赈而得罪了上级,对官场黑暗不满的他,也对官场充满了失望,于是称病辞官,彻底告别了十一年的官场生涯,告别了倾听七年"萧萧竹"的潍县。俗话说,"三年清知府,十万雪花银"。可当了十一年县官的郑板桥离去时,只有雇来的三头毛驴,一头驮着他和两袖清风,一头驮着仆人,一头驮着书和行李。闻听如此亲民爱民、勤政廉政的好官辞官归去,潍县百姓拥上街头,依依不舍地诚心挽留,竟堵塞了交通。家家还挂起他的画像为他祷告,并自发于海岛寺上为他建立了生祠。这就是百姓给他们曾经的父母官称出的分量,这就是百姓对父母官的最高规格的褒扬。

告别潍县时,擅长画竹的他又画了几幅竹子,一幅《予告归里,画竹别潍县绅士民》题诗道:"乌纱掷去不为官,囊橐萧萧两袖寒。写取一枝清瘦竹,秋风江上作渔竿。"掷去乌纱、两袖清风而去,表现了他刚正不阿的品格;一枝清瘦竹、一支渔竿,抒发了他淡泊人生的平静心态。另一幅《竹石图》中题诗曰:"咬定青山不放松,立根原在破岩中,千磨万击还坚劲,任尔东西南北风。"画中瘦劲的竹子,傲然挺立在岩石中,任凭风吹雨打,不屈不挠,坚韧不拔,这岂不是板桥先生倔强潇洒、豁达开朗的写照?

宦海归来,板桥先生往来于扬州、兴化之间,以卖画为生。他虽继续画他情有独钟的竹子,可此竹已非彼竹,此情亦非彼情。"宦海归来两鬓星,春风高卧竹西亭,而今再种扬州竹,依旧江南一片青。""我被微官困煞人,到君园里长精神,清香一片萧萧竹,里面阶层终绝尘。"这两幅墨竹图的题诗,与当年"衙斋卧听萧萧竹,疑是民间疾苦声"的情怀已截然不同。这时的他,已是无官一身轻,已是闲云野鹤,借竹抒发的情感已如同陶渊明当年"采菊东篱下,悠然见南山"的情感一般,这是出淤泥而不染后的洒脱,这是回归布衣后的逍遥,这是不以物喜、不以己悲的旷达,这是宠辱不惊闲看庭前花开花落、去留无意漫随天外云卷云舒的豁达与崇高。

鞭炮与年味儿

春节燃放鞭炮由来已久,至今已有两千多年的历史了。

相传古时候有一种叫"年"的异常凶猛的怪兽,每到除夕时便从海底爬出,骚扰先民,吞食牲畜,先民苦不堪言。后有人在怪兽来骚扰时,在门上贴红纸,在院里烧竹竿,敲击铁器、皮鼓,怪兽耳闻目睹,大惊失色,慌忙逃窜。至此,先民方知怪兽怕红、怕火光、怕声音。后来每到除夕,渐渐演变为贴对联、放鞭炮、点蜡烛,以庆贺平安吉祥。久而久之,这风俗便成了中国最隆重、最狂欢的节日——春节。

据南朝梁代宗懔编撰的《荆楚岁时记》记载,鞭炮当时还称爆竹。在还未发明出火药的年代,人们只好用火烧竹竿产生的爆裂声,来驱除瘟神魔鬼。唐代诗人来鹄在《早春》的诗句中曾写道:"新历才将半纸开,小亭犹聚爆竿灰。"宋代王安石也在诗中云:"爆竹声中一岁除,春风送暖入屠苏。"更加印证了古人过春节时千家万户燃烧竹竿的情景。

两千多年后的今天，鞭炮早已取代了竹竿，但它的内涵没变，它仍是春节的宠儿，仍是吉祥、喜庆的象征，仍是人们对美好未来的憧憬。

一跨进腊月的门槛，稀疏的鞭炮声便拉开了春节的序幕，使人们立刻闻到了年味儿。到祭灶时，稀疏的鞭炮声便一下子稠密起来，形成了鞭炮的大合唱。在这种大合唱中，人们吃着芝麻糖，祝愿灶神上天言好事，下界保平安。而除夕夜和大年初一五更时的这种大合唱，更是达到了前所未有的高潮。各种各样的"万支鞭""千支鞭""大雷""两响炮""礼花炮"……争先恐后地登台亮相，吼上自己最得意的高腔。真可谓是排山倒海，登峰造极！

随着PM2.5的弥漫，鞭炮也被列入了罪魁之一，不少城市出台禁放政策，将红极两千多年的鞭炮一下子打入了冷宫。可后来，曾禁放鞭炮的北京和其他200多座大中城市，纷纷改为限放，顺应了民心，使中华民族这一传统习俗更好地得到了传承。

燃放烟花爆竹承载着国人两千多年的风俗，"一刀切"的做法是欠妥的，限放及研制污染小的鞭炮，传承浓浓的年味儿，这才是两全之策，这才会使小康路上的国人更加心花怒放。

古今拜年的习俗

拜年是中华民族的传统习俗,是人们辞旧迎新、表达美好祝愿的一种礼节。

拜年有着悠久的历史。宋代孟元老在《东京梦华录》中云:"正月一日年节,开封府放关扑三日,士庶自早相互庆贺。"明代陆容在《菽园杂记》中记载:"京师元旦日,上自朝官,下至庶人,往来交错道路者连日,谓之'拜年'。然士庶人各拜其亲友多出实心。朝官往来,则多泛爱不专……"清代顾铁卿也在《清嘉录》中描述道:"男女以次拜家长毕,主者率卑幼,出谒邻族戚友,或止遣子弟代贺,谓之'拜年'。至有终岁不相接者,此时亦互相往拜于门……"由此可见,拜年古已有之,也可见古代拜年时路上人流的盛况和拜年的方式以及拜年时的心态。千百年来,这些拜年时的方式、心态,经久不衰,一直延续至今。

贺年片也是拜年的一种方式。古时文人雅士和官员就流行互送贺年片，当时称拜年帖。拜年帖由古代的名片演变而成。据清代赵翼考证，西汉时没有纸，削竹木为刺，上书名姓，叫"名刺"。后来还用大红绒线在织锦上绣字为"名片"。东汉后用纸代木，叫"名纸"。六朝时简称为"名"，唐代叫"门状"。宋代还别称"手刺""门刺"。明清时曾叫"寸褚""红单"。 在宋代，上层士大夫就有用名帖互相拜年的习俗。宋人周辉的《清波杂志》中记载道："宋元祐年间，新年贺节，往往使用佣仆持名刺代往。""名刺"就是如今贺年卡的起源。"名刺"用梅花笺纸裁成，二寸宽，三寸长，上面写有受贺人的姓名、住址和恭贺文字。仆人拿着主人的"名刺"前往代替主人拜年，一是士大夫交友广关系多，没有小轿车快速穿梭，若四处登门拜年，既耗时又费力；二是关系不大密切，"朝官往来，则多泛爱不专"，所以就不亲自前往了。明朝杰出画家、诗人文徵明也在《贺年》诗中云："不求见面惟通谒，名纸朝来满敝庐；我亦随人投数纸，世情嫌简不嫌虚。"总之，贺卡起到了联络感情和互相拜年的作用，既方便又实用，乃至今日仍盛行不衰。

"团拜"也是拜年的一种方式。"团拜"大约始于清朝。"京师于岁首，例行团拜，以联年谊，以敦乡情"（清·艺兰主《侧帽余谭》）。"团拜"至今仍流行于机关团体，但只是一种形式。"团拜"后，谁该去谁那里拜年还是要去的。

时光如白驹过隙。随着网络、电信等科技的迅猛发展，传统的拜年习俗也在发生着变化。看了大半夜"春晚"的人们，不像过去那样起五更摸黑拜年，最早也要等到天亮后才行动，能多睡一会儿还是要多睡一会儿的，尽量不打疲劳战。电话拜年、短信拜年，以至微信拜年成了新的拜年习俗，尽管相隔万里，也隔不断亲情、友情的激情传递。拜年磕头的大大减少了。

不管如何，传统的拜年习俗将在不断的变化中更加有声有色，代代传承。

闹 元 宵

春节刚过,便迎来又一个中华民族的传统节日——正月十五元宵节。

元宵节又称"灯节""上元节",始于两千多年前的西汉。司马迁创建"太初历"时,就已将元宵节确定为重大节日。正月是农历的元月,古人称夜为"宵",正月十五又是一元复始、大地回春的第一个月圆之夜,人们把正月十五定为元宵节并加以祭祀、庆祝,是非常恰如其分的。

元宵节的来历,民间有许多有趣的传说。

一是灯的传说。在很久以前,有一只神鸟因迷路而降落到人间,却被一个猎人误射而亡。天帝知道后大怒,欲让天兵于正月十五日火烧人间。天帝的女儿心地善良,偷偷把这个消息告诉了人间。人们听说后,便在正月十五这天张灯结彩、点响爆竹、燃放烟火,以迷惑天帝。果然,到了正月十五这天,天帝往下一看,发现人间一片红光,响声震天，真的以为把人间烧了个精光。从此，每到正月十五，人们便都家家户户悬挂灯笼，燃放烟火，保佑人间的平安。

二是汉文帝时为纪念"平吕"的传说。汉高祖刘邦死后，吕后之子刘盈登基为汉惠帝。惠帝生性懦弱，优柔寡断，大权渐渐落到吕后手中。汉惠帝病死后，吕后便独揽朝政，把刘氏天下变成了吕氏天下。刘氏宗室和朝中老臣深感愤慨，但都惧怕吕后的残暴，敢怒而不敢言。吕后病死后，吕氏一族惶惶不安，生怕遭到刘氏宗室和朝中老臣的打击报复，于是，便共谋作乱，以期夺取刘氏江山。结果此事败露，传至刘氏宗室齐王刘襄耳中，刘襄为保刘氏江山，决定起兵讨伐诸吕，并与开国老臣周勃、陈平取得联系，设计平定了"诸吕之乱"。平乱之后，刘邦次子刘恒登基，称汉文帝。文帝深感太平盛世来之不易，便把平息"诸吕之乱"的正月十五，定为元宵节，家家张灯结彩，热烈庆祝。

三是东方朔与元宵姑娘的传说。相传汉武帝的宠臣东方朔，在到御花园给武帝折梅花时，遇到了因思念家人欲投井自杀的宫女元宵，东方朔深表同情，向她保证，一定设法让她和家人团聚。于是，东方朔在街上摆了一个算卦摊，制造了"正月十五晚上，火神君要火烧长安"的谣言。汉武帝得知后信以为真，忙请足智多谋的东方朔想办法。东方朔便说："听说火神君最爱吃汤圆，万岁可传令，十五日晚上京城家家都做汤圆，一齐敬奉火神君。再传谕臣民挂灯笼，点鞭炮、放烟火，造成满城大火的样子，这样就可以瞒过玉帝了。此外，再通知城外百姓，十五日晚上进城观灯，杂在人群中消灾解难。"武帝听后，十分高兴，就传旨照东方朔的办法去做。到了正月十五晚上，京城果然热闹非凡。当宫女元宵的父母和妹妹看到灯笼上写有"元宵"的字样时，不禁惊喜地高喊："元宵！元宵！"元宵听到喊声，终于和家里的亲人团聚了。汉武帝看到京城如此热闹，大喜，便下旨以后每到正月十五都要这样做。因宫女元宵做的汤圆最好，人们就把汤圆也叫元宵，正月十五就叫作元宵节。

元宵节吃元宵，是元宵节的传统习俗，也是元宵节的主要内容之一。元宵由糯米制成，有实心的，但更多的是带馅的，或豆沙、或白糖、或山楂、或各类果料；等等。食用方法也多种多样，煮、煎、蒸、炸均可。人们吃元宵不仅仅是吃，更重要的是把这种又叫"汤团"或"汤圆"的食物与"团圆"的谐音密切相连，取团圆之意，象征全家人团团圆圆，和睦幸福，寄托对未来生活的美好愿望。

除吃元宵外，元宵节的另一项主要内容就是闹元宵。随着元宵节的逐渐形成，其活动内容也日益丰富多彩。元宵节的"闹"始于东汉明帝时期的赏灯，最初是在皇宫和寺庙里点灯敬佛，令士族庶民都挂灯。后来这种佛教礼仪节日逐渐由宫廷到民间，由中原到全国，形成了民间盛大的节日。至清代，又增加了舞龙、舞狮、跑旱船、踩高跷、扭秧歌等多种"闹"的内容。如今，随着时代的快速发展，科技的不断进步，人民物质文化生活的明显提高，元宵节的灯在传统的基础上，又注入了声、光、电等科技手段，使传统的灯节更加亮丽多姿。彩车、方队、军乐队、腰鼓等表演，又为元宵节的"闹"增添了新的形式，使传统的节日更加欢乐更加祥和了。

故乡古韵

八特,一个给我生命的地方,一个令我魂牵梦萦的村庄。

八特的历史很悠久,能追溯到两千多年前的战国时期。村中一通清代同治八年(1869)《重刻八特镇始初命名之由碑记》中记载道:"相传春秋战国时期,赵国著名的政治家、外交家蔺相如和军事家廉颇到此,看到此地'山水锦乡,河渠潺潺,林木参天,鲜花盛开,果实累累,牛羊遍坡,骡马成群,农田庄稼喜人,人勤劳而知理',感到特别兴奋。在田间,蔺、廉遇到了八个村庄的八位老人,交谈中,发现八位老人'言语出众,举动异常,仁表敦厚,儒行礼教,素习彬彬,然有高、贤逐士之风',不由得大吃一惊:'此等小村,怎么会有如此大儒呢?'蔺、廉问八老:'尔等学业何人?'八老答曰:'受业于曾子。'蔺、廉恍然。八老请蔺、廉给村庄起个名字,蔺相如颇有感慨道:'尔等学遇明师故特然异于人也,如是命此村为八特而以

为如何？'八老相视一笑：'善。'"于是，八特村自此而名，沿用至今。据村中老人讲，除碑上说的八特村村名的来历外，民间还有一种说法："过去八特有八个村、八大姓、八座山、八道河、八种色彩斑斓的奇石、八种奇异珍稀的树木、八位圣贤儒雅的老人、所以叫八特。"据说20世纪70年代，我的近邻王秀文先生曾对这些说法进行过考证，除八种奇石和八位圣贤外，其他均得到了印证。

八特历史上很繁华，从明代嘉靖年间到清代及至民国，它作为雄踞北方的重镇，繁华了四百个春秋。八特地处河北连接山西的交通要道之上，三国时期，曹操就将这条要道称为上党粮道。八特四面沟壑纵横，地势低洼，唯有八特处于高台之上。如此咽喉所在，加上热情宽厚、礼貌待人的淳朴民风和独特秀美的地理环境，八特自然成了东来西往的商贾们打尖歇憩之所，以致发展成一个热闹非凡的商贸重镇。十字街、拐道街是当时八特最繁华的商贸中心，"德一恭"店铺、"义盛永"馍铺、"广泰昌"药铺、"明盛源"杂货铺、"三和永"油坊、"鸿兴厚"山货行、"誉丰厚"绸缎庄、"晋远堂"药店、"兴盛龙"商号、"永兴成"钱庄票号等等，真是店铺林立，人头攒动。这些店铺大都是八特人开的，他们看着往来的商贾，从而感受到了财富的魅力，看到了潜在的商机，开始了自己的财富积累。

八特人是很聪明的，他们知道，从一定程度上来说，是往来的商贾们兴起了八特，于是，他们想方设法为往来的商贾们提供方便。他们在村口设立茶棚，免费供应茶水。随着客商的增多，又专门集资在茶棚旁盖起了一座大庙，免费供客人食宿。另外，还在村中建起很多公益性设施,供路人遮风挡雨、歇脚小憩。有的地方还摆上多块刻有棋盘的石条,供客人下棋娱乐。值得一提的是,至今还保存着明代关帝庙卷棚。"卷棚"是指三面通透的歇山顶式的建筑外形,也有人称"捐棚"和"圈棚","捐棚"的意思是捐款所修,"圈棚"的意思是圈住人气。这里除了免费供应茶水、供路人遮风挡雨、歇脚小憩外,还供奉了关帝的神像。在往来的商贾中,大都是晋商,而晋商心中最尊奉的财神,就是他们的老乡——诚信仁义的关公。他们把关公的诚信仁义融在经商中,才使得他们"生意兴隆通四海,财源茂盛达三江"。所以,晋商无论走到哪里,都要上香跪拜关公,以求关公暗中保佑。八特人就是看准了这一点,在村中建起了七座关帝庙,迎合晋商的信仰,使晋商有了一种宾至如归的感觉。当然,八特人这种无微不至的关照,也感动了晋商,晋商也把八特当作自己旅途中的温馨港湾,无形中为八特增加着财富。数百年弹指而去,但卷棚和关帝庙犹存,八特人世世代代的聪明和智慧犹存。

  随着财富的不断积累,八特人的腰包日渐鼓了起来,他们中的佼佼者不再小富即安,因地制宜地做起了大生意——挖煤窑。很快,八座井架先后竖立在八特的周围,并带动了运输、餐饮、旅店、纺织等行业。特别是车水马龙的运输队伍,将煤炭源源不断地运往涉县、武安等地,又从那里装上粮食运往彭城,然后再装上陶瓷销往外地。这一运输和产业链条形成的物流中心,在冀西南的大地上良性循环了好久。

  除了几个挖煤窑的大老板,八特还有几家大户人家——韩家、龙家、王家和申家。

韩氏家族的头面人物当属韩锦城。他弟兄九人，排行老五，人称韩老五。清光绪年间，他被朝廷敕封为"五品翰林院待诏"，相当于现在的地厅级干部。韩家经营广泛，绸缎庄、旅店、药店、粮行、面坊、油坊、染坊、山货行等均有涉及，并还在郑州、开封、苏杭等地开有商号。此外，韩家还拥有耕地500余亩，房屋100多间。岁月悠悠，人去财空，唯有距我家不远处的韩家大院，至今仍展现着韩锦城遗留下来的昔日辉煌。

大院建筑独特，从外表看，不是一般的坐北朝南，而是坐南朝北。大门东西两侧原有十几米长的廊檐，遗痕尚存。墙上内嵌一排拴马石，使人不难想象过去的大家之气。门口有两只青石雕刻的狮子，也不同一般的那样面目狰狞，而是相视而笑。进入大门，两边是约有两层楼高的东西两房的后墙，使人顿有压抑阴森之感。但向前一看，一道圆圆的月亮门迎面而来，又使人感到一种曲径通幽的味道。过月亮门，便是东西两院，门楼上做工精细的石榴、牡丹、仙鹤、荷花等砖雕、石雕图案，清晰可见，昭示着主人对殷实、富贵、高洁、吉祥等美好生活的向往。进入两院院门，便是两座齐整的四合院，再折回向北走，来到北屋正房。这种珍珠倒卷帘式的格局，对称和谐，天人合一，可谓别具一格。

韩锦城不仅留下了大院，更重要的是留下了良好的口碑。对用人及乡邻，他以礼相待，为人厚道；对穷家子弟，他资助上学；架桥修路、建校盖庙，他乐善好施，慷慨解囊；农忙季节，他命用人将牲畜拴在廊檐下，将农具摆在大门口，供乡邻免费使用。

龙家元朝时迁到八特。据《龙氏家谱》记载，元朝至正年间，龙氏先祖龙资官升至御前带刀，皇上看出其有天子之相，便暗中派人到八特，断其祖坟龙脉，并欲加陷害。龙资见势不妙，告老还乡。龙家大院也曾辉煌数年，可惜今已不存，只留下三间龙家祠堂，如今也早已荒芜、腐朽。

王家清顺治元年迁到八特。始祖王美，字德修，乃恩赐登仕郎，敕封赵孺人。至清朝末期，王家九世王步廷、王步殿已发展成为八特首富，有耕地800多亩，房屋数百间。"进南门，往东瞧，王家粪堆比房高。"这是当年八特流传的顺口溜，可见其家业之大。王家也是经营广泛，并开有远近闻名的唯一一家地方票号——"永兴成"钱庄票号。曾经门前人马喧闹的王家大院，已淹没在历史的长河中，但一条"王家街"的名字沿用至今。

申家的代表人物是申致远，清道光年间为千总，武功非凡。他虽然从政为官，但家人多以经商为主，除开药店等店铺外，还开过钱庄。申家大院位于八特"铁裹门"内不远处。过去八特曾有东西南北四个大门，唯北门用铁皮包裹，因此村民称为"铁裹门"。大院分主院和陪院。主院乃方方正正的四合院，故又称"大方院"。陪院东厢房是一幢二层小楼。不同一般的是，主人的正房取了个颇为雅致的名字——千总花厅。如今，千总花厅早已换了主人，那狭小的木格窗户也换上了时代的色彩。

八特人因商而富，靠的是文明经商、和气生财、和谐相处。富起来的八特，民风依然淳朴如故。他们没有忘记蔺相如和廉颇，蔺、廉

与八特的故事代代相传。为八特起名的蔺相如，早已被八特人供奉在殿宇上。积德行善成了八特人最高的精神境界，在家家户户的门楣上，几乎都镌刻着"崇德堂""积善堂""积善家""德善堂""存德堂"等匾额。在韩家一块清光绪三年的墓碑上，记载着这样一段文字："处事忠厚敦朴，素裕仁让，有抑恶扬善之心，无毁谤刻薄之念，悠悠然为和之至也。至若，临财不苟，见义必为。"这不仅是墓主人高尚的善德情操，也是八特人为人处世的行为准则。

民国末年，八特这个兴盛了四百年的商贸重镇被改为八特村。八特从此就如秋后的树叶飘落了。是北邻的洺河变成了季节河，村中的小河也随着干涸？是战乱？是晋商的衰落？不管怎样，天下没有不散的筵席，世间本来就是有兴有衰，有阴有阳。

兴盛了四百年的商贸重镇虽然远去了，但淳朴的民风尚在，古代的碑刻尚在，村中建于汉代、重建于明代的弘济桥尚在，韩家大院尚在，砖雕富贵影壁墙尚在，家家户户残存的石雕、木雕、古玩、古瓷尚在。更重要的是，八特人的聪明智慧尚在，八特人勤劳向上的精神尚在。

漫步林语堂故居

"两脚踏东西文化，一心评宇宙文章"的林语堂，有着多种头衔：中国现代著名作家、学者、语言学家、翻译家、哲学家、编辑家、发明家、联合国教科文组织美术与文学主任、国际笔会副会长等等。他先后创办主编《论语》《人间世》《宇宙风》等刊物，创作六十部著作、上千篇美文（全世界翻译英、日、法、德、葡萄牙、西班牙21种文字，约700种不同版本），成功发明"明快中文打字机"。这些头衔，不仅是他个人的骄傲，也是生育他的家乡平和的骄傲；不仅是他本人的名片，也是平和的名片。

林语堂虽然十岁就离开了家乡到厦门、上海等地读书，后又漂洋过海，更加远离了家乡，但平和没有忘记他。林语堂1895年10月10日出生在位于坂仔镇宝南村教堂里的牧师楼，虽然教堂于1974年被彻底拆除，故居不复存在，但平和又于1984年、2005年先后两次在原址上依照原样复原了历史的原貌,并对周边环境进行了妥善的整治,使故居原有的风格得以保留。

当年,林语堂的父亲林至诚到平和传教时,建造了这座占地120平方米、砖木结构的教堂,坐西朝东,前厅、厨房、主房和小阁楼等四间相连,若从空中俯瞰,如一个大大的"同"字形状。如今,高大葱郁的古榕掩映着由白墙灰瓦、木门木窗、红地砖组成的古朴雅致的故居。平和的风引领着我走进院内,走进林语堂的童年。四下环顾,我似乎突然听到小阁楼上传来林语堂降生时哇哇的啼哭声;仿佛突然看到牙牙学语、蹒跚学步的林语堂摇着小手向我走来;仿佛突然看到他趴在院内的石桌上玩耍;仿佛突然看到他六岁前受父亲蒙学教育,在窗前诵读《论语》《孟子》《声律启蒙》……

逡巡着这座建筑,我不禁想起先生在自传中的描写:"童年最早的记忆之一是从教会的屋顶滑下来……站在牧师住宅的阳台上,可以透过教堂后面的一个小窗望下去,看见教堂内部。在教堂的屋顶与牧师住宅的桁桷之间,只有一个很窄的空间,小孩可以从这面的屋顶爬上去,挤过那个狭窄的空间,而从另一面滑下来。"那时没有多少玩具,更没有现在幼儿园和儿童乐园里那些可供玩乐的设施,这就是童年林语堂的滑梯了。

映入眼帘的餐桌、竹扒、米桶、蓑衣、斗笠等生活用品,不由得使我想象着林语堂在童年时趴在餐桌吃饭,披着蓑衣、戴着斗笠在雨中戏耍的一举一动。他就读于村办教会小学的讲台、课桌、椅子,又使我想象着他声情并茂地读书的样子。我好奇地坐到先生当年的座位上，体验着先生当小学生的滋味，同时也勾起自己上小学时的回忆。小学时学会英文，这为先生十岁就读厦门教会学校，十三岁就读厦门寻源书院，十七岁就读上海圣约翰大学神学系，打下了良好的英语基础。这一系列的英文学习，也为他日后走向世界文坛铺平了道路。

我来到先生曾在自传中描写的水井边，回味着先生的描写："在家，男孩子规定是应当扫地，由井上往缸里挑水，还要浇菜园子。把水桶系下井去，到了底下时，让桶慢慢倾斜，这种技巧我们很快就学会了。水井口上有边缘，虽然一整桶水够沉的，但是我很快就发觉打水蛮有趣，只是厨房里用的那个水缸，能装十二桶水，我不久就把打水推给二姐做。"由此看来，童年林语堂有着良好的家教，从小就学会了劳动。可是水缸太大，他就把打水推给二姐做。之所以这样，一是他实在太小，受不了如此劳累；二是他与二姐的关系最好，二姐也很疼爱他。七岁那年，林语堂突发奇想，挖凿出从厨房水缸至水井的水槽，这样从井里打上水后直接倒入水槽，就省去了挑水的劳累。小小年纪能有这样的"发明创造"，其智慧真堪与同样七岁砸缸的司马光媲美。

数十幅从童年到老年各个时期的珍贵照片和部分著作，又让我领略着他的成长、成熟、成功，领略着他享誉世界的博学儒雅的风采。

步出故居，就是林语堂在作品里多次倾情描写的西溪、十尖山和石缺山的自然风光，正如先生所描述："坂仔村位于肥沃的山谷之中，四周皆山，本地称之为东湖。虽有急流激湍，但浅而不深，不能行船，有之，即仅浅底小舟而已。"

"那条河是从山上下来，在河曲有一道桥，河的一旁是有许多商店的坂仔街，高踞在堤岸之上，经常受河水侵蚀的威胁，因为当洪水来的时候，它会受到漩流的全力打击；在河的另一旁是一个多石的浅滩……"家乡的山水是每一个游子心中的烙印和思念，是每一个作家、艺术家取之不尽、用之不竭的创作素材。1949年诺贝尔文学奖得主，美国作家福克纳那句名言曾说："我的像邮票那样大小的故乡是值得好好描写的，而且，即使写一辈子，我也写不尽那里的人和事。"他不断地在家乡约克纳帕塔法那块邮票般大小的地方耕耘，终于开垦出一块属于自己的文学沃土，收获了丰硕的果实。马尔克斯的马贡多、沈从文的湘西边城、大江健三郎的北方四国森林、杜拉斯的湄公河岸、鲁迅的绍兴、萧红的呼兰河、莫言的高密东北乡、贾平凹的商洛丹凤等等，无不成为作家们甘甜的水井，滋润着他们的笔尖；无不成为作家们丰富的矿藏，冶炼出他们灵感的火花。同样，坂仔这个像邮票那样大小的故乡，也是林语堂甘甜的水井和丰富的矿藏。

从他的字里行间中不难看出，他是非常想念、热爱故乡的："在我一生，直迄今日，我从前所常见的青山和儿时常在那里捡拾石子的河边，种种意象仍然依附着我的脑中。""童时，我对于荏苒的光阴常起一种流连眷恋的感觉，结果常令我自觉地和故意地一心想念着有些特殊甜美的时光。直迄今日，那些甜美的时光还是活现脑中，依稀如旧的。"他称自己是"山乡的孩子"，认为"山的力量巨大得不可抵抗"，说自己"天真、率直、自然"的人品来自于大山："如果我有一些健全的观念和简朴的思想，那完全得力于闽南坂仔之秀美的山陵……"他即使走得再远,他始终没有忘记,"我是漳州府平和县人……""我们家居平和县坂仔之乡……"

故居旁,是 2007 年 12 月建起的由国学大师季羡林先生题写馆名的林语堂文学馆,看上去素洁、大方、庄重。据介绍,这是由香港福建社团联会执行主席、平和林语堂研究会名誉会长林广兆牵线,全国政协委员、香港企业家朱树豪捐资四十五万元人民币兴建而成的。360 平方米的文学馆内,四个展厅展示着林语堂从"山乡孩子,和乐童年"到"文学大师,文化巨匠"和他"魂牵祖国,梦绕家乡""誉满环球,名垂青史"的一生,同时也展示着家乡人对他的厚爱。

凝望着坂仔秀美的山水,我又仿佛听到小阁楼上传来林语堂降生时哇哇的啼哭声;仿佛看到牙牙学语、蹒跚学步的他摇着小手向我走来;仿佛耳边又响起他琅琅的读书声……

音乐梦,民族情

  1905年南海的一个夜晚,一艘渔船静静地躺在大海的摇篮中,突然,呱呱坠地的婴儿的啼哭声划破夜空,在璀璨的星光下荡漾。星光亲吻着大海,大海拥抱着星光,这是多么温馨的时刻。于是,母亲为他取名星海。刚问世的他哪里知道,贫穷的父亲已在他未出生时就已离开了人世,母亲只好带着他四处漂流。母亲没有文化,但她却懂得文化的重要性。为了更好地培养儿子,她省吃俭用,把为人帮佣的微薄收入,用到了儿子的读书上。儿子没有辜负母亲的期望,他从私塾到岭南大学附中,不仅学到了许多文化知识,更使他潜在的音乐天赋得到了初步的发挥。母亲和大海的摇篮曲陪伴着他的幼年,纤细委婉的船娘曲、粗犷豪放的民谣、甜美亲切的渔歌,陪伴着他的童年。大概是这些最初的音乐启蒙,使他从小就学会了竹箫,用竹箫吹响了自己的音乐梦。十三岁那年,他又熟练地掌握了小提琴和民间称为"洋箫"的单簧管,并被人们誉为"青年小提琴家"和"南国箫手"。从此,音乐便像一根无形的红线牵着他,从北京大学音乐传习所到上海国立音乐学院,后来又到世界音乐的殿堂——巴黎音乐学院。

殿堂是美好的,但进入这座殿堂后,还需要坚实的经济基础的支撑。正如一座豪华的饭店,进去会囊中羞涩,那就只有望梅止渴了。冼星海的囊中就是羞涩的,为了在这座殿堂里品味到音乐的"美味佳肴",他到餐馆里端盘子,做跑堂,到理发店干杂活,用这些洒满汗水的钱,托举着诱人的音乐梦。为了这个梦,他几次累得晕倒在充满古代文明和现代浪漫的塞纳河畔,差点儿被法国警察当成尸体送走。

即使如此,他还是顽强地在通往音乐圣殿的道路上艰难地爬坡。大概就是这艰难的爬坡,使他想到了杜甫的著名诗篇——《茅屋为秋风所破歌》,使他此时的心境与杜甫彼时的心境产生了强烈的共鸣,从而触动了他的创作灵感,创作出了奏鸣曲《风》。这是一首亲身经受了"秋风"洗礼的作品,这是一首从心灵深处迸发的声音。《风》和他创作的《d小调小提琴奏鸣曲》等作品,终于携着他的音乐梦,吹拂着巴黎音乐学院新作品演奏会的现场,吹拂着收音机旁听众的心灵。幸运之神总是青睐追梦不止的有志者。巴黎音乐学院教授保罗·杜卡斯听到他的作品后,非常钦佩他的音乐才华和刻苦进取的精神,支持他考入了高级作曲班。优异的考试成绩在学院里是有奖励的,当主考教授保罗·杜卡斯问他需要什么样的奖品时,他却不好意思地说出了"饭票"两个字。都说天下没有免费的午餐,而被冼星海感动的教授们,却破例为他免费供应一日三餐。

后来,幸运之神又从天而降,冼星海幸运地邂逅了广东老乡、后来成为中国第一代小提琴演奏家与作曲家、中央音乐学院首任院长的马思聪,并由马思聪这个伯乐,将他这匹千里马引见到了法国巴黎歌剧院音乐大师的面前。大师们对这位颇有音乐天赋的跋涉者极为欣赏,他拮据的生活也使大师们动了恻隐之心,破例免收这位莘莘学子的学费。

名师出高徒。师从著名小提琴家奥别多菲尔和著名作曲家保罗·杜卡斯的冼星海很快在小提琴演奏、作曲、指挥等方面都上了一个台阶,前途出现一片光明。他多么想在这个世界文化艺术中心得到长足的发展啊!可是法国民众为庆祝国庆,在广场高唱国歌《马赛曲》的撼动人心的场面,使冼星海彻底改变了初衷。

前进,法兰西祖国的男儿,

光荣的时刻已来临!

专制暴政压迫着我们,

祖国大地在痛苦呻吟!

祖国大地在痛苦呻吟!

你可看见那凶狠的士兵,

到处在残杀人民,

他们从你的怀抱里,

夺去你妻儿的生命!

公民!武装起来!

公民!决一死战!

> 前进！前进！
> 万众一心！
> 把敌人消灭净！
> ……

听着这震天动地的歌声，他的心倏地飞到了饱受灾难的祖国，他要创作一首中国的《马赛曲》，为祖国呐喊，为祖国歌唱；他要把一个个音符当作子弹，射向侵略者。

夏日的巴黎，一对对情侣漫步在林荫下，浪漫在塞纳河畔；一个个同学在音乐的殿堂里敲击着希望的键盘，揉动着憧憬的琴弦，而冼星海却谢绝了这所世界音乐圣殿的挽留，怀着一腔报国的热血，扑向了被日寇铁蹄践踏的祖国。

回到祖国的怀抱，两条路摆在了他的面前，一条是为当局者写颂歌和写商业歌曲，一条是写抗战歌曲。为当局写颂歌和写商业歌曲，有名有利，名利双收；写抗战歌曲，却是无利可图。冼星海非常清楚，如果为了名和利，他根本就不用回国，他之所以回国，就是奔着抗战而来的。他果断地谢绝了重金邀请，除为进步电影作曲外，他参加了洪琛领导的演剧第二大队，每天奔走在大街小巷、田间地头、厂矿学校，组织指挥人们演唱抗日救亡歌曲，还和诗人塞克合作创作了《救国军歌》《保卫卢沟桥》《赴战曲》等抗战歌曲。

《救国军歌》的谱曲可以说是他谱曲最快的一首。当塞克拿着歌词来到冼星海的住处时，冼星海正在吃饭。塞克将歌词放到冼星海面前，便掏出烟盒里最后一支香烟点上。冼星海端着饭碗看了一遍歌词，连声叫好，随即边吃饭边哼着旋律，还用筷子在碗边敲打着节奏，并不时地将曲谱记到塞克刚扔到饭桌的空烟盒上。塞克的一支烟抽完了，冼星海的曲谱也谱完了。这首仅仅用了五六分钟谱写的歌曲，就这样立即传遍了上海，传遍了中华大地。

在武汉，他在由共产党领导下的进步人士组成的国民政府军事委员会政治部第三厅担任音乐科主任，负责主持音乐抗战工作。在这个第二次国共合作生机勃勃的大好时期，在这个文化艺术界知名人士汇聚的地方，冼星海每天奔走在武汉三镇，建立了60多个群众歌咏队，白天安排歌咏大游行，晚上举办歌咏大会。特别是他组织的10余万人参加的庆祝台儿庄大捷的长江火炬歌咏大游行，更是场面宏大，气势雄壮。他站在指挥船的高处，奋力挥臂，指挥大家唱着《义勇军进行曲》《牺牲到最后关头》等歌曲，完全把自己融入歌的海洋里，把人们的抗日激情升腾得犹如滔滔江水，奔腾向前。

在武汉，他还创作了流传至今的歌曲《在太行山上》。当桂涛声带着写在香烟盒上的歌词从敌后抗日根据地来到武汉找到冼星海，想请他为太行山区的战友们谱一首队歌时，冼星海一下子就被那充满革命豪情的歌词打动了，他仿佛看到了抗日烽火燃烧的巍巍太行山，仿佛看到了太行军民浴血抗战的情景。一个个音符随即在他的脑海里跳跃、组合，连夜谱写成了一首兼有抒情性和进行曲风格的二部合唱歌曲。歌声如红日东升，又似在山谷回荡，节奏既温柔舒缓，又铿锵有力，表现了太行军民的英勇形象。

正筹备武汉纪念抗战一周年歌咏大会的周恩来和郭沫若得知后，马上来到冼星海住所，周恩来还和冼星海各唱了一个声部。在武汉纪念抗战一周年歌咏大会上，这首歌一经唱出，迅速传遍了大后方和各抗日根据地，鼓舞和激励了千千万万抗日民众的斗志。朱德总司令听到这首歌曲后，不仅要求八路军总部机关人人会唱，还抄录下来，随身携带。

在延安，冼星海担任"鲁艺"音乐系主任，他不仅亲自教授音乐理论、作曲、音乐史及指挥等课程，还在延安"女大"兼课，为培养出一大批音乐人才做出了很大贡献。除了繁忙的教学，这也是他创作的巅峰时期，他不仅创作出了《军民进行曲》《生产运动大合唱》《九一八大合唱》等大型声乐套曲在内的百余首作品，更创作出了极具代表性的扛鼎之作、中国的《马赛曲》——《黄河大合唱》。

1939年的除夕夜，延安西北旅社的一间宽敞的窑洞里，冼星海受邀与来自前线的抗敌演剧三队的同志们欢聚，当他听到诗人光未然根据自己两渡黄河以及在黄河两岸行军打仗的亲身体验而写成的朗诵诗《黄河吟》（《黄河大合唱》的前身）时，他按捺不住地快步上前，把诗作紧紧抓在手里，并自信地表示"我有把握写好它"。我想，他此时的思绪肯定随着光未然的朗诵，飞到了波涛汹涌的黄河，飞到了杀声震天的抗日前线，飞到了处于水深火热之中的人民大众的身边。

冼星海并没有急于动笔，他没有光未然那样的亲身体验，他要从光未然和抗敌演剧三队那里了解更多更详细的战地生活，以及船工生活和那高亢激越的船工号子。在这近一个月的时间里，《黄河大合唱》

的旋律像酿酒一样在冼星海的脑海里发酵、蒸馏，终于，在黄豆磨成粉拌上少许红糖的"土咖啡"的陪伴下，在用毛笔杆代替烟斗嘴的熏陶下，在爱妻钱韵玲红枣汤、烤山药蛋和光未然买来的白糖的滋润下，历时六天六夜的抱病创作，一曲气势磅礴、激昂豪壮、热情奔放、具有鲜明民族风格的《黄河大合唱》，诞生在延安冼星海和爱妻居住的简陋狭小的土窑洞里，并从这里响彻了整个延安，响彻了阴霾笼罩的中华大地乃至全世界。这是一个没有钢琴、没有电灯，甚至没有钢笔和曲谱纸的地方，冼星海能创作出这么一部震撼人心的音乐史诗，同样令人震撼。这不仅仅是因为他有着美好的音乐梦，更重要的是，他将自己的音乐梦与中华民族的复兴梦密不可分地连在了一起。

在延安陕北公学礼堂举行的《黄河大合唱》首演，没有电，更没有 LED 大屏幕，没有钢琴，更没有庞大的西洋乐队，就连最基本的民族乐器也屈指可数。在邀请毛泽东等中央领导观看《黄河大合唱》时，冼星海为了使演出阵容更强大，合唱队增加到 100 多人，乐队又增添了好不容易搜罗来的三四把小提琴和二胡、三弦、笛子、吉他及一些打击乐器。为了增强演出效果，洋油桶也被改成了低音胡琴。更令人感叹的是，冼星海竟取下李焕之每天系在腰上的大号搪瓷缸，把合唱队员们吃饭的勺子收集起来放进缸子，让李焕之手持这独创的"打击乐"，使劲晃动出黄河奔腾呼啸的效果。演出条件如此艰苦，但这些好像都是次要的，更主要的是，所有演职员以及观众都有着黄河怒吼般的抗日豪情，都有着烈火一般的炽热心灵。冼星海的指挥更是激情四射，尤其是演唱到"保卫黄河"时，他猛然转身，与观众互动，将观众的情绪调动得如同燎原的大火,一时,台上台下"风在吼,马在叫,黄河在咆哮……保卫黄河!保卫华北!保卫全中国"的怒吼声海啸般地响起。这远远超越了音乐的范畴,这是中华民族的血泪控诉,这是中华民族不屈的狮吼,这是中华民族向法西斯侵略者的宣战!

优秀的文艺作品往往是以情感人,以情动人。《黄河大合唱》就是倾注了无比深厚的民族情,感动了中国,感动了世界。

在延安的演出,不仅感动了延安的军民,也感动了中央领导及来延安的内外宾客。时任中央组织部副部长、中央财政经济委员会第一副主任的李富春,听说冼星海为创作这部作品吃了不少白糖,想方设法解决了冼星海的吃糖问题。留守兵团司令员萧劲光为改善冼星海的居住条件,专门给他拨出一孔窑洞;为方便他的生活,为他配备了一名通信员;为增加他夜间创作的光亮,还送给他一筐蜡烛。当周恩来回到延安看到《黄河大合唱》,大加赞赏之余,又为冼星海欣然题词:"为抗战发出怒吼,为大众谱出呼声!"来到延安的国共两党抗日将领、爱国华侨、外国客人及各界人士观看《黄河大合唱》后,无不赞叹。美国记者斯诺这样说:"好极了。在燕京大学听唱《弥赛亚》以后,这是我在中国听到的最好的大合唱了。"

当《黄河大合唱》的乐谱传到美国,普林斯顿大学合唱团开创了用英文演唱的先河。举世闻名的黑人歌王、20 世纪最伟大的男低音保罗·罗伯逊,还在联合国成立庆祝大会的舞台上,用他浑厚深沉的嗓音唱响了《黄河颂》。在莫斯科,在日本,在加拿大,在美国旧金山、芝加哥,在哈萨克斯坦,在新加坡,在澳大利亚……几十个国家都先

后响起了《黄河大合唱》的歌声,即使跨越了几十年的时空,《黄河大合唱》仍经久不衰地在世界各地的舞台上激荡。这就是经典的魅力。

在苏联为大型纪录片《延安与八路军》进行后期制作与配乐期间,冼星海在《黄河大合唱》的"创作札记"中写道:"一个《黄河大合唱》的成功在我不算什么,我还要加倍努力,把自己的精力、自己的心血贡献给伟大的中华民族。我惭愧的是自己写得还不够好,还不够民众所要求的量!因此我又写了第一交响曲《民族解放》和其他作品,但我还要写,要到我最后的呼吸为止。"如此的谦虚,如此的爱国情怀,如此的创作精神,他怎能不继续创作出更多更好的作品呢?十分可惜的是,因新疆军阀盛世才的反共,中断了冼星海的回国之路,使他无奈地羁留在哈萨克斯坦的阿拉木图。在战争阴云的笼罩下,食品短缺,再加上连年呕心沥血的创作和肺病的折磨,他终于病倒在异国他乡,告别了仅仅四十个春秋的人生舞台。在他停止呼吸之前的日子里,他仍遨游在音乐的星空,畅游在音乐的大海。《民族解放交响乐》《神圣之战》《满江红》等作品,如波浪涌向他的脑海,似星光璀璨在他的谱纸上。

他走了,但他现存的250余首歌曲、4部大合唱、2部交响曲、1部歌剧、4部管弦乐组曲以及多首小提琴、钢琴等器乐独奏、重奏曲伴着他的音乐梦,永远留在了人间;他的浓厚的民族情怀,永远激励着中华儿女……